Susanne Bienwald

Wittensee

Zum Buch

Ein langer Sommertag im Norden zwischen See und Meer. Ein Ort, um nachzudenken über Liebe, Stille und Verrat.

Die Studentin Xenia hat sich in ein einsames Holzhaus am Wittensee zurückgezogen. Das Leben hat sie aus der Bahn geworfen. Ungewollt hat sie ein tragisches Geheimnis ihres Freundes Ludwig entdeckt – für den charismatischen Filmemacher Grund genug, sich von ihr zu trennen.

Xenia beschließt, Ludwig einen Brief zu schreiben und ihm darin ihre Geschichte zu erzählen. Während die Stationen ihres Lebens an ihr vorüberziehen, erkennt sie, dass es ein Fehler gewesen ist, die eigene stille Natur verleugnet zu haben.

»Wittensee« erzählt von einer jungen Frau, die lange versucht hat, in der schnellen, lauten Welt von heute mitzuhalten. Nach und nach spürt sie, das dies nicht der richtige Weg für sie sein kann.

Susanne
Bienwald
Wittensee

Roman

festland VERLAG   www.festland-verlag.com

Susanne Bienwald

Wittensee

Roman

© Copyright Festland Verlag e.U., Wien, 2020

—

Übersetzung des Gedichts von Emily Dickinson:
Jonis Hartmann/Susanne Bienwald

Umschlaggestaltung:
Thomas Schwendemann, Wien

Foto der Autorin:
Maja Ueckert

Gedruckt und gebunden von
FINIDR, Tschechische Republik

—

ISBN 978-3-903234-11-6

Inhalt

There is another Loneliness
That many die without –
Not want of friends occasions it
Or circumstance of Lot

But nature, sometimes, sometimes thought
And whoso it befall
Is richer than could be revealed
By mortal numeral –

***

Es gibt eine andere Einsamkeit,
Die viele nie erleben –
Nicht das Fehlen von Freunden bedingt sie
Oder Umstände des Schicksals

Sondern die eigene Natur, manchmal, manchmal Absicht
Und wen sie befällt
Der ist reicher als es
Zahlen je zeigten

EMILIY DICKINSON

Am See I

Sie war weit hinausgeschwommen. Nun lag sie unter der Uferweide, auf ihrer Haut nur ein Muster aus Licht und Schatten, das sich im Gras, im Kies und auf der Wasserfläche vor ihr fortsetzte. Strich ein Windhauch durch die Weide, wanderte das Muster an ihr hinab und lief über das kurze Rasenstück zu ihren Füßen auf den See hinaus, der sich dann einen Augenblick lang kräuselte, bevor er wieder glatt und still war wie zuvor.

Wenn sie die Augen schloss, spürte sie bei jedem Rascheln, wie Licht und Schatten über ihren Körper glitten, und sie fröstelte ein bisschen. Es würde dauern, bis die letzten Wassertropfen auf ihrer Haut verdunstet waren, doch sie dachte nicht daran, ihren Liegestuhl in die Sonne zu rücken. Xenia liebte die Kühle am Morgen eines Tages, der heiß zu werden versprach, und verspürte kein Bedürfnis, sich in Ludwigs warmen Pullover zu hüllen. Sie würde Frische tanken, bevor die Mittagshitze einsetzte.

Auf den Korbtisch mit dem Frühstücksgeschirr fiel schon Sonne, sein Flechtwerk glänzte wie frisch lackiert. Teekanne, Tasse und Teelöffel schienen aus Glas zu sein, Lichtblitze schossen zu ihr herüber. Das weiße Papier blendete. Noch aber war ihr keine gute Geschichte eingefallen für den Brief an Ludwig, den sie in Gedanken so viele Male geschrieben und ebenso viele Male verworfen hatte. Was sollte sie ihm erzählen, wie beginnen, damit er ihn nicht gleich nach den ersten Sätzen zerriss?

»Lieber Ludwig, ich kann dir alles erklären...« Dieser Satz würde es verderben. Und erst recht: »Lieber Ludwig, wenn ich geahnt hätte, dass du einen Toten mit dir herumträgst, hätte ich ...« Das durfte sie auf keinen Fall schreiben. Wie schwer war es, sich einen Brief auszudenken, wenn sie nicht wusste, ob er ihn überhaupt las, nach allem, was er meinte, ihr vorwerfen zu können.

»Lass. Mich. In. Ruh.« Das waren seine letzten Worte an sie gewesen. Die einzelnen Silben fielen aus seinem Mund wie aus einem Sprechautomaten. Danach drehte er sich um und ging davon – mit kleinen, steifen Schritten, so als koste es ihn große Mühe, nicht zu laufen. Unmöglich, dagegen anzuschreiben.

In den ersten langen Wochen im Sommerhaus am See war sie zu niedergeschlagen, um einen Brief anzufangen. Es regnete fast ununterbrochen. Braune Nacktschnecken nahmen den Garten in Besitz. Zu Hunderten bekrochen sie den Rasen, saßen im Gras, auf den Brennnesseln und unter den Farnblättern, sogar auf der blauen Persenning, die ein schmales Boot abdeckte, klebten sie. Feuchtigkeit schien eine Art Ursuppe zu sein, aus der heraus sie entstanden. Sie vermehrten sich rasend schnell. Bei der Vorstellung, die Schnecken könnten durch die Veranda in die Küche und dann hoch in ihre offene Schlafkammer kriechen, schüttelte es Xenia vor Ekel. Argwöhnisch musterte sie die Ritzen unter den Türen. Lange würde sie es in diesem Haus nicht mehr aushalten. Um sich abzulenken, blätterte sie immer wieder den großformatigen Reiseführer durch, den sie gefunden hatte. Doch das machte es nur schlimmer. Alles auf den Abbildungen lag im Licht. Grüne Weiden, Butterblumen, Rapsfelder mit einzeln stehende Eichen. Möwen im Flug zwischen Himmel und Meer, Strandleben. In langen Alleen warfen die Bäume Schatten. Schlösser und Herrenhäuser zeigten weiße Fassaden, die sich im Wasser spiegelten. Auch in eine enge Gasse, in der

Stockrosen an den Hauswänden emporwuchsen, hatte die Sonne hineingefunden. Das Kopfsteinpflaster glänzte. Vor den Häusern sorgten weiß gekalkte Findlinge für Abstand, um Vorübergehende daran zu hindern, in die Wohnungen zu sehen. Keine schlechte Idee, fand Xenia, nur dass sie ja nicht ständig einen Sack Steine mit sich herumschleppen konnte.

Das Buch zeigte ein Steilufer unter blauem Morgenhimmel. Gestein, Lehm, Sand und ein zum Absturz verurteilter Baum, dessen Wurzeln bereits über dem Abgrund hingen, schienen zu glühen. Selbst das Kirchenschiff einer Dorfkirche leuchtete hell. Alles, alles war in diesem Bildband aufgenommen, nur das kleine Holzhaus am Wittensee nicht, in das es sie verschlagen hatte. Kein Wunder, handelte es sich dabei doch offenbar um den einzigen Ort in Schleswig-Holstein, an dem es ununterbrochen regnete. Irgendwann klappte Xenia den Führer zu und legte ihn weg. Hinter den Fensterscheiben triefte der Garten vor Nässe, schmutzig schaumiges Wasser schwappte in die Bucht, wenige Meter weiter schien die Welt zu Ende. Sie fühlte sich gefangen; die Fenstersprossen waren Gitterstäbe.

Erst als die Tage heller und wärmer wurden und das Gras getrocknet war, traute sie sich wieder nach draußen. Die Schnecken waren verschwunden. Unter den Farnen, die wie tropische Pflanzen wucherten, und unter dem aufgebockten Faltboot fanden sich keine Schleimspuren mehr. Die Invasion war vorüber. Von da an ging sie barfuß, wenn sie morgens ihr Frühstück zu dem wackeligen Korbtisch trug. Sie nahm ein Buch mit, wischte den Klappstuhl sauber und begann, im Freien zu leben. Der kleine Garten lag wie eine Lichtung mitten im Wald, begrenzt vom Seeufer und vom Sommerhaus, das wie eingewachsen wirkte. Die

Rosen vor der Veranda, die Margeriten und Hortensien in den Tontöpfen ringsum erholten sich von der Regenzeit und blühten auf.

Xenia ging jeden Tag schwimmen. Und wenn abends die Hitze nachließ und das Licht weich wurde, paddelte sie mit dem Faltboot auf den See hinaus. Von ihrem Lieblingsplatz aus, einer weißen Bank unter der Uferweide, beobachtete sie, wie ein Spatzenpaar seine Jungen versorgte. Unermüdlich flogen sie hin und her. Ihr Nest hing in einer Lampe über der Tür zur Veranda und wurde von einem Dachüberhang geschützt – ein kunstvolles Gebilde aus Moos, trockenen Blättern, Grashalmen und Stöckchen mit einem kleinen Einschlupfloch. Nachdem sie begriffen hatte, dass das empörte »Trrrrr« ihr galt, wenn sie aus der Veranda nach draußen trat, benutzte sie nur noch die Haustür und ging um das Haus herum in den Garten. Und sie vermied es, abends die Lampe anzuschalten. Es tat ihr nachträglich leid, die Vögel beim Brüten gestört zu haben. Mit jedem Sommertag, mit jedem Bad im See veränderte sich etwas in ihr. Immer häufiger legte sie ihr Buch beiseite und blickte auf das stille Wasser. Ganze Nachmittage und Abende lang, an denen das Licht nur zögernd schwand und Himmel und Wasser mit leuchtenden Rottönen überzog, konnte sie so dasitzen, ohne an etwas zu denken.

Nach und nach vergrößerte sie ihre Kreise. Sie wanderte am Ufer des Sees entlang ins Dorf und machte dort ihre Einkäufe. Mit dem Fahrrad, das sie im Holzschuppen am Haus fand und das sich zu ihrem Erstaunen als fahrtüchtig erwies, unternahm sie Ausflüge nach Eckernförde. Bestellte Tee und Heidelbeer-Pancakes im Marktcafé, blätterte in der Lokalzeitung und sah den Menschen zu, die an ihr vorübergingen. Einmal schlenderte sie über den Wochenmarkt, aß eine frisch gebratene Maräne in Mandelblättchen und gönnte sich ein kühles Glas Weißwein. Vor der Kirche gab es einen Stand mit über zwanzig verschiedene Sorten Tomaten. Sie kaufte gelbe, grüne, schwarze, violette und orangefarbene Tomaten, arrangierte sie in einer weiten Keramikschüssel und freute sich an den Farben wie über einen Blumenstrauß. Sie ertappte sich dabei, dass sie nach ihren Ausflügen ihre Jacke immer an denselben Haken gleich neben der Haustür hängte, so als wäre dieser Haken jetzt ihr Haken und das Sommerhaus jetzt ihr Zuhause. Sie benutzte immer dasselbe Geschirr und dachte dabei:»Meine Tasse, mein Teller, meine Teekanne.« Es war, als wolle sie bleiben.

An heißen Tagen fuhr sie an die Ostsee. Suchte sich einen Platz abseits der Strandkörbe und lauschte mit geschlossenen Augen den Sommergeräuschen. Hohe Stimmen von spielenden Kindern, Mütter, die nach ihnen riefen, Gespräche über Fußballergebnisse, Autos und das Wetter vom nächsten Tag. Aus der Ferne Straßenlärm, schlappende Schritte auf der Kurpromenade, ein leises Knirschen, wenn jemand barfuß an ihr vorbei lief, ein Schleifen, wenn eine Luftmatratze oder ein Gummiboot über den Sand gezogen wurden. Die Rufe der Volleyball-Spieler, das Klatschen beim Baggern und Pritschen, Aufschlaggeräusche. Für eine Weile ein monotones Klong-Klong-Klong, zwei Mädchen spielten sich mit Holzschlägern einen Hartgummiball zu. Vom Wasser her ein vereinzelter Möwenschrei. Und unter allem der Takt der ans Ufer schlagenden Wellen. Es war dieses Geräusch, das sie mit zurück nach Haus nahm und das sie vor dem Einschlafen hörte. Sie dachte wieder daran, an Ludwig zu schreiben.

Dann war sie eines Tages so weit ins Meer hinausgeschwommen, dass sie erschrak, als sie sich umwandte. Der Strand war zu einem hellen Band zusammengeschmolzen.

Gegen die Strömung, die sie noch weiter hinausziehen wollte, kämpfte sie sich zurück. Ihre Arme wurden schwer. Endlich rückte der Strand näher, das Wasser wurde wärmer. Auf einer Sandbank, auf der Jugendliche nach einem Tennisball hechteten, legte sie sich in das flache Wasser und ließ sich treiben. Ludwigs Bild tauchte vor ihr auf. Er stand im Kinosaal der Universität vor der großen weißen Leinwand und forderte seine Studenten auf, von sich zu erzählen. »Egal was. Einer guten Geschichte vermag ich nicht zu widerstehen.«

Ob dieser Satz noch galt? Auch für sie? Ein Brief, in dem sie ihre gemeinsam verbrachte Zeit schilderte, Missverständnisse aufklärte, ihn anklagte oder bemitleidete – das war keine gute Geschichte. Sie würde sich etwas anderes ausdenken müssen. Xenia schwamm weiter, spürte bald den geriffelten Meeresgrund unter ihren Füßen und watete ans Ufer.

Voller Hoffnung hatte sie seitdem jeden Morgen einen Schreibblock mit nach draußen genommen und ihn neben ihr Frühstück auf den Korbtisch gelegt. Da blieb er dann den ganzen Tag liegen, blendend weiß, unbeschrieben, bis sie ihn am Abend wieder mit ins Haus trug. Eine tägliche Niederlage.

Doch jetzt, während sie im Schatten der Uferweide trocknete und die Wärme des Sommertages auf ihrer Haut spürte, erschien ihr eine Lösung möglich: Sie würde ihre eigene Geschichte erzählen. Für sich und für ihn. Sie würde sich an die Stationen ihres Lebens erinnern und alles aufschreiben. So, wie es für sie gewesen war. Ohne Rechtfertigungen und Kommentare. Vielleicht könnte er sie dann verstehen.

In der Uferweide raschelte es leise. Es war wie ein Streicheln.

Die Große Qual

Ich war drei, als meine Schwester Britta geboren wurde. Kurz darauf begann, was ich später »die Große Qual« nannte. Jeden Tag musste ich viele, viele Stunden in der Großen Qual verbringen. Ich atmete immer auf, wenn ich morgens beim Aufwachen hörte, dass Papa Frühstück machte. Dann war Wochenende. Aber wie schnell ging es vorüber, und schon war Sonntag, und vor dem Einschlafen fürchtete ich mich vor dem Aufwachen. Um halb acht wurde ich in der Großen Qual abgeliefert. Für alle anderen war es ein Kindergarten, meine Eltern hatten gesagt, dass es mir dort gefallen und ich schnell Freunde finden würde. »In ein paar Wochen, nach der Eingewöhnung, magst du gar nicht mehr weg, weil es dir zu Hause langweilig ist. Und du weißt ja, dass die Mama jetzt mit dem Baby zu tun hat.«

Ich wusste nicht, was Eingewöhnung bedeutete, doch am Tag bevor sie begann, brachte ich keinen Bissen hinunter. Trotzdem versprach ich, lieb zu sein; denn ich war auch stolz, dass ich schon in den Kindergarten durfte und kein Baby mehr war wie meine kleine Schwester, die rein gar nichts konnte außer schlafen, trinken und schreien. Meistens fand ich sie ganz süß, wenn sie so da lag in ihrem Stubenwagen. Es war aber nichts mit ihr anzufangen.

Während meine Mutter noch mit Britta im Krankenhaus war, hatte meine alte Tante Gerda auf mich aufgepasst. Mit zittriger Stimme erzählte sie mir vom Himmel, wo die Engel wohnten, und von der Hölle, wo Teufel umhersprangen, Feuer loderten und arme Seelen schrien vor Pein. Und an dem Tag, an dem ich von Gaby, meiner neuen Kindergärtnerin, in meine Gruppe geführt wurde, dachte ich im allerersten Augenblick, ich sei durch irgendeine schreckliche Schuld in der Hölle gelandet. Nur dass ich nicht vom Feuer gebraten wurde, sondern vom Lärm, vom Geschrei, vom wilden Gerenne und von einer viel zu lauten Musik. Als sie plötzlich abbrach, versuchten alle Kinder, sich einen Stuhl zu erobern. Sie kreischten, drängelten und schubsten. Schließlich blieb ein kleiner Junge, kleiner noch als ich, allein im Raum stehen. Er hielt den Kopf gesenkt und sah auch nicht auf, als die anderen laut und schadenfroh seinen Namen riefen. »Tom.«

»To-hom!«

»Tom ist übrig.«

Ich blickte mich nach meiner Mutter um.

»Komm, du kannst gleich mitspielen, Xenia.« Gaby klatschte in die Hände und stellte den Stuhl zurück, den ein Kind aus der Reihe gestoßen hatte. »Kennst du ›Reise nach Jerusalem‹?«

Wieder schlug der Lärm über mir zusammen, erneut begann das Rennen und Schreien zur lauten Musik. Ich musste weinen. Gaby kam zu mir und redete auf mich ein.

»Ich will nach Hause«, dachte ich.

»Xenia, du gehst jetzt erst mal mit Tom in die Kuschelecke. Dann gibt es Essen, Nudeln, die magst du doch? Danach kommt schon deine Mama und holt dich ab.« Sie hatte diese hohe Stimme, die die Erwachsenen immer annahmen, wenn sie betont freundlich mit mir sprachen.

»Ich will nach Hause«, dachte ich. Sie verstand mich nicht.

»Tom, zeigst du bitte Xenia das Kuschelzimmer?«

So entkam ich dem Getöse. In einem mit Matratzen und vielen bunten Kissen ausgelegten Raum nahm sich Tom ein Bilderbuch und warf sich in die Kissen, ohne mich weiter zu beachten. Ich musste dringend, wagte aber nicht, ihn nach der Toilette zu fragen. Noch viel weniger wagte ich mich zurück in den Höllenlärm.

Nach und nach kamen andere Kinder zu uns herein, unterhielten sich leise kichernd und zeigten verstohlen auf mich. Ein großes Mädchen rannte sofort zu Gaby und rief: »Sie hat sich in die Hosen gemacht. Sie hat in die Hosen gemacht.« Es schien ihr sehr zu gefallen.

Gaby tröstete mich, nahm mich an die Hand und half mir im Waschraum beim Umziehen. Ich schämte mich, wie ein Baby in die Hosen gemacht zu haben.

Vor dem Essen sollte ich vor der Gruppe meinen Namen sagen.

»Xenia«, flüsterte ich.

»Das ist Xenia«, wiederholte Gaby laut.

»Gleich heult sie wieder«, sagte das große Mädchen.

Danach sollten wir uns um einen langen Tisch setzen, uns die Hände geben und sagen, dass wir uns lieb hatten. Ich hatte aber das große Mädchen und auch Tom nicht lieb, selbst Gaby nicht, die sich um mich gekümmert hatte, und die anderen waren einfach nur viel zu viele, viel zu laute Kinder, die ich nicht kannte und nicht kennenlernen wollte.

Ich traute mich kaum, aufzusehen und stocherte auf meinem Teller herum, dafür hörte ich umso deutlicher die vielen Geräusche, die die anderen beim Essen machten. Der Junge neben mir zog die Nudeln mit den Zähnen von der Gabel. Es wurde geschmatzt und geschlürft, einige saugten Nudeln laut in sich hinein und lachten, wenn sie angefeuert wurden. Andere kratzten immer wieder mit ihrem Besteck auf dem Teller herum, obwohl Gaby ihnen sagte, sie sollten es lassen. Ständig scharrte oder kippelte jemand mit seinem Stuhl, ein Trinkbecher fiel um, die Nassgewordenen kreischten, Tom rannte nach einem Lappen, und als Hintergrundmusik lief ununterbrochen das Lied von der Vogelhochzeit, das ich die nächsten drei Jahre hassen lernte. Wenn ich doch einmal aufsah, blickte ich in verschmierte Gesichter und kauende Münder voller Nudelbrei.

»Deine Mama hat mir erzählt, wie gern du Spaghetti magst, nun hast du kaum etwas gegessen«, sagte Gaby. »Schmeckt dir vielleicht unsere Tomatensoße nicht?«

»Doch.«

»Gleich heult sie wieder«, sagte das große Mädchen.

»Sei du einmal still«, sagte Gaby. »Es ist Xenias erster Tag, sie muss sich erst eingewöhnen.« Und zu mir: »Nach dem Essen spielen wir alle zusammen, da wirst du die anderen Kinder kennenlernen. Wer Tom ist, weißt du ja schon.«

Zum Glück kam meine Mutter, bevor ich mit den anderen spielen und sie kennenlernen musste.

Ein paar Tage später entdeckte ich die Kugelbahn. Es war eine hölzerne Kurvenbahn mit Kugeln aus Holz, die ursprünglich farbig gewesen und nun abgegriffen waren bis auf Spuren von Blau, Rot, Grün und Gelb. Sie fassten sich gut an und wurden warm in meiner Hand. Ich legte die erste Kugel – es musste unbedingt eine blaue sein – oben in die Holzspur, verfolgte ihren Lauf abwärts und konzentrierte mich auf das gleichmäßige Geräusch des Rollens und auf das helle Klicken, wenn die Kugel unten gestoppt wurde. Dann nahm ich die nächste Kugel, die nächste und die nächste. Alle Farben in der richtigen Reihenfolge: blau, rot, grün und gelb. Rollen, rollen, rollen. Klick. Rollen, rollen, rollen. Klick. Rollen, rollen, rollen. Klick.

Ich liebte die Kugelbahn und lief morgens an Gaby und den anderen Kindern vorbei, ohne Hallo zu sagen, um nachzusehen, ob die Bahn frei war. Setzte mich dann auf den Boden und holte die erste Kugel aus der Pappschachtel. Wenn ich lange genug mit der Kugelbahn spielen durfte, versank ich in das Rollen und Klicken – der Lärm um mich herum erstarb. Am liebsten wäre ich bis zum Abend nicht wieder aufgetaucht.

»Xenia, hörst du nicht! Es gibt Essen. Hände waschen. Schnell! Schnell! Alle Kinder warten auf dich.«

»Ich mag nicht essen.«

»Du setzt dich jetzt hin und probierst wenigstens einen Löffel. Mach nicht immer solche Schwierigkeiten.«

Sobald ich eine Möglichkeit witterte, dem gemeinsamen Spiel zu entkommen, schlich ich mich zurück zur Kugelbahn. Gaby schien dies nicht zu gefallen, immer häufiger störte sie mich.

»Möchtest du heute mit uns malen, Xenia? Dein Papa hat mir erzählt, du malst so schöne Bilder.«

Zuhause liebte ich es zu malen. Doch an einem langen Tisch mit den vielen anderen Kindern zu sitzen, die auf ihren Stühlen herumrutschten, durcheinander redeten und schrien und mir womöglich mit den Füßen ans Schienbein traten und die Buntstifte wegnahmen – das wollte ich nicht.

»Ich mag nicht.«

»Möchtest du lieber draußen Seilspringen?«

»Ich mag nicht.«

»Xenia, wenn du so leise sprichst, kann dich niemand verstehen. Auf jeden Fall möchte ich nicht, dass du den ganzen Tag allein vor dieser Bahn verbringst.«

» – «

Als meine Mutter mich abholte, hielt Gaby sie zurück. Und obwohl ich doch schon groß war, wie mir immerzu alle versicherten, sprachen die beiden über meinen Kopf hinweg, Gaby dieses Mal mit ihrer Stimme für Erwachsene. Ich hörte heraus, dass ich meiner Mutter Kummer bereitet hatte, und antwortete sofort mit »Ja«, als ich gefragt wurde, ob ich einverstanden sei, das Spiel mit der Kugelbahn auf zehn Minuten zu begrenzen.

»Ich wusste, dass du vernünftig sein würdest, mein großes Mädchen.« Meine Mutter klang erleichtert. »Ab morgen hältst du dich an dein Versprechen?«

»Ja.«

»Abgemacht«, sagte meine Mutter.

»Wir werden sehen«, sagte Gaby.

»Ja«, sagte ich, um von ihr gelobt zu werden.

Am nächsten Tag kam Gaby zu mir, als ich gerade dabei war in dem Rollen und Klicken der Kugeln zu versinken.

»Xenia, die zehn Minuten sind um.«

Ich hoffte auf ein Wunder und sagte nichts.

»Wir haben es gestern mit deiner Mama besprochen, du warst einverstanden. Erinnerst du dich?«

»Ja.« Eine gelbe Kugel lag warm in meiner Hand. Ich schloss die Faust noch fester um sie. Irgendwie hatte ich das Gefühl, ich müsse sie beschützen.

»Die Bahn wartet auf dich bis morgen.« Gaby fing an, die Kugeln einzuräumen.

Ich nahm all meinen Mut zusammen. »Ich will aber nicht.«

»Xenia, es ist Schluss. Sieh mal, wie schön draußen die Sonne scheint, und im Garten gibt es Butterkuchen.« Sie holte eine Kugel aus der Schachtel und hielt sie mir hin. »Das ist jetzt die letzte für heute.«

Es war die falsche Farbe. Nach Blau, Rot und Grün musste Gelb folgen. »Die nicht«, sagte ich.

»Dann lege ich sie jetzt auf die Bahn.«

Da riss ich ihr die falsche Kugel aus der Hand und warf sie gegen die Wand. Und als Gaby versuchte, mir meine gelbe Kugel wegzunehmen, biss ich ihr in den Arm und trat nach ihr. Sie hielt mich fest, bis ich aufhörte zu schluchzen.

»Hast du dich beruhigt, Xenia?«

Ich nickte.

»Lauf jetzt in den Garten.«

Die anderen spielten Fang den König. Das große Mädchen war König und durfte vormachen, wie ihre Untertanen sich bewegen sollten. Sie hüpfte wie ein Frosch, alle taten es ihr nach. Ich hüpfte auch ein bisschen mit. Natürlich gelang es mir nicht, den König zu fangen.

Vor dem Schlafengehen legte meine Mutter das dicke Märchenbuch, aus dem sie mir jeden Abend vorlas, beiseite. »Xenia, ich möchte mit dir reden. Gaby hat mir von einem schlimmen Vorfall erzählt. Was war bloß los mit dir heute?«

»Gar nichts.« Ich drehte den Kopf weg.

»Mein liebes großes Mädchen, meine Xenia. Ich will dir helfen. Was ist denn passiert?«

»Sie hat die falsche Kugel genommen.«

»Welche Kugel?«

»Die Blaue.«

»Warum darf Gaby keine blaue Kugel nehmen?«

»Weil es die falsche ist.«

»Ich glaube, du wolltest einfach nur weiter mit der Bahn spielen, stimmt das?«

»Ja.«

»Du musst lernen, dich an das zu halten, was wir verabredet haben. Papa und ich halten uns ja auch an unsere Versprechen. Und dass du deiner Kindergärtnerin, die dich lieb hat, ins Gesicht schlägst, das kommt nie wieder vor. Versprichst du mir das?«

»Hab ich gar nicht.«

»Xenia, was ist bloß in dich gefahren? Ich weiß ja, dass diese erste Zeit nicht einfach ist für dich, aber Treten und Schlagen, das geht zu weit. Morgen entschuldigst du dich bei Gaby und sagst, dass es dir leid tut.«

Ich schwieg.

»Hast du mich verstanden?«

»Ja.«

»Dann schlaf jetzt schön. Ich deck dich noch zu, und morgen bringen wir die Sache in Ordnung. Gute Nacht.«

Nie wieder habe ich mit der Kugelbahn gespielt.

Im Kindergarten lernte ich, dass man in einer Gruppe laut sein musste, um etwas zu gelten und lästigen Nachfragen aus dem Weg zu gehen. Man musste sich laut freuen, laut weinen, musste laut in die Hände klatschen, laut singen und lachen, beim Tanzen kräftig mit den Füßen stampfen, laut sprechen. Den ganzen Tag lebhaft und laut und lustig sein. Ich aber war leise, am liebsten still, und hatte nichts dagegen, übersehen zu werden und allein zu spielen. Doch ich spürte, dass es nicht richtig war, so zu sein, und dass meine Mutter sich Sorgen machte. So versuchte ich, wenigstens manchmal ein bisschen lebhaft und laut zu sein. Ich freute mich, wenn ich dafür gelobt wurde, obwohl ich mich gleichzeitig dafür schämte.

Mit dem großen Mädchen hatte ich ein merkwürdiges Erlebnis, das unser Verhältnis so weit verbesserte, dass sie aufhörte, mich zu hänseln. Sie war beim Fangenspiel im

Garten auf eine Steintreppe gefallen, hatte sich Knie und Ellbogen aufgeschlagen. Ich sah, wie sie blass wurde, als sie bemerkte, wie ihr das Blut am Bein herunterlief. Mir kamen die Tränen.

Von Gaby gestützt humpelte das Mädchen ins Haus und kam nach einer Weile mit bunten Pflastern geschmückt wieder zu uns nach draußen.

»Warum hast du vorhin so blöd geheult?«, fragte sie mich, während sie an einem Trostlolly lutschte, der ihr die Zunge giftgrün gefärbt hatte. Es war das erste Mal, dass sie mich ansprach.

»Das muss schrecklich weh getan haben.«

»Aber doch nicht dir.«

»Trotzdem.«

»Du bist komisch.« Es sollte sich böse anhören, klang aber versöhnlich. Ich sagte nichts. Aus den Augenwinkeln heraus überprüfte sie, ob uns jemand zuschaute. Ich wunderte mich, dass sie so unsicher war.

»Ich hab noch einen zweiten Zungenteufel. Für den Ellbogen«, sagte sie dann, pulte den Lolly aus ihrer Jeans und hielt ihn mir hin. Ihre Hand war klebrig.

Danach sprach Jenny mich nie wieder an. Wenn wir im Spiel zufällig aneinander gerieten, war sie besonders ruppig. Doch aus der Ferne beschützte sie mich, die anderen Kinder ließen mich in Ruhe. So traute ich mich manchmal von ganz allein, mitzuspielen. Gaby war der Meinung, ich hätte mich nun endlich eingewöhnt. Jedenfalls hörte ich, wie sie dies zu meiner Mutter sagte. »Es wurde aber auch höchste Zeit, dass Xenia endlich aufgetaut ist. Sie hätten sie schon viel früher in den Kindergarten geben sollen. Solche Kinder brauchen oft lange, um sich in der Gruppe zurechtzufinden. Ich werde Ihre Kleine weiter im Auge behalten.«

Meine Mutter bedankte sich. Und ich begriff, dass ich unter besonderer Beobachtung stand.

Als Jenny dann bald darauf eingeschult wurde, tat es mir leid, dass sie nicht mehr in den Kindergarten kam. Insgeheim hatte ich mir gewünscht, sie könne irgendwann einmal meine Freundin werden.

Viele Jahre später – ich war gerade dreizehn Jahre alt geworden, hatte meine erste Regelblutung und fühlte mich meiner Schwester gegenüber sehr erwachsen – saß ich mit Britta und meiner Mutter abends vor dem Fernseher. Wir hatten es uns mit Erdnuss-Flips, Schokokugeln und Cola für den Sonntagskrimi gemütlich gemacht. Meine Mutter trank Rotwein.

Der Kommissar war in eine Falle getappt, wurde von den jugendlichen Kriminellen gefesselt und bekam einen Kopfhörer übergestülpt. Dann legten sie eine Heavy-Metall-CD in den Player, schoben den Regler auf bis zum Anschlag und machten sich davon. Auf der Stirn des Gepeinigten sammelten sich Schweißtropfen, die ihm dann in kleinen Rinnsalen übers Gesicht liefen. Obwohl er die Augen geschlossen hielt, sah man, wie es unter den Lidern zuckte und zuckte. Ich konnte nicht wegsehen und dachte während der weiteren Handlung immer nur an diese eine Szene. Sah das blasse, schweißnasse Gesicht des Kommissars vor mir und spürte seine Qual. Als er nach unendlich langen Stunden befreit wurde, sackte er wie tot in sich zusammen. Seine Assistentin fing ihn auf, ließ ihn behutsam auf den Boden gleiten und legte ihre Jacke als Kissen unter seinem Kopf. »Das war Folter«, sagte sie, bevor sie den Krankenwagen rief.

Da fing ich an zu weinen. Weinte und weinte und konnte nicht wieder aufhören.

»Zeni, was ist?« Britta angelte nach den letzten Flips in der Tüte. Dann legte sie tröstend ihre Hand auf mein Bein.

Meine Mutter sagte, ich sei in diesen Tagen wahrscheinlich besonders empfindlich und solle ruhig weinen. »Tränen erleichtern die Seele. Außerdem ist das doch nur ein Film. Du hast einfach zu viel Phantasie. Stell dir lieber vor, dass der Schauspieler gar nichts gehört hat, oder leise Musik oder den Wetterbericht oder meinetwegen auch Fußballergebnisse.«

Ich weinte aber nicht über das Schicksal des Kommissars, sondern darüber, dass mir damals im Kindergarten niemand zur Hilfe gekommen war und mich niemand verstanden hatte. Und ich wurde so wütend über meine Verständnis heuchelnde Mutter, dass ich kurz davor war, ihr ins Gesicht zu schlagen. Ich lief auf mein Zimmer und vergrub mich in die Kissen.

Als der Krimi zu Ende war, kam meine Mutter zu mir herein. Sie setzte sich aufs Bett und legte ihre Hand auf die Decke. »Mein liebes großes Mädchen. Ich verstehe dich gut. Du hast ein weiches Herz.«

»Du verstehst gar nichts«, sagte ich in die Kissen.

»Wie bitte?«

»Hau ab. Du bist doch schuld, du gemeine ...«

»Xenia! So darf man sich nicht gehen lassen. Wenn du wüsstest, wie schwer du es mir machst.« Sie stand auf. An ihrem Zögern erkannte ich, dass sie auf eine Entschuldigung hoffte.

»Darauf kann sie lange warten«, dachte ich.

Die Tür schloss sich leise. Da tat sie mir schon wieder leid. Es war die Zeit, in der mein Vater nur noch zu Pflichtbesuchen am Wochenende nach Hause kam. Meine Mutter spielte Normalität und trank Rotwein. Woher sollte sie wissen, dass ich mich an die Große Qual erinnert hatte?

Im Dorf

Ein hohes Trillern riss Xenia aus ihrer Kindergartenzeit. Ein unscheinbarer, kleiner Vogel krallte sich mit seinen viel zu großen Klauen an der Lehne der weißen Gartenbank neben ihr fest. Sein Schnabel vibrierte. Unglaublich, dass ein so winziger Vogel so laut singen konnte. Er hatte ein hellbraunes Gefieder und einen auffällig aufrecht stehenden Schwanz. An dem hellen Strich, der über seinem schwarzen Auge verlief, erkannte sie ihn: Es war ein Zaunkönig.

Der König der Vögel leistete ihr Gesellschaft. Sofort meinte sie ein selbstbewusstes »König bün ick. König bün ick« aus seinem Gesang herauszuhören. Sie rührte sich nicht. Wie klug der kleine Vogel einst gewesen war. Sie erinnerte seine Geschichte und die Bilder aus dem Märchenbuch, aus dem ihr früher abends vorgelesen wurde: An einem schönen Morgen im Mai waren alle Vögel zusammengekommen, um einen Wettflug um die Königswürde auszutragen. Da mischte sich ein Vogel unter die Menge, der so winzig klein und unbedeutend war, dass er noch nicht einmal einen Namen besaß. Auf ein Zeichen hin erhob sich die ganze Schar in die Lüfte, es gab ein gewaltiges Sausen und Brausen und Fittichschlagen. Es sah aus, als ob eine schwarze Wolke aufstiege. Die kleineren Vögel blieben bald zurück, die größeren hielten es länger aus. Keiner jedoch vermochte es dem Adler gleichzutun, der bis zur Sonne stieg. Als er sich vergewissert hatte, dass die anderen aufgegeben hatten, fing er an, sich wieder herabzulassen. »Du musst unser König sein, niemand von uns ist höher geflogen als du«, riefen die Vögel ihm von unten zu.

»Ausgenommen ich«, schrie der kleine namenlose Vogel. Er hatte sich in den Brustfedern des Adlers versteckt und kam nun herausgekrochen. Und da er ausgeruht war, stieg er ein Stückchen höher, als es der Adler geschafft hatte. Dann legte er seine kleinen Flügel zusammen, sank herab und rief mit feiner, durchdringender Stimme, »König bün ick! König bün ick!«

Auch die folgenden Prüfungen, die ihm die anderen Vögel auferlegten, weil sie seinen Sieg nicht anerkennen wollten, meisterte der kleine Vogel. Selbst die kluge Eule, die ihn in einem Mäuseloch bewachen sollte, musste sich am Ende geschlagen geben.

»König bün ick. König bün ick«, schmetterte es neben Xenia auf der Gartenbank. Sie konnte es jetzt deutlich hören. »König bün ick, König bün ...«, und der kleine Vogel flog in das Nest auf der Lampe an der Verandatür. Ihre Spatzen waren Zaunkönige.

Am Schatten, den der Korbtisch warf, erkannte sie, dass es Zeit wurde, an ihre Einkäufe zu denken. Der kleine Supermarkt im Dorf leistete sich den Luxus, über Mittag zwei Stunden zu schließen. Vielleicht war das dem goldenen Buddha am Haus neben dem Laden geschuldet. So jedenfalls hatte sie es sich gedacht, als sie beim ersten Mal vor verschlossenen Türen gestanden und ungläubig die Öffnungszeiten studiert hatte. Schon damals fand sie es eigentlich sympathisch, sich auch in der Hochsaison nicht nach den Bedürfnissen von Touristen zu richten und dem Personal mittags eine längere Auszeit zu gönnen. Eigentlich – wenn sie nur nicht gerade selbst an diesem Tag kurz nach zwölf gekommen wäre. Aber nun wusste sie ja Bescheid.

Ihre zarte Wäsche, das weiße Hemd und ihr dunkelblauer Stretchrock hingen noch an der Leine. Sie hatte sich angewöhnt, ihre Sachen jeden Abend mit der Hand durchzuwaschen, und litt nicht mehr darunter, dass sie nichts anderes zum Anziehen hatte. Die Fensterscheiben spiegelten ihr ein perfektes Outfit zurück. Das schlichte ärmel- und kragenlose Hemd und der eng anliegende lange Rock betonten ihre schlanke Figur, die festen Wanderschuhe wirkten wie ein geschickt arrangierter Stilbruch. Sie freute sich auf den Weg am See und an der öffentlichen Badestelle entlang bis in den Ort.

Auf der Dorfstraße schlenderten drei kleine Jungen vor ihr her, zwei von ihnen etwa acht Jahre alt, der dritte etwa zwei Jahre jünger. Sie trugen Caps in unterschiedlichen Farben, schlabbrige T-Shirts und überlange Bermudas, aus denen ihre dünnen Kinderbeine ragten. Ihre Füße steckten in klobigen Turnschuhen. Die drei waren so sehr ins Gespräch vertieft, dass sie ein entgegenkommendes Fahrzeug nicht bemerkten. Der Fahrer hupte und wich aus. Der Junge mit dem blauen Cap antwortete mit einer lässigen Handbewegung. Unbeirrt schlenderten sie weiter. Seite an Seite. Im gleichen Schritt.

»Wie die Mitglieder eines verschworenen Forscherteams, das kurz davor steht, ein Welträtsel zu lösen, und sich von nichts und niemandem ablenken lassen darf«, dachte Xenia. »Und dieses Team wird von einem blöden Autofahrer angehupt.«

Als sie an den Jungen vorüberging, schnappte sie ein paar Worte der künftigen Nobelpreisträger und Weltretter auf. »Killer.« – »Tödliche Fallen.« – »Monster in Raumschiffen.« – »Wurmlöcher.« – »Gold.« – »Millionen von Dollars auf einem höheren Level«.

»Am Schluss zählen aber nur die Bananen«, sagte der größte von ihnen und ballte seine Faust.

»Ja, leider«, bedauerte der Mittlere.

»Scheiß Bananen«, sagte der Kleine. Er sah zu den beiden anderen auf, ob sie sein Urteil anerkannten.

Sie nickten.

Für heute brauchte sich niemand im Universum Sorgen zu machen, auch der kleine Planet Erde würde sich weiter drehen. Die drei Weltretter würden ganz bestimmt genug Bananen zusammenbekommen.

Vor dem Dorfladen stand ein rotes Cabrio mit laufendem Motor, auf dem Beifahrersitz eine weißhaarige Dame, die gerade ihre Pilotenkappe abgesetzt hatte und sich durch ihr zerzaustes Haar fuhr. Im Laden die Kassiererin, eine junge Frau in einem hellen Sommerkleid, und ein älterer Herrn, der das Sonnenschutzmittel einer teuren Luxusmarke verlangte.

»Das führen wir nicht.«

»Aber meine Frau schwört auf dieses Produkt.«

»Ich kann Ihnen leider nicht helfen. Wenn Sie mit dem Wagen da sind ..., in Eckernförde gibt es eine Parfümerie.«

»Da kommen wir gerade her. Ich meine, nicht aus der Parfümerie, sondern aus der Stadt. Zu dumm, dass Sie so schlecht sortiert sind.«

»Sie sind in einem Dorf.«

»Das merkt man«, sagte er. Mit steifen Schritten ging er zum Ausgang.

»Auf Wiedersehen«, rief ihm die Kassiererin hinterher.

»Besser nicht.«

»Machen Sie sich nichts daraus«, sagte Xenia.

»Ach was. Schon vergessen.« Die junge Frau lächelte. »Möchten Sie Kaffee?«

»Danke. Ich brauche heute nur Obst und Kartoffeln und eine von Ihren selbstgemachten Fischfrikadellen. Kaffee habe ich noch mehr als genug zu Hause.«

Wieder lächelte die Kassiererin. »Ich hatte Sie nur fragen wollen, ob Sie mit mir einen Kaffee trinken möchten. Hier an der Kasse. Ist ja nicht viel los.«

»Gern«, sagte Xenia überrascht. Bald darauf lagen ihre Einkäufe auf dem angehaltenen Laufband zwischen Zuckertütchen, Milchdöschen und einer Tasse Kaffee. Auch die nächste Kundin, eine korpulente Frau in einem farbenfrohen Kasack und weiten Hosen, bekam eine Tasse angeboten. Zu dritt plauderten sie über das oft seltsame Verhalten von Fremden und Touristen – Xenia wurde sofort ausgenommen –, über das stabile Hoch, das anhaltend schöne Sommertage versprach, über den letzten Tatort mit Til Schweiger, den sie viel zu brutal fanden, und über die Chancen der Fußballnationalmannschaft beim bevorstehenden Endspiel gegen Argentinien. Ob Messi den Deutschen einen Strich durch die Rechnung machen würde? Für Xenia fühlte es sich so an, als ob sie sich schon seit Jahren kurz vor der Mittagsschließung mit diesen beiden Frauen auf einen Kaffee traf, um ein paar Worte zu wechseln. Von sich aus erzählte sie, dass sie in einem der kleinen Häuser am See wohnte. Die Besitzer seien im Ausland und hätten ihr angeboten, dort den Sommer zu verbringen.

»Fühlen Sie sich nicht sehr allein, so versteckt im Wald, wo nie jemand vorbeikommt?«, fragte die Kassiererin. Die andere Frau wischte sich mit einem Taschentuch seufzend den Schweiß von der Stirn.

»Während der langen Regentage habe ich gefroren und mich einsam gefühlt«, sagte Xenia, »und der Garten war so verschneckt, dass es mich geekelt hat.« Wie leicht sich die Beklemmungen jener Tage in einem Satz zusammenfassen ließen.

»Ihre Schnecken sind jetzt bei uns«, sagte die Kassiererin, »fressen die Erdbeeren an, den Salat und überhaupt alles. Mein Mann sammelt jeden Tag einen Eimer voll ab und ..., das will ich Ihnen nicht erzählen, was er dann macht.« Sie schüttelte sich.

»Eine Heckenschere ist das Einzige, was gegen Nacktschnecken hilft«, sagte die Korpulente. »Jede einzelne mit der Heckenschere ...«

»So genau möchte ich es nicht wissen«, sagte Xenia.

»Fühlen Sie sich da draußen immer noch einsam«, fragte die Kassiererin.

»Inzwischen mag ich die Ruhe und Abgeschiedenheit. Es gefällt mir, allein zu sein. Der Weg zum Einkaufen ins Dorf ist mir im Augenblick Abwechslung genug«, sagte Xenia. Sie habe viel nachzudenken, wolle eine wichtige Arbeit zu Ende bringen.

»Sie sind ja gut zu Fuß«, die Kassiererin deutete auf Xenias Wanderschuhe, »warum drehen Sie nicht auf dem Rückweg eine Schleife durch den Wald. Im Gehen ordnen sich Gedanken oft von ganz allein. Mir jedenfalls geht es so.«

»Und es ist schattig unter den Bäumen.« Wieder wischte sich die korpulente Frau Schweiß aus dem Gesicht. »Bei der Hitze wird man ja rammdösig. Ein Rätsel, wie die Touristen es den ganzen Tag am Strand aushalten. Freiwillig.« Sie schüttelte den Kopf.

Die Kassiererin beschrieb Xenia den Waldweg und schloss die Kasse. »Bis morgen?«, fragte sie zum Abschied.

»Wenn ich etwas brauchen sollte ...«, eigentlich war sie mit allem gut versorgt.

»Ute«, sagte die Kassiererin.

»Xenia.« Irgendetwas würde sie ganz bestimmt brauchen. Sie war schon auf der Dorfstraße, als Ute ihr hinterherkam. »Vielleicht ist es doch nicht klug, wenn Sie den langen Weg durch den Wald nehmen. Ich meine, wegen der Fischfrikadelle. Ist ja wirklich heiß heute.«

»Danke.« Xenia spürte, wie ihr Tränen in die Augen stiegen. »Die esse ich im Gehen aus der Hand. Bis morgen. Gleiche Zeit?«

»Auf einen Kaffee.« Sie lächelten sich zu.

Wie einfach alles sein konnte.

Im Wald duftete es nach Laub, Harz und Erde. Abseits des Weges hatten die Regentage feuchte Mulden hinterlassen, in denen Schöllkraut und Hahnenfuß blühten. Auch eine kleine blaue Blume leuchtete zu ihr herüber. Xenia kannte ihren Namen nicht. Der Dichter, dessen Aufzeichnungen sie im Sommerhaus gerade las, hätte ihn ihr sofort sagen können. Sie hatte ihre Mühe mit dem Buch. Fragte sich, was sie mit den seitenlangen Beschreibungen von Pflanzen und Tieren anfangen sollte, und hatte den Autor im Verdacht, sich in einen Benennungsrausch verstiegen zu haben, den er selbst nicht gut fand. Einmal sprach er davon, dass keine noch so genaue Beschreibung die Natur darstellen könne. – Nur wer das Ei eines Kiebitzes gefunden und in der Hand gewogen habe, kenne es wirklich. Xenia hatte aufgeatmet. Wurde dann aber in den nächsten Zeilen über die gelben, von kleinen, dunklen Adern durchzogenen Glocken des Bilsenkrauts belehrt, in denen dunkelviolette Staubfädenklöppel lagen. Hatte die Blume das nötig?

In der Ferne hämmerte ein Specht, mittagsmüde Vögel zwitscherten leise, ein kleines Tier raschelte im Unterholz, in den Bäumen wisperte es. Trotz des schweren Rucksacks fühlte Xenia sich wie schwerelos. Der Waldweg federte unter ihren Füßen. Wie gut, dass Ute sie auf diese Runde geschickt hatte.

Schule

Die Schule war der Ort, an dem ich endgültig begriff, dass mit mir etwas nicht stimmte. Im ersten Berichtszeugnis stand es schwarz auf weiß: Ich war zu still. Ich beteiligte mich nicht am Unterricht. Ich traute mir zu wenig zu. Meine Mutter beriet sich mit meinem Vater und konnte dabei hinter ihrer Besorgnis einen gewissen Triumph nicht verbergen. »Ich werde mich darum kümmern, dass unsere Xenia nicht gleich in der ersten Klasse zurückbleibt. Sie ist zu verzärtelt, zu verträumt, um in der Wirklichkeit zu bestehen. Es tut ihr nicht gut, wenn wir dem nachgeben. Du hast es ja selbst gelesen.«

Ich versprach, mir mehr Mühe zu geben. Doch ich ahnte, dass das, was meine Mutter sich darunter vorstellte, nicht in meiner Macht lag. Es zählte ja nicht, dass ich lesen, schreiben und rechnen lernte. Das alles fiel mir leicht, es machte sogar Spaß. In der Schule kam es in Wirklichkeit darauf an, sich bei Mitschülern und der Lehrerin Gehör zu verschaffen. Und genau das hatte ich in den ersten Wochen aufgegeben. Wie hasste ich die Gruppenarbeit, wenn wir zu viert oder zu sechst eine Aufgabe lösen sollten. Bevor sich die Gruppen zusammenfanden, rannten alle durch den Raum, rempelten, schubsten, schleppten ihre Stühle, redeten und lachten. Immer gab es Schüler, die unbedingt mit dem besten Freund oder auf keinen Fall mit einem bestimmten anderen Schüler arbeiten wollten. Selbst wenn die Lehrerin schließlich ein Machtwort sprach, schwirrten in der Klasse noch lange Proteste, Forderungen und Bitten herum. Ich hatte oft das Gefühl, dass der Lärm in meinem Kopf hängen blieb, und verstand nur noch verschwommen, was die anderen sagten. Was dann in der Gruppe beschlossen wurde, bestimmte am Ende derjenige, der am lautesten redete, mit den Händen fuchtelte und die anderen nicht zu Wort kommen ließ. Dafür war ich nicht gemacht.

Einmal sollten wir unter eine Bildergeschichte die Namen der Tiere aufschreiben. Jochen, der Bestimmer unserer Gruppe, schrieb »Schtorch« unter den weißen Vogel mit den roten Beinen und dem langen, roten Schnabel.

»Das ist falsch«, sagte ich.

»Glaubst du, das ist ein Rabe, oder was?«, fragte er. Die anderen lachten. Manu, das Mädchen neben mir, sagte leise: »Sie meint, dass du das falsch geschrieben hast.«

Jochen war aber schon beim Hasen und dann bei der Katze. Er drückte beim Schreiben so stark auf, dass er an einigen Stellen Löcher in das Papier riss.

Als Frau Topel, unsere Lehrerin, die Gruppenergebnisse gelesen hatte, sollte ich den Namen des großen Vogels an die Tafel schreiben. »Storch«, schrieb ich.

»Hast du deiner Gruppe gesagt, dass man es so schreibt?«

»Ich hab es versucht.«

»Warum steht es dann nicht so auf eurem Zettel?«

»Weil..., ich weiß nicht.« Es war mir zu dumm, ihr zu erklären, dass ich meine Meinung nicht laut herausschreien und verteidigen mochte. Das musste sie doch wissen. Während es Jochen Spaß machte, sich durchzusetzen, selbst wenn hinterher alles falsch war, schaffte ich es einfach nicht, den anderen etwas aufzuzwingen. So war das nun einmal.

»Wie schade, Xenia, dass du dich so wenig einbringst. Es ist auch nicht fair gegenüber der Gruppe. Da hilft jeder jedem. Das hast du doch verstanden?«

»Ja.«

»Wieso tust du es dann nicht?«

Ich fand es unfair, wie sie mich behandelte. Warum sollte ich ihr da antworten?

»Xenia, du bist ein kluges Mädchen. Du musst aber noch daran arbeiten, dich mehr zu beteiligen. Ja?«

Ich schwieg.

Es gab Tage, an denen ich Emma um ihren Rollstuhl beneidete. Zu ihr sagte keiner, sie solle sich zusammenreißen und daran arbeiten, auf ihren Beinen zu laufen. Niemand fand es unfair, dass für sie in der Pausenhalle eine Rampe ausgelegt war und ihr im Sportunterricht erlaubt wurde, vom Rand aus zusehen. Sie durfte so bleiben, wie sie war. Von mir jedoch verlangte Frau Topel, ich solle anders werden, als ich nun einmal war. Es sei zu meinem Besten. Wenn ich mir Mühe gab, mich meldete, so laut sprach, dass mich alle verstehen konnten, und in der Pause bei den Spielen mitmachte, war ich hinterher erschöpft. Für den Rest des Unterrichts verfiel ich wieder in Schweigen. Es war anstrengend, so zu sein, wie sie mich haben wollten. Selbst in den Stunden, in denen wir Stillarbeit hatten, wurde geflüstert und getuschelt, mit den Stühlen gerutscht, gekichert und mit Papier geknistert, jemand nieste laut, meine Nachbarin tat sich mit Schmatzgeräuschen hervor. Still war es in der Schule nie. Ich kam mir oft vor wie an einem Ort der Verdammten. Nur dass die anderen es offenbar nicht so empfanden. Irgendetwas schien mit mir tatsächlich nicht in Ordnung.

Eine bessere Schülerin wurde ich erst, als wir in der dritten Klasse unsere Arbeiten endlich allein schreiben durften. Da hatte ich meine Ruhe, brauchte mich nicht ständig mit anderen absprechen, die mich dann überstimmten. Wenn ich ungestört meine Türme rechnete, ein

Diktat oder einen Aufsatz schrieb, war ich mit der Schule einverstanden. Ich hütete mich, es zuzugeben. Es gab eine stillschweigende Übereinkunft, dass man Klassenarbeiten hasste. Selbst Frau Topel bedauerte oft, dass sie gezwungen war, uns Tests und Klausuren schreiben zu lassen. Es sei viel schöner, wenn sie ohne diesen Zwang unterrichten dürfte. »Leider, leider bin ich zu Klassenarbeiten verpflichtet.«

Immer noch hieß es in meinem Zeugnis, ich sei zu still. Dazugekommen war der Hinweis, ich müsse meine Teamfähigkeit verbessern. Meine Mutter schlug vor, ich solle mir eine Mannschaftssportart aussuchen, um im Spiel zu lernen, besser mit anderen zu kooperieren. Nachdem sie mir das Wort erklärt hatte, wusste ich, dass ich auf keinen Fall kooperieren wollte. Ich weigerte mich, Fußball, Handball oder Hockey zu spielen.

»Mit Druck erreichen wir bei Xenia genau das Gegenteil«, sagte mein Vater. »Lass sie doch so sein, wie sie ist.«

Auf ihn war Verlass. Es war zwar nur ein halber Freispruch, doch er verhütete, dass ich mit einer Horde Kinder über ein Spielfeld laufen musste, um eine Horde anderer Kinder zu besiegen.

Theater

Am ersten Schultag im Gymnasium wartete meine neue Klasse mit unserem Klassenlehrer, Herrn Heinsen, auf dem Flur vor unserem Kursraum. Er zählte uns gerade durch, als ein Mädchen mit langen, blonden Zöpfen das Treppengeländer heruntergerutscht kam. Sie fiel uns vor die Füße, stand jedoch sofort wieder auf.

»Stopp! Das wollen wir uns gar nicht erst angewöhnen«, sagte Herr Heinsen. »Wie heißt du?«

»Silke Homann.«

»Heute ist dein erster Tag, Silke, da kannst du es ja noch nicht wissen. In Zukunft, und das gilt für alle: Treppenrutschen ist verboten. Ihr könnt euch dabei ernsthaft verletzen.« Er hob den Zeigefinger.

»Ich wollte mich nur beeilen.« Silke warf ihre Zöpfe nach hinten. Ich stand ein bisschen abseits, und sie kam zu mir herüber.

»Dann sind wir also vollzählig«, sagte Herr Heinsen. »Wir gehen jetzt gemeinsam auf die Bühne in der Aula. Da warten schon eure Eltern und Verwandte auf euch.

»Wie heißt du?« Silke schaute mich an.

»Xenia.«

»Wie?«

»Xenia!«

»Du brauchst nicht zu schreien. Ich versteh dich ganz gut. Nur den Namen kenne ich nicht. Ich heiße Silke.«

»Weiß ich.«

»Ach ja. Klar. Wollen wir in der Klasse zusammensitzen? Ich bin aus Zarnekau und kenne hier gar keinen.« Es schien ihr nichts auszumachen, dass sie aus einem Dorf kam und ihr alles fremd war. Mich hatte noch nie ein Mädchen gefragt, ob ich mit ihr zusammensitzen wollte.

»Ja, gerne«, sagte ich.

Dann nahm sie, und das war das eigentliche Wunder dieses Tages, meine Hand. So gingen wir die Stufen hoch auf die Bühne.

»Weh getan, vorhin?«, fragte ich vorsichtig.

»Nee. Höchstens ein blauer Fleck. Nicht ernsthaft verletzt.« Sie hob dabei den Zeigefinger genau wie Herr Heinsen. Wir lächelten uns an.

»Hinten an der Tür sitzen meine Eltern und meine Oma und mein kleiner Bruder«, sagte Silke aufgeregt und winkte in den großen Saal. Die vielen fremden Leute, die zu uns hochstarrten, waren ihr egal. Da winkte auch ich, und war stolz, als meine Mutter, mein Vater und Britta zurückwinkten.

»Wer war das blonde Mädchen, mit dem du auf der Bühne gestanden hast?«, fragte meine Mutter später zu Hause. »Sie ist nicht aus deiner alten Klasse, oder?«

»Silke kommt aus Zarnekau«, sagte ich. »Wir sitzen zusammen. Sie ist jetzt meine Freundin.« Als ich das Wort ausgesprochen hatte, begriff ich, dass ich am allerersten Tag in der neuen Schule eine Freundin gefunden hatte. Vor dem Einschlafen kamen mir auf einmal Bedenken. Ob dieses tolle Mädchen mich auch noch mögen würde, wenn sie mich besser kannte? Gleich darauf fühlte ich ihre Hand in meiner, und ich wusste, dass ich mir keine Sorgen zu machen brauchte. Mein Herz klopfte.

Mit Silke an meiner Seite gewöhnte ich mich leichter an die neue Klasse. Und sobald ich mich in einer vertrauten Umgebung bewegte, war meine Schüchternheit weniger schlimm. Inzwischen wusste ich, dass meine Behinderung Schüchternheit genannt wurde. Oft mit einem anklagenden oder mitleidigen Unterton. Lehrer bedauerten, dass ich meine Möglichkeiten nicht ausschöpfte, Verwandte hofften, das würde sich auswachsen. Meine Mutter meinte, Schüchternheit sei in meinem Alter keine Entschuldigung mehr für unsicheres oder gar schlechtes Benehmen. Ich würde sogar berufliche Nachteile haben, wenn ich mich nicht änderte. »Nimm dir ein Beispiel an Britta. Deine Schwester ist selbstbewusster und zugänglicher als du.«

Sogar vor völlig Fremden sprach meine Mutter darüber, dass ich schüchtern sei und sie es mir abgewöhnen wolle.

So wies sie mich einmal an der Rezeption beim Zahnarzt zurecht, meine hingemurmelten Worte seien keine Antwort auf eine freundliche Begrüßung. »Xenia, sag bitte laut und deutlich ›Guten Tag‹.« Und zur Sprechstundenhilfe gewandt: »Meine große Tochter ist leider so schüchtern. Wir arbeiten daran.«

Ich verging fast vor Scham. Die folgenden Zahnarztbesuche fühlten sich an wie ein Spießrutenlauf. Alle am Tresen beobachteten mich. Ich gab mir Mühe, laut zu sprechen und versuchte dabei, der Sprechstundenhilfe tapfer in die Augen zu sehen. Sie lächelte wissend. Ich wurde rot. Dann lächelten alle und nickten sich zu. Immer wenn meine Behinderung zum Thema gemacht wurde, geriet ich in diesen Teufelskreis.

So war ich froh, in der neuen Schule keine besondere Aufmerksamkeit auf mich zu ziehen. In Silkes Windschatten entging ich kritischen Nachfragen. Dass ich leise und zurückhaltend war, schien die meisten Lehrer nicht zu stören. Gruppenarbeit ließ ich weiter an mir vorbeirauschen. Das Brainstorming, in das Herr Heinsen geradezu verliebt war und die Klasse immer wieder für ihr kreatives Feuerwerk lobte, hielt ich für Zeitverschwendung. Als es darum ging, das Ziel unseres Wandertages festzulegen, sollten wir unserer Phantasie wieder einmal freien Lauf lassen. »New York«, hieß der erste Vorschlag. Unter Applaus, Pfiffen und Füßegetrampel folgten »Los Angeles«, »Peking«, »der Mond« und »eine Marsmission«. Beflissen schrieb Herr Heinsen alle Vorschläge an die Tafel.

»Ich würde am liebsten an die Ostsee«, sagte ich zu Silke. »Bei schönem Wetter am Strand liegen, barfuß im Wasser laufen oder sogar baden. Das wäre schön.«

»Irgendwie uncool im Vergleich zur Marsmission«, sagte sie.

»Immer noch besser, als durch ein Museum zu trotten, weil Heinsen sonst nichts einfällt. Oder in einem langweiligen Vergnügungspark zu landen.«

»Dann los.«

»Ostsee«, rief ich.

Die Jungen hatten die Milchstraße erobert und waren unterwegs in interstellaren Räumen.

»Ostsee!«, schrie neben mir Vanessa. Erfreut notierte Herr Heinsen den Vorschlag.

Ich ärgerte mich ein bisschen, als schließlich ein Ausflug an die Lübecker Bucht beschlossen wurde und Herr Heinsen Vanessas »konstruktiven Beitrag« lobte.

»Das war Xenias Vorschlag«, sagte Silke.

»Ja, ja. Ist gut«, winkte Herr Heinsen ab.

»Hauptsache, wir fahren ans Meer«, sagte ich.

In der achten Klasse kündigte unsere Deutschlehrerin an, sie wolle mit uns das Buch, über das wir gerade eine Klausur geschrieben hatten, als Theaterstück einüben. Vor den Sommerferien sollte *Emil und die Detektive* für die Unterstufe und abends für die Eltern aufgeführt werden. Jede und jeder von uns würde eine Rolle bekommen. Die meisten Jungen wollten den Emil spielen, ein paar bevorzugten den bösen Herrn Grundeis, die Mädchen wollten Pony Hütchen sein. Es gab ein Riesengeschrei. »Ich.« – »Ich.« – »Ich!« – »Ich!!« Auch Silke beteiligte sich daran. Frau Hoffel bat um Ruhe und sagte, wir sollten zu Hause aufschreiben, welche Rolle wir uns zutrauten, und Gründe für unsere Entscheidung angeben.

»Da wird sie morgen zehn Emils und vierzehn Pony Hütchen haben«, sagte Silke.

»Dreizehn«, sagte ich. »Hoffentlich nimmt sie dich. Ich gehöre dann zu deiner Bande.«

Nachdem Frau Hoffel am nächsten Tag unsere Zettel überflogen hatte, sagte sie, sie wolle einmal ausprobieren, die Rollen gegen den Strich zu besetzen. Das würde oft ganz ungeahnte Effekte zur Folge haben. Die vielen, die sich für eine Hauptrollen beworben hätten, würden deshalb Mitglieder von Pony Hütchens Bande werden. »Die Rolle der Anführerin übernimmt Xenia.«

Ich glaubte, mich verhört zu haben.

»Xenia?« – »Die will doch gar nicht.« – »Wie gemein ist das denn!« – »Die spricht viel zu leise.«

»Danke. Da mach ich dann nicht mit.« Das war Olaf, der sich als Emil angemeldet hatte. Er war ein Jahr älter als wir anderen, alle Mädchen himmelten ihn an. Silke und ich hatten uns darauf geeinigt, dass er ein Angeber war, insgeheim aber und gegen meinen Willen fand ich ihn cool. Und ich war mir sicher, dass Silke genauso fühlte.

»Jede und jeder spielt mit«, sagte Frau Hoffel zu Olaf. »Die Aufführung ist Teil des Unterrichts. Du willst doch wohl nicht schwänzen?«

»Lust dazu hätte ich«, sagte er leise, schnaubte durch die Nase und sah über mich hinweg. Es gab mir einen Stich. Frau Hoffel hatte mir keinen Gefallen getan. Der Gedanke, auf der Bühne zu stehen und von allen angestarrt zu werden, machte mir Angst. In der Bande von Pony Hütchen hätte ich mich irgendwie verstecken können, doch als Anführerin?

»Wenn ich so wie Olaf wäre, hätte ich der Hoffel ins Gesicht gesagt, dass ihre Idee kompletter Blödsinn ist. Ich spiele diese Rolle nicht. Auf keinen Fall«, sagte ich zu Silke. Wir standen am Bahnhof und warteten auf ihren Bus nach Zarnekau. »Was mach ich bloß? Ich kann das nicht.«

»Wenn du wie Olaf wärst, hättest du dich über die Rolle gefreut.«

»Da siehst du, wie idiotisch dieses Rolle-gegen-den-Strich-Besetzen ist. Die spinnt doch, die Hoffel.«

»Ich finds auch komisch, dass ausgerechnet du die Hauptrolle spielen sollst. Weißt du, eigentlich bin ich sogar neidisch. Als Pony Hütchen wäre ich bestimmt richtig toll. Wer weiß, wer den Emil gespielt hätte, wenn ich ... Irgendwie ist das alles total ungerecht.«

»Was soll ich denn tun? Wollen wir der Hoffel morgen sagen, dass wir tauschen? Bitte, Silke.«

»Die lässt sich nicht erweichen. Na ja, wenigstens muss ich keinen langen Text auswendig lernen. Dir fällt so was ja leicht. Das ist das einzig Gute an der Sache.«

Mein Vater half mir und hörte mich ab. Einmal brach ich in Tränen aus und gestand ihm, wie sehr ich mich vor den Zuschauern fürchtete. Dass er keinen Rat wusste, machte alles noch schlimmer. Bei den ersten Proben in der Klasse spulte ich meinen Text ab. Aber spielen? Unmöglich. Ich mochte nicht vor den anderen herumhampeln – ausgesetzt, richtig nackt kam ich mir vor. Immer wenn ich Olaf, der den Jungen mit dem komischen Namen Dienstag spielte, meinen Arm um die Schulter legen sollte, wurde ich rot. Es ließ sich nicht verbergen.

Die Ferien rückten näher. Wir übten das erste Mal auf der richtigen Bühne. Die riesige leere Aula lag vor mir wie ein Abgrund. Da wurde mir klar, dass ich vor Publikum kein Wort herausbringen würde. Ich überlegte, am Theatertag einfach zu Hause zu bleiben. Bauchschmerzen waren eine gute Ausrede.

Ob Frau Hoffel etwas ahnte? Wochenlang hatte sie Geduld mit mir gehabt und mich während der Proben auffällig wenig unterbrochen und mir Ratschläge erteilt. Nun bat sie mich von der Bühne und fragte, ob ich am Nachmittag Zeit für ein Gespräch hätte. Ich war zwar mit

Silke zum Schwimmen verabredet, und ein Treffen mit einer Lehrerin wurde bestimmt peinlich, doch mir war alles recht, was mich retten konnte.

»Dass du aufgeregt bist, kann ich gut verstehen.« Frau Hoffel stellte mir Eistee und Schokoladenkekse hin. Wir saßen draußen auf ihrer Terrasse. »Mach dir nicht so viele Gedanken, Xenia. Du schaffst das. Viele gute Schauspieler haben Lampenfieber.«

Ich war keine Schauspielerin. Und ich war nicht aufgeregt. Ich hatte Angst. Nie im Leben würde ich Pony Hütchen spielen. Warum wollte sie das nicht begreifen?

»Weißt du, warum ich dich ausgewählt habe?«

Ich schüttelte den Kopf.

»Dein Aufsatz hat mir gut gefallen. Du hast die Figur Pony Hütchen so lebendig geschildert, hast ihre Gefühle analysiert und dir Gedanken darüber gemacht, ob sie wohl insgeheim manchmal an ihrer Rolle als Anführerin zweifelt. Darauf ist sonst niemand gekommen.«

»Ich hab versucht, mir vorzustellen, was sie wirklich denkt«, sagte ich.

»Das ist genau das, was ein Schauspieler tut. Er versucht, hinter das Geheimnis der Figur zu kommen, die er spielt.«

»Ich kann das nicht.«

»Du hast es doch so gut beschrieben.«

»Ich meine, so auf der Bühne rumlaufen, mit den anderen reden und ihnen sagen, was sie tun sollen. Das kann ich nicht. Schon gar nicht, wenn alle zugucken. Ich bin nicht wie Pony Hütchen.«

»Pony Hütchen würde sicher kein Problem damit haben, auf einer Bühne vor Publikum zu spielen. Selbst wenn sie manchmal Angst hat. Oder was meinst du?«

»Die nicht.«

»Genau. Und morgen stehst ja nicht du, sondern sie steht auf der Bühne. Wenn du das Kostüm anziehst, verwandelst du dich in sie. Nimm mir jetzt den kleinen Tipp nicht übel: Bring dir frische Wäsche mit, zieh dich komplett neu an. Dann werden alle nur Pony Hütchen sehen. Und du kannst dich hinter ihr verstecken, bleibst sozusagen unsichtbar. Das ist viel einfacher, als wenn du eine kleine Rolle übernommen hättest und zwischendurch immer wieder an dich selbst denken würdest. Außerdem ...«

Ich hörte nicht länger zu. Ich hatte verstanden. Sie dachte nicht daran, mich aus der Rolle zu entlassen. Die Kekse zerschmolzen auf dem Teller, bildeten Schlieren, Flüsse und kleine Seen aus Schokolade. Mein Eistee schmeckte wie warmes Wasser.

Alles fing damit an, dass Olaf kurz vor der Aufführung maulte, er ließe sich von mir nicht herumkommandieren. Wir standen auf der Bühne hinter dem Vorhang und hörten das Geschrei der Unterstufenschüler, die Rufe der Lehrer, Türenknallen, Scharren und Gelächter. Ich hielt mich am Lenker des Fahrrades fest, mit dem ich gleich über die Bühne rollen sollte. Ich war von Kopf bis Fuß neu eingekleidet, hatte auf der Toilette sogar die Wäsche gewechselt, wie Frau Hoffel es mir geraten hatte. Trotzdem war mir schlecht vor Aufregung. Und nun wollte dieser Dienstag sich nichts von Pony Hütchen sagen lassen.

»Was willst du?« Ich erschrak über meine Stimme.

Olaf trat einen Schritt auf mich zu. »Wohl übergeschnappt, was?« Er machte noch einen Schritt. Ich wollte zurückweichen. Das Fahrrad blockierte. Olafs Gesicht war so dicht vor meinem, dass ich seinen Atem spürte. Ich wurde rot. Er lächelte voller Verachtung. »Du willst Pony Hütchen sein? Dass ich nicht lache.«

»Dienstag ist nicht so gemein wie du«, sagte ich und schubste ihn zurück.

Bevor er reagieren konnte, ertönte ein Gong. Der Vorhang glitt auseinander. Ich schwang mich aufs Fahrrad. Eigentlich war vorgesehen, dass ich mit einem Bein auf dem Pedal stehend rollen sollte, doch nun fuhr ich eine Runde über die Bühne und klingelte die anderen aus dem Weg. Pony Hütchen würde von der ersten Sekunde an zeigen, wer die Anführerin und Bestimmerin war. Und es war, als ob ich mit dem Fahrrad in eine neue Welt gefahren wäre. Eine Welt, in der alles anders war, in der mir mühelos gelang, was ich wollte. Ich ging auf in meinem Spiel. Wartete ungeduldig auf meine Stichworte. Fühlte mich sicher, ja, glücklich in meinem Text und vergaß schließlich, dass ich spielte. Vergaß die Zuschauer.

Applaus und Getrampel der Unterstufe.

Ich erwachte wie aus einem Rausch. Konnte nicht fassen, was mir da gerade geschehen war. Ich lachte und winkte in die Menge. Sah, dass Britta unten wie verrückt klatschte und meinen Blick suchte. Wir Schauspieler stellten uns in einer Reihe auf und verbeugten uns. Meine Hände waren schweißnass. Es machte mir nichts aus.

»Mann! Xenia! Wie geil warst du denn drauf.« Silke umarmte mich. Die anderen schienen eher verunsichert, Frau Hoffel nickte immer wieder begeistert.

»Ganz schön cool«, sagte Olaf.

Langsam kam ich zu mir. Ich spürte meine Erschöpfung. Es gefiel mir nur halb, so im Mittelpunkt zu stehen. Mein Herz aber klopfte vor Erwartung, wenn ich daran dachte, am Abend wieder auf der Bühne zu sein. Woher kam dieses Gefühl, dass mir alles gelingen würde?

Am Nachmittag, allein in meinem Zimmer, überfielen mich Zweifel. Zweimal hintereinander schaffe ich das nicht, dachte ich. Heute morgen war es nur die Unterstufe, nachher kommen Erwachsene. Die meisten kenne ich gar nicht.

Ich wusste nicht, wohin mit mir. Legte mich ins Bett und wäre am liebsten erst am nächsten Morgen aufgewacht. Doch ich konnte nicht einschlafen. Gleich nach der Fahrradszene hatte ich meinen ersten Satz gehabt. Danach war alles wie von selbst gelaufen. Dieser erste wichtige Satz fiel mir nun nicht mehr ein. Ich schwitzte, warf die Decke ab und schwitzte weiter. Ich hatte meinen Text vergessen. Der Triumph vom Morgen würde enden in einer Katastrophe am Abend. Hatte ich es nicht von Anfang an gewusst?

»Xenia. Du musst langsam aufwachen.« Mein Vater strich mir die Haare aus der Stirn. Seine Hand war warm. Ich verstand nicht, warum er mich mitten am Tag weckte. Dann fiel es mir ein. »Papa, ich kann da nicht hin. Bitte, ruf an und sag, dass ich krank bin.«

»Weiß du, was ich vor einer schwierigen Verhandlung mache?«

Ich schüttelte den Kopf.

»Atme tief aus und wieder ein. Komm, wir machen es gemeinsam. «

Wir atmeten. Er hielt mir die Arme hoch über den Kopf und ließ sie wieder sinken. Ich fühlte mich tatsächlich besser und erzählte ihm von Frau Hoffels Tipp.

»Eine gute Idee«, sagte mein Vater. »Ich an deiner Stelle würde jetzt duschen, mir alles, alles vom Leib spülen und mich frisch anziehen. Wollen wir danach eine Runde um den See gehen, oder magst du etwas essen? So viel Zeit haben wir noch.«

»Lieber an den See.«

Obwohl die Aufführung erst eine Stunde später beginnen sollte, begleitete mein Vater mich bis in die Schule.

»Ich sitze nachher im Publikum und passe auf dich auf«, sagte er zum Abschied. Das tröstete mich etwas.

Olaf wandte sich ab, als ich hereinkam. Es war ein merkwürdiges Gefühl, dass er mir auswich. Die anderen waren verlegen und unsicher, wie sie mir begegnen sollten. – Hier kommt Pony Hütchen, dachte ich.

Nach der Aufführung platzte meine Mutter vor Stolz. »Die Pony Hütchen, das war übrigens meine große Tochter.«

»Super, Zeni«, sagte Britta. »Besser als heute morgen.«

»Ich hatte zwischendurch manchmal direkt Angst um dich«, sagte mein Vater. Es klang nachdenklich.

»An die Wand gespielt hat sie alle«, sagte meine Mutter. Da war es mir schon wieder unangenehm, von ihr beurteilt zu werden.

Der Glanz, der mich nach den beiden Aufführungen umgab, hielt sich in der Schule die zwei Tage bis zu den Sommerferien. Am meisten überraschte mich, wie viele aus meiner Klasse mir den Erfolg gönnten. Sie freuten sich sogar für mich. Sie mochten mich.

Im neuen Schuljahr lief alles wie vorher. Und ich war froh darüber. Es gefiel mir nicht, so viel Aufmerksamkeit auf mich zu ziehen. Vor meinem fünfzehnten Geburtstag im November aber erinnerte ich mich an meinen Erfolg. Ich beriet ich mich mit Silke, ob ich Olaf einladen sollte.

»Meinst du, er kommt?«

»Mehr als nein sagen, kann er ja nicht. Wäre schon cool, wenn er mit dabei ist.«

In der Pause traute ich mich, Olaf zu fragen.

Er antwortete so laut, dass alle Umstehenden es mitbekamen: »Danke. Ich habe kein gesteigertes Interesse an deinem Kindergeburtstag.« Seine Freundin Vanessa kicherte.

»Super-Blödmann.« Silke trat auf Olaf zu. »Weißt du was? Du bist total überflüssig.«

Zwei Fischer

Auf Silke war immer Verlass gewesen. Xenia blieb stehen. Links von ihr lag ein großes Maisfeld, auf der rechten Seite lichter Wald. Den von Ute empfohlenen Rundweg hatte sie offenbar verlassen. Aber durch die Bäume schimmerte es silbrig. Wenn dieser Spiegel der Wittensee war, würde sie sich leicht zurechtfinden, die Wanderwege waren gut gekennzeichnet. Zunächst einmal setzte sie den schwer gewordenen Rucksack ab, machte es sich am Feldrain bequem und stärkte sich mit der angewärmten Fischfrikadelle, lauwarmem Wasser aus ihrer Trinkflasche und einem Pfirsich. Das Feld vor ihr erstreckte sich in leichten Wellen bis zum Horizont. Ihr Dichter aus dem Sommerhaus hatte auch die Getreidesorten der Gegend genau beschrieben, heute würde er statt von Weizen, Roggen, Gerste und Hafer von Mais, Mais, Mais und Mais schreiben müssen. Ein Fremder, der die Biogasanlagen, die sich wie Raumschiffe in der Landschaft niedergelassen hatten, nicht bemerkte, musste den Eindruck gewinnen, dass sich Norddeutschland von Mais ernährte.

Nach dem Imbiss wurde Xenia schläfrig. Sie gab sich einen Ruck. Mit gerafftem Rock stieg sie durchs Unterholz und gelangte an den See. Am gegenüberliegenden Ufer lagen die Hüttener Berge im Licht. Ein vertrauter Anblick. Der schmale Pfad, der sich am Ufer entlangschlängelte, kam ihr bekannt vor. Sie war richtig. Nach kurzer Zeit erreichte sie ihr Sommerhaus.

Dem zweiten Pfirsich war die Nachbarschaft zu den Kartoffeln nicht gut bekommen. Xenia kratzte den Matsch ab und setzte Wasser auf, um Kartoffeln für den nächsten Tag vorzukochen. Außer einem kurzen Ausflug ins Dorf wollte sie da nur an ihrem Brief arbeiten. Auf dem Sofa in der Veranda legte sie die Beine hoch und sah in den Garten. Der Korbtisch hatte seinen Schatten unter sich begraben. Es war Mittag.

Eine Fliege summte müde, flog gegen die Scheibe und krabbelte auf der Fensterbank über die Schriftstellerecke, wie Xenia das Arrangement aus gesplissten Federkielen, die in einem leeren Tintenfass steckten, einem alten, schwarzen Klemmbrett und einer zerfledderten Illustrierten über typographische Entwicklungen im 19. Jahrhundert getauft hatte. Xenia legte ihren Kopf auf die Sofalehne und schloss die Augen. Freute sich auf ein Bad im See. Für den Liegestuhl würde sie einen neuen schattigen Platz unter den Bäumen finden.

Als sie das Wasser kochen hörte, richtete sie sich auf. Zwei Aliens mit plattgedrückten Gesichtern und in grün glänzende Astronautenanzüge gehüllt blickten auf sie herab. Keine Armlänge von ihr entfernt. Nachdem sie sich vom ersten Schrecken erholt hatte und die beiden Gestalten von der Fensterscheibe zurückgetreten waren, erkannte Xenia, dass es sich bei den Außerirdischen um Fischer handelte, die grüne T-Shirts trugen und bis über die Brust in grünen Wathosen steckten. Sie sahen aus wie Zwillinge.

Wie waren die beiden in ihren Garten gekommen? Und was wollten sie von ihr? Das Haus lag so versteckt, dass niemand durch bloßen Zufall zu ihr vordringen würde. Die Fischer winkten und riefen ihr etwas zu, was sie nicht verstand. Sie wirkten jetzt nicht mehr bedrohlich, eher wie zu groß geratene Kinder, die in ihren Spielhosen auf Abenteuer warteten. Xenia gab den beiden ein Zeichen, dass sie in den Garten kommen würde. Ein empörtes »Trrrrr«

aus dem Nest der Zaunkönige machte sie zu spät darauf aufmerksam, dass sie durch die Verandatür nach draußen getreten war.

Am Ufer, zwischen der weißen Bank und ihrem Liegestuhl, lag ein Ruderboot auf dem Trockenen.

Die Fischer glichen sich nicht nur wegen ihren ausgebeulten Wathosen. Sie hatten beide das gleiche kantige Kinn, eine schmale Nase, eine hohe Stirn und dichtes, krauses Haar. Nur dass sich bei dem älteren viele graue Strähnen ins Braun mischten.

Der alte Fischer entschuldigte sich bei Xenia für den Überfall, und erklärte ihr, dass ihnen in der Bucht ein Dollenstift gebrochen sei und sie nun manövrierunfähig seien. Hilfe sei zwar schon unterwegs, es könne jedoch eine Weile dauern, bis ein zweites Boot käme, um sie abzuschleppen. Ob sie so lange bei ihr Asyl bekämen.

»Gern. Platz ist genug.« Xenia machte eine einladende Handbewegung hin zum Korbtisch. Sie zitterte noch ein bisschen nach. »Falls Sie lieber im Schatten...«

Der junge Fischer war schon dabei, Tisch und Stühle aus der Sonne zu rücken. »Hier sitzt es sich besser.«

»Entschuldigung, mein Sohn ist immer so...«, der alte Fischer zuckte mit den Schultern.

»Schon okay.« Xenia war sich unschlüssig, ob sie den beiden Gesellschaft leisten oder sich ins Haus zurückziehen sollte. Für den alten Fischer wäre es sicher keine angenehme Situation, im Garten wie auf einem Präsentierteller zu sitzen und sich von ihr beobachtet zu fühlen. »Darf ich Ihnen einen Kaffee anbieten?«, fragte sie.

»Bitte keine Umstände«, sagte der Alte.

»Gern.« Der Sohn streckte behaglich seine Beine aus. »Mit Milch, ohne Zucker.«

»Werner.« Der Alte zog die Augenbrauen hoch.

Sein Sohn lachte. »Is gut Vadder.« Und zu Xenia: »Entschuldigung. Ich helfe auch gern mit.«

»Danke. Das macht sich ja fast von allein. Vielleicht möchten Sie noch irgendetwas dazu?« Sie dachte an ihre Zitronenkekse.

»Ein Wurstbrot würde ich nehmen.«

»Werner!«

Xenia war für einen Moment sprachlos. Aber irgendwie gefiel ihr der junge Fischer. Er war hungrig und sagte es geradeheraus.

»Ich seh mal nach, was ich da habe.« Sie räumte das Tablett mit ihrem Frühstücksgeschirr und dem Schreibblock vom Tisch und ging von außen herum in die Küche. Ihre Zaunkönige sollten kein zweites Mal gestört werden. Während der Kaffee durchlief, bestrich sie Schwarzbrotscheiben mit Butter und belegte sie dick mit Käse und Schinken. Nun hatte sie einen guten Grund, morgen bei Ute einzukaufen.

Die Fischer griffen zu. »Schmeckt«, sagte der Alte, während er an seinem zweiten Schinkenbrot kaute. »Sie selbst essen gar nichts?«

»Ich habe schon. Fischfrikadelle.« Sie lachten alle drei.

»Sind Sie nächsten Sonntag noch hier?«, fragte Werner.

»Ja. Warum?«

»Unser Geschäft hat da einen Stand am Hafen. Wir räuchern selbst, und meine Mutter macht Eins-A-Fischfrikadellen. Schleppen Sie nach Haus, was Sie mögen. Geschenk des Hauses Wenning.«

Der Alte nickte. Er nahm sich das letzte Käsebrot. »Sie müssen bei uns reinschauen. Versprochen?«

»Versprochen«, sagte Xenia.

»Klaas? Klaa-aas! Sind wir richtig?«, kam es übers Wasser. Ein Ruderboot näherte sich.

»Rettung der Schiffsbrüchigen«, sagte Werner. »Gut, dass sie es nicht schneller geschafft haben. Super Happen. Danke.«

Die beiden Fischer schoben ihr Boot ins Wasser, sprangen hinein und ließen sich abschleppen. »Sonntag«, rief ihr Werner zum Abschied zu.

»Sonntag«, rief sie zurück.

Xenia wartete, bis die Boote außer Sicht waren. Dann zog sie sich aus und schwamm hinaus. Das Wasser strömte an ihr entlang. Seidig, weich, kühl. Sie tankte Mut und Kraft. Als sie wieder aus dem Wasser stieg und den Liegestuhl in den Schatten stellte, in dem sie mit den Fischern gesessen hatte, fühlte sie sich bereit, über das Kapitel aus ihrer Vergangenheit nachzudenken, in dem ihr Leben sich verändert hatte. Damals hatte sie gedacht, ihre Entscheidung würde ihr ein besseres, ein leichteres, ein reicheres Dasein ermöglichen. Wie hätte sie wissen können, dass sie eine falsche Richtung einschlagen würde?

Der Verräter

Ich war fünfzehn, als meine Mutter mir in den Weih-nachtsferien sagte, ich könne für ein Jahr in die Verei-nigten Staaten gehen. Sie habe bereits mit meinem Klas-senlehrer telefoniert, er befürworte eine Bewerbung.

»Es wird dir gut tun, Xenia. So viele neue Eindrücke und Menschen, und dann die Sprache. Wenn du zurück-kommst, brauchst du nie wieder englische Vokabeln zu lernen und bist trotzdem die Beste in der Klasse. Ich wünschte, mir hätte man eine solche Chance geboten, als ich in deinem Alter war.«

Ich glaubte, mich verhört zu haben. Wie konnte sie über meinen Kopf hinweg solche Entscheidungen vorbereiten? Allein die Vorstellung an all das Unbekannte und Neue, das mich in einem fremden Land erwartete, machte mir Angst. Doch ich wehrte mich nur halb. Ich rechnete damit, dass sich die Sache von selbst erledigen würde.

Meine Mutter hatte in den letzten Jahren die verschie-densten Ideen jeweils eine Zeitlang mit großer Energie betrieben, um sie dann aufzugeben und später ungern an sie erinnert zu werden. »Das Klavierspielen? In meinem Alter ist es zu spät, man kommt nicht mehr voran. Als Kind hätte ich damit anfangen sollen, aber da durfte ich ja nicht.« – »Meine Bienenzucht? Nein, Imkern ist nichts für mich. Man kann nie verreisen, wann man will, und im Frühjahr schwärmen die Viecher.« – »Teppichknüpfen? Ganz ehrlich? Überflüssig. Bei einer Freundin von mir hängen die selbstfabrizierten Kostbarkeiten jetzt in Gäste-toilette und Abstellkammer.«

Am längsten hielt sich ihr Dekorationswahn. Er flammte immer wieder auf, wenn besondere Ereignisse bevorstanden. Zu Ostern verwandelte sich das Wohnzimmer in ein Hasen- und Eierparadies, zu Weihnachten blinkte und glitzerte es, auf dem Esstisch umrundeten Elche grüne Plastikbäumchen. Lampen, Sessel und das Sofa bekamen eine rote Schleife.

»Bei uns zu Hause gibt es ja auch einen Kranz mit Kerzen und so. Und am 24. natürlich den Weihnachtsbaum«, hatte Silke gesagt, als sie mich einmal in der Adventszeit abholte, »aber deine Mutter ist die ungeschlagene Deko-Queen. Absolut.«

»Das legt sich zum Glück bald wieder. Hoffe ich jedenfalls.« Es war mir unangenehm, auf die wechselnden Besessenheiten meiner Mutter angesprochen zu werden. An der Idee aber, dass ich unbedingt ein Jahr ins Ausland müsse, hielt sie beharrlich fest.

»Wahrscheinlich, weil ich es bin, die da hin soll und nicht sie«, sagte ich zu Britta. »Da ist es natürlich einfacher durchzuhalten.«

»Sie kann dich nicht zwingen. Wenn du nicht magst, Zeni, dann sag es ihr einfach.«

»Das ist nicht so leicht, wie du denkst. Ich hab ja nicht wirklich dagegengeredet. Blöd von mir. Sogar meinen Klassenlehrer hat sie rumgekriegt.«

»Ich versteh nicht, warum du dich nicht wehrst.« Britta schüttelte den Kopf.

»Irgendwie denke ich immer, die anderen merken es, wenn ich etwas nicht mag.«

»Meinst du, die können Gedanken lesen?«

»Meistens lohnt es sich nicht zu widersprechen. Aber diesmal schon. Ich rede mit Papa, wenn er kommt.«

»Ja, wenn ...«

Am Sonnabend erschien mein Vater tatsächlich zu einem seiner selten gewordenen Wochenendbesuche. Es lag jetzt immer eine Spannung in der Luft, wenn er da war. Am Kaffeetisch oder beim Abendbrot sah alles aus wie früher. Er fragte Britta und mich, was wir in seiner Abwesenheit getan und erlebt hatten. Doch nun fühlte es sich an, als würde er uns abfragen. Zu meiner Mutter war er betont höflich. Auf mich wirkte das irgendwie kalt, und ich spürte, wie sehr es sie verletzte. Ich fühlte mich hilflos und wie zerrissen. Es war nicht leicht für mich, meinem Vater nun zu sagen, dass ich mit ihm reden wollte. Doch was blieb mir anderes übrig?

Als ob meine Mutter etwas geahnt hätte, legte sie ihm gleich nach seiner Ankunft einen fertigen Schlachtplan vor. Es war der erste warme Frühlingstag im April, alle Fenster standen offen. Von der Terrasse aus hörte ich, wie meine Eltern sich besprachen. Mein Vater war überrumpelt, offenbar hatte er nichts geahnt. Um Zeit zu gewinnen, stopfte er seine Pfeife. Meine Mutter protestierte nicht, obwohl sie es normalerweise nicht gern sah, wenn er im Wohnzimmer rauchte. Mein Vater äußerte Bedenken. Er meinte, ich sei zu jung, zu unerfahren und in mich gekehrt, um von einem Auslandsjahr zu profitieren. Er hielt es für viel zu früh. »Xenia erscheint mir noch wie verpuppt. Ich glaube, sie wäre überfordert. Und in einem solchen Fall wird es eine ungute Erfahrung für sie, die ihr mehr schaden wird als nutzen. Das möchte ich ihr gern ersparen.«

»Ja«, dachte ich auf meiner Terrasse. »Das hört sich nicht schmeichelhaft an, aber es stimmt. Ich bin überfordert. Ich will nicht. Ein Glück, Papa ist auf meiner Seite. Ohne seine Zustimmung geht es nicht.«

»Das ist es doch gerade«, sagte meine Mutter. »Das Kind muss endlich aus seinem Schneckenhaus heraus. Andere in ihrem Alter sind schon richtig selbstbewusste junge Frauen, und sie: immer noch das schüchterne kleine Mädchen. Schon allein diese weiten und viel zu langen Hemden, die sie immer trägt, diese sackförmigen Pullover. Wie verschluckt sieht sie darin aus. Da zieht sich Britta mit ihren nicht mal dreizehn Jahren viel attraktiver an.«

»Ich finde Xenia ganz in Ordnung. Sollte sie nicht ihr Tempo selbst bestimmen? Erwachsensein kann sie noch ihr ganzes Leben lang.«

»Du erkennst das Problem nicht. Kein Wunder, so selten, wie du zu Hause bist. Xenia braucht einen Weckruf, sonst bleibt sie zurück.«

»Wenn du meinst.«

»Wenn du meinst. Wenn du meinst. Mehr fällt dir dazu nicht ein. Ihr Klassenlehrer ist ganz begeistert und unterstützt meine Idee. Ich sage das nur, weil du dem Urteil eines gestandenen Pädagogen sicher mehr vertraust als mir. Und deine Xenia spürt, dass ihr etwas fehlt. Sie würde gern in die USA. Das sagt sie mir jeden Tag.«

Wie konnte sie nur so lügen. Ich schluckte trocken und klammerte mich an der Stuhllehne fest.

»Wenn das so ist«, sagte mein Vater, »bin ich der Letzte, der etwas gegen diese Reise hat. Ich habe nur kein gutes Gefühl dabei.«

Meine Knöchel waren weiß. Es entstand eine Pause. Ich konnte förmlich sehen, wie mein Vater in seiner Pfeife stocherte.

»Ich frage mich«, sagte er nach einer ganzen Weile, »ich frage mich, warum sie mir gegenüber diese Reise nie erwähnt hat.«

»Rate mal, warum wohl? Ich schmeiße hier den Laden seit Jahren ganz allein. Glaub mir, ich weiß, was für Xenia gut ist. Sie wird strahlend wiederkommen.«

Dann unterhielten sie sich über die Preise, die die verschiedenen Organisationen verlangten, über die Formalitäten, die anstanden, über die richtige Stadt, über ihre eigenen Verbindungen in die USA. Mein Vater erinnerte sich an einen amerikanischen Studienkollegen, der nach Dallas zurückgegangen war, sie sprachen über Vor- und Nachteile des amerikanischen Schulsystems. Mir fiel auf, wie schnell mein Vater in allem nachgab. Warum kämpfte er nicht um mich?

Beim Mittagessen und den Rest des Tages wich ich seinen Blicken aus. Mit einem Verräter wollte ich nichts zu tun haben.

Ein Sonntagskind

In der Nacht lag ich lange wach. Ich war mir sicher, dass meine Eltern sich trennen würden. Es war nur eine Frage der Zeit. Meinem Vater nahm ich übel, dass er sich so feige absetzte. Er machte es sich leicht. Verschwand einfach immer öfter nach Schwerin, um eines Tages ganz wegzubleiben. Wahrscheinlich kam es ihm ganz gelegen, mich für ein Jahr in die USA abzuschieben. Da hatte er mich auf elegante Weise aus dem Weg. Wie ich ihn hasste! In gewisser Weise hatte meine Mutter recht: Immer noch sah er ein kleines Mädchen in mir, obwohl ich schon fünfzehn war und von ganz anderen Dingen träumte, als er sich vorstellte. Er war unaufmerksam geworden. Dass mich das jetzt traurig und wütend machte, zeigte mir, wie tief der Riss ging.

Auf einmal begriff ich die wechselnden Aktivitäten meiner Mutter als verzweifelte Ablenkungsmanöver, um die Kränkung zu überspielen, die »Schwerin« für sie bedeutete. Kein Wunder, dass ihre Begeisterung nie lange anhielt. Oder gab sie alles nur vor, weil sie die anderen nicht mit ihrem Unglück belästigen mochte? War es Rücksicht oder Selbsttäuschung, was sie da täglich aufführte? Oder beides zugleich? Und wusste sie, dass sie auf verlorenem Posten kämpfte? Auf jeden Fall war alles komplizierter, als ich es bisher angenommen hatte. Trotzdem verspürte ich große Lust, meine Eltern aufzuwecken, meiner Mutter zu sagen, dass sie aufhören solle, Theater zu spielen, und dem verlogenen Verräter an seine Geschichte vom Sonntagsmädchen zu erinnern. Natürlich blieb ich liegen. Ich wusste, wie beide reagieren würden. In selten gewordener Eintracht würden sie alles abstreiten. Empört statt dankbar.

»Ich glaube, sie lassen sich scheiden«, sagte ich am Sonntag zu Britta, nachdem unser Vater wieder nach Schwerin gefahren war.
»Wieso?«
»Ich habe was mitgehört.«
»Haben sie sich gestritten?«
»Nein. Es ging um dieses blöde Auslandsjahr. Papa hat ein total schlechtes Gewissen.«
»Gerade gestern war doch alles wieder so schön. Wir sind sogar wie früher zu viert zu Paolo Pizza essen gegangen.«
»Deshalb ja.«
»Du bist manchmal echt komisch, Zeni.«

Wie hoffte ich, mich getäuscht zu haben. Doch ich irrte selten, wenn es darum ging, Stimmungen von anderen zu erspüren. Manchmal war es wie ein Fluch. Denn natürlich hatte ich für meine Vermutungen nie Beweise. Und die meisten Menschen wollten gar nicht hören, was sie insgeheim dachten oder wünschten. Sie fühlten sich ertappt und reagierten beleidigt. Früher hatte ich es oft nicht lassen können, auszusprechen, was ich dachte. Und es dann bereut. Einmal hatte ich der ganzen Familie den Heiligen Abend verdorben. Wie jedes Jahr wollte Großmutter nicht aufhören, die schönen Kleider ihrer Enkelinnen zu bewundern, Brittas blondes Haar, meine langen Zöpfe, die Sternchenketten, »wie kleine Engelchen, was für reizende kleine Mädchen«. Da sagte ich ihr ins Gesicht, sie sei bloß unzufrieden, weil wir keine Jungen wären. Alle Erwachsenen taten empört.

»Wie kommt das Kind wohl auf so was?«, fragte meine Tante und sah meine Mutter streng an. Die Großmutter weinte sogar ein bisschen, jedenfalls rieb sie sich mit ihrem Taschentuch die Augen, bis sie ganz rot waren, verzieh mir dann aber, weil Weihnachten war, »das Fest der Liebe für die ganze Familie.«

Ich musste mich von der immer noch schnüffelnden Großmutter in den Arm nehmen lassen und ihren stechenden Schweißgeruch einatmen.

»Jetzt ist alles wieder gut, mein Engelchen. Jetzt sind wir wieder gute Freunde. Es liegt nur daran, dass die Mädchen zu viel Süßes bekommen. Mir wird auch immer ganz übel von dem Marzipan.« Die Großmutter küsste mich. Es war ein Fluch.

Vielleicht lag es daran, dass ich an einem Sonntag geboren war. Mein Vater hatte mir nach dem verunglückten Heiligen Abend erzählt, dass der Sage nach Sonntagskinder vieles sehen würden, was anderen, »gewöhnlichen Sterblichen«, verborgen bliebe. Wenn ein solches Sonntagskind sich in der Neujahrsnacht in ein Laken hüllte und rückwärts zur Haustür hinausginge, so könne es auf dem Dach erblicken, was das neue Jahr bringen werde. Ein Sarg bedeutete, dass es einen Toten im Haus geben werde, eine Krone kündigte eine Verlobung an, eine Wiege die Geburt eines Kindes.

»Hast du eine Wiege gesehen, bevor ich geboren wurde?«

»Ich bin gar nicht auf die Idee gekommen. Ich bin ja kein Sonntagskind. Da hätte ich lange aufs Dach starren können. Wahrscheinlich sind Sarg, Krone und Wiege auch nur die deutlichsten Zeichen. In Wirklichkeit wird es so sein, dass da irgendetwas ist, was andere ...«

»Die gewöhnlichen Sterblichen.«

»Genau. Was die nicht sehen. Ein Sonntagskind aber kann es erkennen und, was weit schwieriger ist, es deuten. Das sind ja zwei ganz unterschiedliche Dinge.«

»Soll ich es einmal ausprobieren?«

»Auf jeden Fall bist du mein Sonntagsmädchen und etwas ganz Besonderes, und das wirst du immer bleiben. Da brauchst du gar nicht erst mit einem Bettlaken in den Schnee.« Er hatte mich ganz anders in den Arm genommen als die Großmutter, und er roch so gut nach Tabak und nach sich selbst.

Die Silvesternacht verschlief ich dann. Es war wie immer. Ich konnte einfach nicht lange wach bleiben. Es ärgerte mich, als Britta, die doch erst sechs war, mir am nächsten Tag von den goldenen Glitzersternchen erzählte, die vom Himmel gefallen waren, von den Böllern und Krachern, vor denen sie gar keine Angst gehabt hatte, und vor allem von den Raketen, die sie mit Hilfe unseres Vaters anzünden und selbst abschießen durfte.

Nun hatte mein Vater also sein Sonntagsmädchen verraten und schickte mich in die USA. Ich ging ihm aus dem Weg, hatte eine heimliche Lust daran, ihn wie einen Fremden zu behandeln. Wenn er mit mir sprach, wenn er die alte Vertrautheit wieder herstellen wollte, vermied ich seinen Blick. Drei Monate lang brachte ich es fertig, nur »Ja« und »Nein« und »guten Morgen« und »gute Nacht« zu ihm zu sagen. Er bedrängte mich nicht, schien sich nicht zu wundern, ließ mich schließlich ganz in Ruhe. Das kränkte mich. Wahrscheinlich schob er mein Verhalten auf die Pubertät. Das Wort, nach dem Eltern und Lehrer geradezu süchtig waren und mit dem sie alles wegerklärten, was sie nicht verstanden, nicht verstehen wollten, was ihnen nicht passte, was ihnen fremd war, was sie nicht widerlegen konnten, worüber sie nicht nachdenken wollten.

Alle in meinem Alter hassten dieses Wort. Egal ob Mädchen oder Jungen, Streber oder Schleimer, ob diejenigen, die sich möglichst unsichtbar machten, oder die Aufsässigen. Darin waren wir uns einig. Und wenn es nicht die Pubertät war, dann war es eine Phase, in der man sich mit fünfzehn oder sechzehn befand. Hauptsache, die Erwachsenen hatten eine schnelle Erklärung parat.

Mit Silke hatte ich oft darüber geredet, dass wir unter diesen Umständen keine Chance hatten, ernst genommen zu werden, und es deshalb gar keinen Sinn hatte, überhaupt irgendetwas zu sagen. »Sowie wir eigene Gedanken äußern, werden sie in die Pubertätskiste gepackt. Deckel drauf. Zu.«

»Selbst wenn etwas dran wäre, mit der Phase«, sagte Silke, »befindet der Mensch sich nicht immer in irgendeiner Phase?«

»Und wird trotzdem nicht für unzurechnungsfähig erklärt. So wie wir.«

»Stell dir vor, wir kehren den Spieß um und weigern uns, den blöden Mendel zur Kenntnis zu nehmen, und machen der Biolehrerin klar, dass sie sich leider in der Phase der Unfruchtbarkeit befindet. Und Punkt.«

»Oder in Geschichte. Keine Jahreszahlen lernen, sondern dem Gehbauer seine Phase der Gewaltverherrlichung vorwerfen.«

»In Mathe darauf beharren, dass Kutscher erst mal seine sadistische Phase überwinden soll, bevor von irgendwelchen Logarithmen die Rede sein darf.«

Zu jedem Fach und jedem Lehrer fiel uns etwas Entsprechendes ein. Dann machten wir uns einen Spaß daraus, uns vorzustellen, was sonst noch alles von den Phasentheoretikern verworfen worden wäre, und spielten uns die Bälle zu.

Die Erfindung des Rades – »Stinkend faul, wer sich das ausgedacht hat. Gibt sich hoffentlich, wenn die kindliche Spielphase zu Ende ist.«

Relativitätstheorie – »Stubenhocker. Der Junge muss raus ans Licht.«

Amerika – »Einfach so lossegeln? Is nich!«

Xenia Sudrow – »Ha! Guter Vorschlag«, sagte ich. »Die pubertiert. Auf gar keinen Fall ernst nehmen. Das gilt übrigens auch für Silke Homann und für den Rest aller Dreizehn- bis Sechzehnjährigen auf der ganzen Welt. Dass wir uns das von allen und jedem gefallen lassen müssen.«

»Auch von deinem Vater?«, hatte Silke gefragt.

»Der ist die Ausnahme. Er hört mich an und denkt nach. Ich meine, er denkt wirklich nach, wenn ich etwas sage, nicht nur so zum Schein, um sich beliebt zu machen. Gerade daran merke ich ja immer den Unterschied zu den anderen.«

»Vielleicht weil er Richter ist. Da ist er ja gewohnt, sich erst mal alles anzuhören, nachzudenken und erst hinterher zu entscheiden.«

»Ich glaube, es ist genau anders rum. Weil er so ist, von Natur aus sozusagen, deshalb ist er Richter geworden.«

»Du hast ein Glück.«

»Er ist selten zu Hause.«

»Ja, schade.«

Nun war mein Vater also übergelaufen und sah in mir ein pubertierendes Mädchen, von dem er Abstand hielt. Es war nicht schade, dass er so selten da war. Er konnte mir gestohlen bleiben.

Amerika

Also flog ich in den Sommerferien in die USA. Nicht freiwillig, auch wenn es so wirkte, weil ich jedem, der mich danach fragte, sagte, wie sehr ich mich auf Dallas freute. Meine Mutter, Britta und Silke verabschiedeten mich am Flughafen. Merkwürdigerweise war auch Olaf da, für den ich Luft war, wenn er nicht gerade von mir abschreiben wollte. Und jetzt kam er, um mir auf Wiedersehen zu sagen?

Mein Vater dagegen würde es nicht rechtzeitig schaffen, erst ein langer Prozess, nun hing er in einem Stau fest. Schickte alle Viertelstunde eine SMS, die ich nicht beantwortete. Geschah ihm recht. Meine Mutter wiederholte letzte gute Ratschläge. Olaf hörte nicht auf, von den Mavericks zu schwärmen. »Mann, Xenia, Dallas! Ausgerechnet du fährst da hin, die gar nichts von Basketball versteht. Du musst mir ein Autogramm von Dirk Nowitzki mitbringen. Oder wenigstens ein Cap. Denk dran. Ist wichtig. Ja?«

Es klang wie ein Befehl. Allmählich begriff ich, warum er gekommen war. Ich schluckte.

»Hör auf, Olaf. So ein blödes Cap gibt es in jedem Sport-
laden.« Silke verstand, wie mir zumute war. »Xenia, wir
skypen gleich morgen, ja? Um vier, da ist es bei dir...«

»Zehn Uhr morgens. Das müsste ich schaffen.«

»Tschüs, Zeni.« Meine kleine Schwester mit wackeliger
Stimme. Es war schön, sie zu umarmen.

Dann ging ich durch die Sperre, drehte mich nicht mehr
um, und hoffte, dass man mir nicht ansehen würde, wie
jämmerlich ich mich fühlte.

Cathy und Edward Hobbs holten mich am Internatio-
nal Airport ab. Ich war erstaunt, dass der Mann, der am
Gepäckband stand und ein Schild mit meinem Namen
schwenkte, Cowboystiefel und einen Cowboyhut trug. War
er nicht Rechtsanwalt? Überhaupt gab es ziemlich viele
»Cowboys« auf diesem Flughafen. Offenbar fanden es alle
toll, sich in Rancher-Kluft zu werfen und sich so öffentlich
zu zeigen. Ich hatte zwar gelesen, dass die Texaner stolz
waren auf ihre raue Vergangenheit, so viel Begeisterung
für den Wilden Westen befremdet mich dann aber doch.
Ich fühlte mich wie im Kino.

Cathy, meine host mom, hielt meine beiden kleinen
Gastgeschwister, Olivia und Emily, sechs und acht Jahre
alt, an der Hand. Gleich nach der Begrüßung erzählte sie
mir, was sie in den nächsten Monaten alles mit mir unternehmen wollte. Sie sprach sehr schnell, ihr texanischer
Akzent machte es mir zusätzlich schwer, sie zu verstehen.
So viel aber begriff ich: Sie hatte eine Menge mit mir vor.

Zwei Tage später, ich hatte die Zeitverschiebung noch
nicht richtig überwunden, lud sie mich in den North Park
ein. Wir würden den ganzen Nachmittag und Abend da
verbringen. Olivia und Emily plapperten, was sie alles
essen und trinken wollten. Ich sagte Cathy, dass ich mich

auf ein Picknick im Freien und auf eine lange Wanderung freuen würde. Sie sah mich irgendwie merkwürdig an.

Das NorthPark Center war ein riesiges Einkaufszentrum. Ich versuchte, meine Enttäuschung zu verbergen. Schließlich konnte niemand etwas dafür, dass ich Cathy nicht richtig verstanden hatte. Um uns fürs Einkaufen zu stärken, aßen wir in einem offenen Food Court scharfe Tacos und Enchilladas. Die Mädchen tranken Cream Soda, ich bekam ein Root Beer. Es schmeckte wie Limo mit viel zu viel Zucker und ein bisschen nach Zahnpasta. Cathy lachte mit ihren Kindern, zeigte auf Vorübergehende und redete auf mich ein. Ich hatte Mühe, ihr zu folgen. Meine Antworten musste ich gegen die Country Musik anschreien, die durch Zentrum dröhnte. Eigentlich war ich schon nach der Stärkung erschöpft. Danach zogen wir an unzähligen Geschäften, Restaurants, Plätzen mit Brunnen, Pflanzen und Kunstwerken und einer kleinen Ranch mit ausgestopften Pferden und Kühen in Lebensgröße vorbei. Olivia und Emily fingen an zu quengeln. Am liebsten hätte ich mit eingestimmt.

Nach zwei Stunden brachte Cathy die Mädchen zu einem Kinderclub, wo ein Clown für Unterhaltung sorgte. Dann hakte sie sich bei mir ein, »like two girlfriends«, und wir gingen shoppen.

Am Abend fragte mich Edward Hobbs, ob wir einen schönen Tag gehabt hätten.

»Great«, sagte ich schwach. Ich spürte, dass das nur die Einleitung zu einem Gespräch über meinen Vater war. Schon auf dem Weg vom Flughafen zu seinem Haus hatte Edward nach ihm gefragt. Doch nach den Stunden im NorthPark Center wollte ich nur noch meine Ruhe. Ich entschuldigte mich und zog mich in mein Zimmer zurück. Auch in den nächsten Wochen ging ich früh ins Bett. Ich schützte Schularbeiten vor, obwohl wir nie viel aufbekamen. Die Familie Hobbs saß immer noch lange vor dem Fernseher. Ich ahnte, dass sie von mir enttäuscht waren.

Zu meinem Geburtstag richtete Cathrin eine »Sweet 16 Party« aus und lud die ganze Straße dazu ein. Ich fand, sie hätte mich wenigstens fragen können, ob ich mir so eine Feier überhaupt wünschte. Doch ich riss mich zusammen und versuchte, lebhaft und lustig zu sein. Erst als ich vor Ohrenrauschen kaum noch etwas verstehen konnte, verließ ich meine Party. Wieder hatte ich ein schlechtes Gewissen.

Dann kam Thanksgiving.

Cathy plante ein Riesenfamilienfest. Ihre und Edwards Eltern, Geschwister, Onkel und Tanten, Cousins und Cousinen und auch ihr Sohn David aus erster Ehe mit seiner Freundin, die beide in Laredo studierten, sie alle würden kommen. – Bei den Hobbs sei es Tradition, dass in jedem Jahr ein anderes Familienmitglied die gesamte Verwandtschaft bei sich zu Gast habe, erklärte sie mir. Sie freue sich, dass nun alle ihre Lieben auch mich, das Mädchen aus Deutschland und Tochter eines guten Freundes ihres Mannes, kennenlernen würden. Ich solle mir Mühe geben und ihr die Freude nicht verderben.

Schon Tage vorher wurde über nichts anderes als Thanksgiving gesprochen. In meiner High School gab es nur ein Thema: Wer flog wohin? Wie viele Gäste wurden erwartet? Was gab es zu essen? Würde Präsident Bush seinen Truthahn begnadigen?

Am Donnerstag früh trudelten die ersten Gäste ein. Mittags war das Haus voller Gepäckstücke und voller Menschen, die sich immer wieder neu in den Armen lagen, sich küssten, Erinnerungen austauschten, sich stritten, mit den

Türen knallten, weinten, sich die Nase putzten und sich versöhnten. Allen wurde ich vorgestellt, jeder hatte einen freundlichen Satz für mich, sagte etwas Wohlwollendes über Deutschland oder hatte sogar deutsche Vorfahren.

»Food is love«, stand in roten Buchstaben auf den Tischkarten, die Cathy vorher liebevoll per Hand gestaltet hatte. Olivia und Emily hatten sie mit ihren Monster-High-Filzstiften bunt ausgemalt. Die Mengen, die abends auf den Tisch kamen, hätten genügt, um uns alle dem Weltfrieden ein Stück näher zu bringen. Selbst zwanzig starke Esser hatten keine Chance gegen die drei gefüllten Riesentruthähne mit Cranberry Soße, die die Tafel krönten, gegen die Wagenladungen Süßkartoffeln und Gemüse, gegen Schokoladentorte, Nusskuchen und Double Chocolate-Brownies. Ich war schon nach der Vorspeise satt, einer Maissuppe mit Speck und Schinken. Mein deutscher Magen war diesem texanisches Gelage nicht gewachsen. Bevor die Truthähne tranchiert wurden, hielt Edward eine kleine Rede. Er begrüßte seine Gäste, und bat sie, mich für diesen Tag als Familienmitglied zu betrachten. Sein Bruder legte den Arm um mich, meine Tischnachbarn gaben sich Mühe, mich in das Gespräch mit einzubeziehen. Ich wurde nach dem neuen deutschen Papst gefragt und dem guten deutschen Bier, nach Bayern München und dem Privatleben von Dirk Nowitzki. Während ich mich noch um Antworten bemühte, sprang die Unterhaltung schon zum nächsten Thema weiter. Die Truthähne wurden immer weniger, Gürtel wurden weiter gestellt, hinter vorgehaltener Hand wurde gerülpst.

Auf ein Zeichen hin, das ich verpasst hatte, erhoben sich alle. Mit ihren Gläsern in der Hand stimmten sie *The Yellow Rose of Texas* an. Ich hatte das Gefühl, das Zimmer müsse jeden Augenblick platzen. In meinen Ohren begann es zu rauschen. Ich hörte den Gesang nur noch verschwommen wie durch einen Vorhang. Nach dem Lied prosteten sich alle zu, leerten ihre Gläser und gingen zu den Nachspeisen über. In einem unbeobachteten Moment schlich ich mich davon. In meinem Zimmer sah es wüst aus. Aubrey und Victoria, zwei von Cathys Nichten, waren bei mir einquartiert, sie hatten den Inhalt ihrer Koffer auf mein Bett verteilt. Ich räumte ihre Sachen auf die beiden Gästebetten und legte mich hin.

Der Tag nach Thanksgiving, der Black Friday, war schulfrei. Cathy fragte Aubrey, Victoria und mich, ob wir Lust hätten, mit ihr im NorthPark Center shoppen zu gehen, sie wolle die ersten Weihnachtsartikel besorgen. Ihre Nichten, die aus einem Nest im Süden von Texas kamen, waren begeistert. »Shopping«, sagte Aubrey beinahe andächtig. »Great«, Victoria.

»I would like to stay at home«, sagte ich und erklärte, dass ich am Tag zuvor zu viel gegessen und getrunken hätte und erst spät eingeschlafen sei. Cathy sah mich mit schräg gelegtem Kopf nachdenklich an, sagte aber nichts.

Am Sonntag betrat Cathy mein Zimmer, ohne anzuklopfen. Ich lag auf dem Bett und döste vor mich hin.

»What are you doing, dear?«

»Nothing.«

»Don't want to join us?«

»No, thanks. I'm just...« Mir fiel keine Ausrede ein.

Das sei es, worüber sie mit mir sprechen wolle, sagte sie. Ich würde mich von allen ihren Aktivitäten in einer Weise abkapseln, die sie beleidige. Ob ich überhaupt kein Interesse habe an der Familie?

Ich drückste herum. Doch Cathy war in Fahrt und wollte gar keine Antwort. Sie habe gerade mit meinen Eltern telefoniert, obwohl es ja in Deutschland schon spät sei. Sie seien übereingekommen, dass mein Rückzug »from social life«, besorgniserregend, ja, krank, sei. Sie könne die Verantwortung für mich nicht länger übernehmen. Ich müsse mir helfen lassen oder nach Deutschland zurück.

Ich dachte an die bevorstehende Blamage. An die Enttäuschung meiner Eltern, den Spott meiner Mitschüler, das Stirnrunzeln der Lehrer. Aber ich wäre auch gern wieder zu Hause gewesen. Ich vermisste Silke und meine kleine Schwester. Vielleicht hatten sich mein Vater und meine Mutter inzwischen versöhnt. Ich wusste nicht, wie ich mich entscheiden sollte. Fast gegen meinen Willen sagte ich: »I would prefer to stay.«

Sie fand, ich sei ein kluges Mädchen. Und sie wusste nicht nur sofort, wie die Krankheit genannt wurde, unter der ich litt, »social anxiety disorder«, sondern kannte auch das Mittel dagegen: Paxil hieß das Medikament. Es würde mir helfen, Angst und Unsicherheit zu überwinden und mich in ein »wholesome member of society and a happy young girl« zu verwandeln. Sie würde mir von ihrem Vorrat abgeben. Paxil würde nicht süchtig machen und sei völlig harmlos, »no undesirable effects at all.« Viele ihrer Freundinnen würden Paxil nehmen, auch ihr Mann, würde vor wichtigen Plädoyers dazu greifen. Alles sei ganz einfach: Jeden Morgen eine kleine Pille, und in vier Wochen hätte ich mehr Freude am Leben. Mehr Selbstvertrauen, mehr Selbstachtung. Mehr Stolz und Selbstwertgefühl. Noch einmal lobte sie meine Entscheidung, »Xenia, you are such a smart and lovely girl.« Damit ließ sie mich allein.

Ich fühlte mich überrumpelt. Wollte ich wirklich jeden Tag eine rosarote Glückspille schlucken? In mir sträubte sich etwas. Gleichzeitig schlich sich ein anderer Gedanke in meinen Kopf und setzte sich dort fest: Ich war krank.

Eigentlich hatte ich es ja immer gewusst. Mein Gefühl, behindert zu sein. Mein unsichtbarer Schaden. Nun mussten diejenigen, die mir jahrelang zugesetzt hatten, ich solle mich ändern, mich zusammenreißen, aus mir herauskommen – sie alle mussten einsehen, dass sie mir Unrecht getan hatten. Ob sie sich entschuldigen würden? Einsicht zeigen? Mir das Leben nicht länger schwer machen?

Ich hatte gewonnen. Gott sei Dank, ich war krank. Es war eine Riesenerleichterung. Meine Sehnsucht, ganz ohne Anstrengung so zu sein wie die anderen, zu ihnen zu gehören und mitten unter ihnen zu sein, würde in Erfüllung gehen. Morgen würde ich ein neues Leben anfangen. In Zukunft stark und selbstbewusst auftreten, nie mehr erröten, nie mehr mir selbst im Weg stehen, nie mehr hintenanstehen, nie mehr ungehört bleiben. Alle sollten staunen. Auch Olaf.

Später chattete ich mit Silke. »Hab SAD!«

»Schlimm?«

»Wenn man es nicht behandelt ...«

»Sag schon.«

»Social anxiety disorder. Soziale Angststörung. Weißt ja, hab ich immer gehabt. Geburtsfehler.«

»Spinnst du?«

»Ab morgen nehm ich Paxil.«

»Betrunken?«

»Krank! Jetzt tu ich was dagegen.«

»Gegen dich?«

»Gegen die verdammte Schüchternheit. Mir reichts.«

»Quatsch. Bist total in Ordnung. :)«

»Für dich.«

»Willst du so eine Tusse werden wie Vanessa? Oder n Zombie?«

»Türlich nich.«

»Dann lass diese Scheißpille.«

»Will auch ma dazugehören. Laut sein.«

»Ferngesteuert?«

»Du verstehst nix.«

»Mehr als du denkst. Wenn du als Krawallmonster enden willst, schluck den Dreck.«

»Überleg mirs.«

»Super. Mir ist die alte Xenia lieber.«

»:) bff.«

»4eva. Gute Nacht.«

»Upps, Zeitverschiebung vergessen.«

»Machts nix. Cya.«

Silkes Zweifel machten mich schwankend. Ein ungutes Gefühl, das ich zurückgedrängt hatte, verstärkte sich. Ich brauchte Zeit, um nachzudenken. Wie sollte ich aus der Nummer wieder heraus, wenn mir Cathy am nächsten Morgen die erste Pille gab? Selbst wenn es mir gelang, sie jeden Tag heimlich ins Klo zu schmeißen, wäre damit ja mein Problem noch nicht gelöst. Ich würde als Versagerin nach Deutschland zurückkommen. »Loser-Mädchen« würde es heißen. Und ich wollte doch so gern cool sein, dazugehören. Das war mir im letzten Jahr immer wichtiger geworden, und es war mir egal, ob es ein Zeichen von Schwäche oder Anpassung war. Silke hatte leicht reden, ich solle so bleiben wie ich war. Sie gehörte dazu. Sie war beliebt. Sie wurde eingeladen. Sie fühlte sich wohl in ihrer Haut. Ich wollte heraus aus meiner. Eigentlich war dieses Wundermittel die beste Lösung. Von selbst würde es mir nie gelingen, eine andere zu werden. Paxil war einen Versuch wert. Mein Vater und meine Mutter hatten ja zugestimmt. Ich würde es nehmen. Das war ich ihnen schuldig.

Cathy und ich hatten nicht mit Nebenwirkungen gerechnet, als sie mir morgens lächelnd die erste Pille gab, »to start a new and better life.« Oder es war nicht klug gewesen, mir einfach ihre Dosis zu verpassen. Mit heftigen Durchfällen saß ich den ganzen Tag auf dem Klo und blockierte das Badezimmer. Abends lag ich zitternd im Bett und fühlte mich so elend wie noch nie in meinem Leben. Ich wollte keine amerikanische Heizdecke. Meine Mutter sollte mich in den Arm nehmen, mich zudecken, mir eine Wärmflasche bringen. Mein Vater sollte kommen, mich trösten, mir eine Geschichte erzählen.

Ich wollte nach Hause. Die Blamage war mir egal. Ich wollte mit Silke zusammen sein, mit meiner Schwester im Garten spielen, mit ihr auf den See hinausrudern, mit meinen Eltern am Wochenende bei Paolo Pizza essen. Ich wollte nicht smart und cool und nice und krass sein. Nicht erwachsen. Kein »new and better life« beginnen. Ich wollte wieder das kleine Mädchen sein, das in der Sandkiste spielte und sich über Britta ärgerte, wenn sie mit ihren ungeschickten Babyhänden auf meine perfekten Sandkuchen patschte. Wie glücklich ich damals gewesen war. Gab es keinen Weg dahin zurück?

Cathy kam alle zehn Minuten zu mir ins Zimmer, setzte sich ans Bett und bot mir süßen Tee an. Fragte, ob sie noch irgendetwas für mich tun könne. Ich heulte und sagte, ich wolle nach Hause.

»We'll talk about it tomorrow. Now try to sleep, little Xenia. I'm so sorry.« Sie strich mir über die Stirn.

In der Nacht stellte ich mich schlafend, wenn Cathys nach mir sah. Es ging mir besser, und ich wurde wieder unsicher, ob ich tatsächlich nach Deutschland zurück wollte. Ich fing an, mich zu ärgern, dass ich Paxil nicht vertrug. Es wäre eine Lösung gewesen. Wie sollte ich nun meine Probleme in den Griff bekommen? Weiterleben wie bisher, das wollte ich nicht. Ich suchte nach einem Ausweg. Grübelte. Warum gelang es mir nicht, zu sein wie die anderen? Warum stand mir meine Schüchternheit immer im Weg? Da fiel mir ein, wie gut und sicher ich als Pony Hütchen aufgetreten war. Ob ich versuchen sollte, die Rolle der Austauschschülerin zu spielen? Ich wurde ganz aufgeregt, als ich daran dachte.

Am nächsten Morgen wartete Cathy in der Küche mit frisch gepresstem Orangensaft und einem Riesenomelett. Ich hatte Lampenfieber. Die erste Bewährungsprobe: »Xenia klärt mit der Gastmutter ihren Verbleib in Dallas. Gong.« Ich zog selbst an den Schnüren. »Vorhang auf.« Zwar hatte ich jetzt kein Fahrrad, mit dem ich meine Ängste aus dem Weg klingeln konnte, doch es musste auch so gehen. Ich kannte meinen Text. Wenn ich Englisch sprach, fühlte es sich sowieso immer ein bisschen an wie Theaterspielen.

Ich begrüßte Cathy überschwänglich, sagte, es sei ein schöner Morgen, ich würde mich großartig fühlen und bedankte mich für ihre Fürsorge. Meine Stimme klang ein bisschen gepresst und einen halben Ton zu hoch. Cathy schien es nicht zu bemerken. Sie wirkte bedrückt. Kleinlaut rückte sie damit heraus, dass sie mit meinen Eltern über ein Medikament wie Baldrian gesprochen habe. Obwohl Paxil tatsächlich harmlos und normalerweise frei von Nebenwirkungen sei – wahrscheinlich habe ich eine seltene Allergie –, würde sie nun in einem völlig falschen Licht dastehen. Meine Eltern würden ihr Vorwürfe machen. Edward würde ärgerlich reagieren. Ob ich verstünde, dass es für alle besser wäre, unseren dummen Versuch zu verschweigen? Ob ich tatsächlich in Dallas so unglücklich sei, dass ich unbedingt nach Deutschland zurück wolle? Sie habe das Gefühl, versagt zu haben.

Da wusste ich, dass ich leichtes Spiel hatte. Großzügig nahm ich alle Schuld auf mich. Ich sei es doch gewesen, die sie um Paxil gebeten habe. Es sei ja eigentlich nichts passiert. Also brauchten wir darüber mit niemandem zu sprechen. Gestern hätte ich mich einfach für ein paar Stunden schlecht gefühlt, »an attack of homesickness, you know?« Das sei ja verständlich, wenn man in meinem Alter das erste Mal so weit weg von zu Hause war. Ich fand, es hörte sich alles sehr vernünftig und erwachsen an. Cathy umarmte mich herzlich. Sie war schnell wieder obenauf. Schlug vor, den freien Tag für einen ausgiebigen Shopping-Bummel zu nutzen und, falls mein Magen es erlaubte, ein anständiges Stück Fleisch zu essen.

Mein Magen sei tatsächlich noch angeschlagen und ich noch etwas wackelig auf den Beinen, sagte ich.

Cathy entschuldigte sich, sie habe ganz vergessen, dass..., ob ich mich lieber ausruhen und erholen wolle?

Erleichtert stimmte ich zu. Ich fühlte mich fantastisch. Normalerweise hätte der Versuch, mich für einen Tag dem amerikanischen Familienleben zu entziehen, Besorgnis, neugierige Fragen und stündliche Störungen nach sich gezogen. Nun horchte Cathy an meiner Tür und schlich auf Zehenspitzen wieder davon, um meinen Genesungsschlaf nicht zu stören. Olivia und Emily wurden ermahnt, leise zu sein. Ich lag bei heruntergelassenen Jalousien im Bett, genoss das Dämmerlicht und die Stille und hatte meine Ruhe. Eine kostbare Auszeit. Ich nutzte sie, um meinen Plan weiter auszuarbeiten.

Auf die einfache Idee, mir durch Krankheitstage Atempausen zu verschaffen, war ich nachts nicht gekommen. Es war mir klar gewesen, dass es mir kaum gelingen würde, ununterbrochen eine Rolle zu spielen, und ich hatte mich vor der Anstrengung gefürchtet. Denn neben meiner »social anxiety disorder« steckte ja noch eine andere Krankheit in mir. Nun war eine Lösung in Sicht: Ich würde häufig das Bett hüten. Meine neue labile Gesundheit würde mir Ruhe und Erholung schenken. Stunden und Tage, in denen ich für mich sein durfte. Ich erinnerte mich daran, wie gut ich mich nach jeder überstandenen Erkältung gefühlt hatte. Zwar hatte ich schon manchmal überlegt, eine Krankheit vorzutäuschen, mich aber nie getraut. Es wurde Zeit, das zu ändern. Ich würde es klug anfangen, würde eine Krankheit wählen, die immer wiederkehrte, die kein Arzt heilen und vor allem nicht mit Sicherheit erkennen konnte. Der Schwindel durfte nicht auffliegen. Ich entschied mich für Migräne. Frau Lange, meine Sportlehrerin in Deutschland, hatte Migräne. Sie fehlte oft. Bei schweren Attacken eine ganze Woche lang. Dann lag sie in einem abgedunkelten Zimmer, niemand durfte sie stören. Sie ertrug kein Licht, nicht das geringste Geräusch. Meine Mutter, die manchmal unter banalen Kopfschmerzen litt, sprach voller Mitleid über sie. »Eine so junge Frau, tagelang abgeschnitten vom Leben. Was für eine Beeinträchtigung. Das wünscht man seinem ärgsten Feind nicht.«

Migräne – das war die ideale Krankheit für mich. Tagelang abgeschnitten sein vom sogenannten Leben, das war es ja, was ich mir wünschte. Warum war mir das nicht früher eingefallen? Ich würde mich möglichst schnell über Migräne informieren und eine Form wählen, die zu mir passte. Ob die Lange sich auch nur Auszeiten nahm? Ob sie die Ruhe brauchte, um sich vom Lärm ihrer Sportstunden zu erholen? Den Rufen, die durch die Halle gellten, dem Prellen von Bällen, dem Quietschen der Turnschuhe, ihrer hohen Trillerpfeife? Wer wusste schon, ob sie nicht

in Wahrheit hinter den Vorhängen, die sie von der Welt
abschirmten, ein ganz anderes Leben führte. Ich jedenfalls
würde mir in Zukunft im Geheimen so ein Leben einrichten. Ein eigenes. Ein schönes. Ein stilles.

Der Umweg

Unter meiner Jeans trug ich einen superkurzen, pink-
farbenen Stretchrock. Beim Umsteigen in Frankfurt
zog ich die Jeans aus und stopfte sie ins Handgepäck. Auf
dem Flug nach Hamburg zupfte ich mir lange Ponyfran-
sen ins Gesicht und setzte schon mal probeweise meinen
weißen Westernhut auf. Vor dem Spiegel in meinem Gast-
zimmer hatte ich mich für diesen Look entschieden. Sie
sollten auf den ersten Blick erkennen, dass ich kein kleines
Mädchen mehr war. Insgeheim hoffte ich, dass mein Vater
mich abholen würde. In den letzten Wochen, die Zeit war
trotz meiner häufigen Migräne-attacken nur so gekrochen,
hatte ich begonnen, mir dieses Treffen auszumalen. Sollte
ich einfach an ihm vorbeigehen? Die Versöhnung hinaus-
zögern? Oder mich in den Arm nehmen lassen? Auf jeden
Fall würde ich ihm am Wochenende ein texanisches Ome-
lette zum Frühstück braten. Mit Jalapeños, Tomaten, Boh-
nen, viel Käse und einer scharfen Soße. Ein Friedensessen.
Das würde ihm gefallen.

Es stand aber nur meine Mutter unter den Wartenden
– der Verräter war nicht gekommen –, und ihr gelang
es, ihre Überraschung über mein Outfit zu verbergen.
Sie sagte kein Wort. Ich sah zwei feine Linien, die ihre
Mundwinkel nach unten zogen und die vor einem Jahr
noch nicht da gewesen waren, fühlte mich auf einmal

unwohl in meinem engen Stretchteil und versuchte, es ein paar Zentimeter nach unten zu ziehen.

»Damit du es gleich von mir erfährst, Xenia«, sagte meine Mutter nach der Begrüßung, und es zuckte um ihre Mundwinkel, die feinen Linien verstärkten sich, »dein Vater und ich werden uns trennen. Nächste Woche ist der Scheidungstermin. Ich fand es besser, dich da drüben nicht damit zu behelligen. Dein Vater will mit dieser jungen Frau in Schwerin ein neues Leben aufbauen. Der macht es sich leicht. Wir müssen in Eutin wohnen bleiben. Die Stadt ist klein. Ich will nicht, dass es schon die Runde macht. Auch die Nachbarn sollen es noch nicht erfahren.« Sie wirkte verbittert und erschöpft. Ihre Stimme schwankte. »Britta und du, ihr werdet euren Vater natürlich weiter sehen. Das ist alles verabredet.«

»Ach, Mama. Auf den kann ich verzichten. So ein Scheißkerl.«

Die eine Stunde Fahrt nach Hause kam mir unendlich lang vor. Mein Cowboyhut lag hinten auf der Ablage, ich schämte mich für meinen Aufzug. Was sollte ich erzählen? Es war ja alles unwichtig geworden. Beim Kaffeetrinken musste ich immer wieder zu dem jetzt freien Platz von meinem Vater hinsehen. Auch wenn er selten da gewesen war, dieser Platz hatte auf ihn gewartet. Nun würde er für immer leer bleiben. Britta, meine Mutter und ich, wir würden in Zukunft nur noch zu dritt sein. Da wo sonst seine Espressotasse und sein Kuchenteller gestanden hatten, war jetzt nur die Stickerei der Tischdecke. Ein Muster aus ineinander verschlungenen Kornblumen und rotem Mohn, deren Blüten erhaben waren, sodass seine Tasse oft eine leichte Schlagseite bekam.

Wieder versuchte ich, den Tube über meine Oberschenkel zu ziehen. Ich kam mir nackt vor. Als ich meine Tasse hob, stieß ich gegen den kleinen Löffel, es klirrte. Meine Mutter und meine Schwester sahen mich an. Ich trank einen viel zu großen Schluck, verbrühte mich fast am heißen Tee, hustete.

Dann gab ich mir einen Ruck: »Und Klappe! Kaffeetrinken nach der Rückkehr aus Amerika, die Erste.« Ich erzählte, ich lachte, ich gestikulierte. »Ein Wahnsinnsjahr, meine Gasteltern haben mich überall mit hingenommen. In Texas ist einfach alles viel größer: die Supermärkte, die Schulen, die Autos und sogar die Shampooflaschen. ›Everything is huge‹, sagen die Texaner selbst über ihr Land. Und wie stolz sie auf ihr Image als Cowboys sind, obwohl es kaum noch richtige Farmer gibt. Zu Weihnachten hingen neben den bunten Kugeln kleine Cowboystiefel und Hüte im Baum. Stolz sind sie auch auf ihr Land. Jeden Tag wird morgens in der Schule der ›Pledge of Allegiance‹, ein Vers über die USA und den jeweiligen Bundesstaat, aufgesagt, dabei die Hand aufs Herz. Ich musste immer lachen. Das wäre hier in Deutschland unmöglich. Ich habe irre viel gesehen, zum Abschied waren wir gestern auf dem Reunion Tower, da fährt man bis ins 50. Stockwerk mit einem gläsernen Fahrstuhl in ein Restaurant, das dreht sich in einer Stunde einmal um sich selbst. Man sieht die ganze Stadt von oben, eine tolle Aussicht. Wir sind auch einmal in Housten gewesen, in so einem riesiges Museum, und in San Antonio zum Shoppen, und in Austin, und zum Barbecue, und mein Englisch ist jetzt perfekt. Mit texanischem Akzent natürlich, das werden sie in der Schule wohl gelten lassen. Fünfzehn Punkte im Leistungskurs sind mir sicher. Nach dem Abi geh ich auf jeden Fall wieder rüber, und ...«

»... und überhaupt«, sagte Britta. »Ich geh mal mit Wuschel raus.«

Es verschlug mir die Sprache. Meine kleine Schwester war in diesem Jahr unglaublich gewachsen. Sie war jetzt fast so groß wie ich. Doch das war es nicht, was mich irritierte, obwohl ich mich im ersten Augenblick ein bisschen gekränkt gefühlt hatte. Sie wirkte irgendwie anders. Erwachsener oder freier oder unabhängiger oder... Ich fand nicht das richtige Wort. Und sie hatte einen Hund.

Britta war schon immer verrückt gewesen nach Tieren und hatte jedes Fell gestreichelt, an dem sie vorbeikam. Zu ihrem achten Geburtstag hatte sie sich monatelang einen Esel gewünscht. Schon vor Weihnachten hatte sie uns alle mit dem Esel verrückt gemacht und versprochen, sie würde für den Rest ihres Lebens auf Geschenke verzichten, wenn sie einen Esel bekäme. Er könne im Garten stehen und das Gras abfressen, niemand brauchte mehr den Rasen zu mähen. Vor ihrem Geburtstag im April versteifte sie sich so sehr auf diesen Esel, dass sie von nichts anderem mehr sprach. Ich konnte es nicht mehr hören. Meine Mutter schien nachzugeben. »Ja, also, eine Art Esel, vielleicht kann ich mich mit der Idee anfreunden.«

Ich glaubte meinen Ohren nicht zu trauen. Haustiere machten nur Schmutz und Arbeit, die dann an ihr hängen bleiben würde, war immer ihre Haltung gewesen. Britta war selig. Am Abend vor dem Geburtstag zogen meine Eltern mich ins Vertrauen. Ein nagelneues, rotes Fahrrad würde Britta bekommen, einen »Drahtesel«. Ich durfte mir das Fahrrad ansehen. So sehr mir Britta mit ihrem Esel auf die Nerven gegangen war, so sehr war ich nun entsetzt darüber, dass die Eltern ihr falsche Hoffnungen gemacht hatten. Was für eine furchtbare Überraschung stand ihr bevor. Ich begriff nicht, warum meine Mutter kichert, als sie das Wort Drahtesel sagte. Wie grausam Erwachsene waren.

Britta reagierte unglaublich tapfer. Sie schluckte zwar, als ihr die Sache mit dem Drahtesel erklärt wurde, sagte dann aber: »Vielleicht das nächste Mal?« Fuhr sogar eine Proberunde auf der Einfahrt vor unserem Haus. Ich hätte dieses dumme, rote Fahrrad in die Hecke geworfen.

Und jetzt hatte sie also einen eigenen Hund. Ich kam mir betrogen vor. Ich war in die USA gegangen, ich hatte alles getan, was von mir verlangt wurde, und als Belohnung bekam ich die Nachricht, dass meine Eltern sich scheiden ließen. Und meine Schwester hatte ihren eigenen Hund. Ich versuchte, über meine Enttäuschung hinwegzureden. Ich sah ja, wie niedergeschlagen meine Mutter war und wie sie sich daran klammerte, dass ich ein erfolgreiches Jahr hinter mich gebracht hatte. Ihre große Tochter. Wie ihr Gesicht Farbe bekam, wenn ich von meinen Erlebnissen berichtete. Wie sie ihren Kummer vergaß. »Ich bin so stolz auf dich, Xenia. Du bist erwachsen geworden. Das hatte ich mir erhofft. Die schwierige Situation jetzt bei uns meistern wir beide zusammen, ja? Britta ist noch ein Kind, sie hat im letzten Jahr schwer unter der Trennung gelitten.«

Nach der Scheidung lud meine Mutter uns abends »zur Feier des Tages« zum Italiener ein. Sie erzählte uns, wie sie als Studentin unseren Vater kennengelernt hatte. Er hatte bereits seine erste Stelle in Lübeck, sie befand sich im Examen, als sie schwanger wurde. Nach meiner Geburt schaffte sie es noch, ihr Studium abzuschließen; dann kam Britta. Danach brachte sie nicht mehr die Energie auf, ins Referendariat einzusteigen. Mit zwei kleinen Kindern hatte sie genug zu tun. Den Plan, ihre Ausbildung zu beenden, verschob sie von Jahr zu Jahr, bis es zu spät war und sie selbst nicht mehr daran glaubte. »Nach außen habe ich noch eine Weile so getan, als ob. Fast alle unsere Freunde und Bekannten sind Akademiker. Und ich bloß Hausfrau?

Ich habe mich lange geschämt, das zuzugeben. Eigentlich heute noch, nur dass ich es jetzt nicht mehr leugnen kann.«

»Du bist gerade vierzig. Da kannst du so jeden Tag neu anfangen«, sagte ich. Eigentlich fand ich vierzig ziemlich alt. Es war aber bestimmt nicht der richtige Zeitpunkt, ihr dies zu sagen.

»Das ist lieb von dir, Xenia. Mein Vertrauen in mich ist gerade ziemlich erschüttert. Ich hätte nicht gedacht, dass eine Frau aus meiner Generation in diese uralte Falle tappt. Was haben euer Vater und ich uns nicht alles geschworen, als wir geheiratet haben. Alles für die Katz. Je mehr er aufstieg, umso mehr ließ er mich zurück. Und angelt sich schließlich eine junge Kollegin, die ihm auch beruflich imponiert. Ihr müsst mir versprechen, dass ihr es besser macht als ich.«

»Arme Mama«, sagte Britta.

»Ihr seid mir ja geblieben, meine zwei großen und schönen Mädchen. Ich nehme Teil an allem, was ihr tut. Das kann er mir nicht wegnehmen. Wenn Xenia aus Amerika berichtet, habe ich das Gefühl, selbst dagewesen zu sein. Was für eine Freude. Und später ..., ich bin so gespannt, was aus euch wird. Dann sitzen wir zusammen wie gute Freundinnen, ihr erzählt mir von euch und bringt mir die Welt nach Hause. Ja?« Sie umarmte uns. Ich ließ es mir gefallen, hatte aber ein unangenehmes Gefühl dabei. Die gute Freundin meiner Mutter werden, das wollte ich auf keinen Fall. Und erst recht keine Vertraulichkeiten. »Du hast doch auch noch dein eigenes Leben«, sagte ich.

»Ihr seid jetzt mein Leben.«

Am Tag nach meiner Ankunft aus den USA traf ich mich mit Silke. Sie war die einzige, die ich in meinen Plan von einem neuen Leben eingeweiht hatte.

Schon in ihren Mails war sie skeptisch gewesen, nun schüttelte sie den Kopf. »Das wirst du nicht durchhalten, Xenia. Warum musst du auf einmal so sein wie die anderen? Versteh ich nicht.«

»Du hast keine Ahnung, wie es sich anfühlt, überall nur daneben zu sitzen. Ich hab's satt. Ich will mit dabei sein.«

»Das bist dann ja gar nicht mehr du.«

»Lass mal meine Sorge sein.«

»Weißt du, was ich denke? Ganz ehrlich?«

»Klar.«

»Du spinnst. Diese Idee mit der Migräne ..., total bescheuert. Das funktioniert nie.«

Ich hatte mir Zuspruch und Unterstützung von meiner besten Freundin gewünscht. Ihre Ablehnung enttäuschte mich. »In Wahrheit bist du nur eifersüchtig, dass ich jetzt aus deinem Windschatten herauskomme. Gib es zu. Jahrelang hat es dir gut gefallen.«

»Bist du sicher, dass du nicht doch irgendein amerikanisches Wundermittel einwirfst?«

»Das hör ich mir nicht länger an.« Ich ging weg.

Sie lief mir hinterher. »Xenia. Bleib doch mal stehen. Hast du vergessen – best friends forever?«

»Nicht, wenn du solchen Schwachsinn sagst.«

»Okay. Das mit dem Wundermittel nehme ich zurück. Das andere nicht. Ich freu mich, dass du wieder da bist. Und ich möchte die wirkliche Xenia zurück.«

»Die bleibe ich doch. Nur geht es der besser, wenn sie auch mal ein bisschen Spaß hat und sich nicht ständig in Acht nehmen muss, weil der Rest der Welt sie belauert. Weißt du, ich hab's auch satt, dass ich mich ständig entschuldigen soll dafür, dass ich bin wie ich bin. Damit ist Schluss. Meine Mutter freut sich, dass ich sie aufheitere. Die ist richtig am Boden. Wenn ich jetzt wieder anfange, die alte Xenia zu sein..., das kann ich ihr nicht antun. Hilfst du mir?«

»Klar. Aber es wird nicht klappen. Wenigstens nicht auf Dauer.«

»Ich versuch es trotzdem.«

In der Schule kostete es mich viel Kraft und viele Fehlstunden, um die Lehrer von meiner Verwandlung zu überzeugen. Nach einer Weile akzeptierten sie die neue Xenia. Ich merkte es daran, dass sie es übersahen, wenn ich einen Rückfall erlitt. Eigentlich war es erschreckend, wie einfach sie sich täuschen ließen. Es war, als ob sie ein jetzt lieb gewonnenes Bild nicht durch die Wirklichkeit beschädigen lassen wollten. Mein Klassenlehrer sprach mich darauf an, dass ich so frei und selbstbewusst aus den USA zurückgekommen sei. Er habe zunächst Bedenken gehabt, ob ich das Jahr überstehen würde. Nun aber müsse er meiner Mutter recht geben. Es sei eine gute Entscheidung gewesen. »Es ist doch etwas dran, dass es in allen Kulturen diese Zeit der jugendlichen Prüfungen und der Ablösung gibt.«

Ich wusste nicht genau, was er meinte. »Ja, klar«, sagte ich mit heller Stimme.

Auch das Verhältnis zu meinen Mitschülern veränderte sich. Ich beobachtete die kleinen Verschiebungen genau. So war ich selbst mit Make-up ziemlich blass, weil Cathy eine geradezu hysterische Angst vor Hautkrebs hatte und ich ohne Sonnenblocker nicht aus dem Haus durfte. Früher wäre meine fehlende Sommerbräune kein Thema oder höchsten eine flapsige Bemerkung wert gewesen, nun war meine Amerikablässe »cool«, fand Olaf. Dass er um mich herumschlich, ja, sich um mich bemühte, das war auch neu.

Im Englischkurs berichtete ich vom Basketball-Spiel der Mavericks gegen San Antonio. Obwohl ich nie ein Spiel besucht hatte, wusste ich genug, um es in den buntesten Farben zu schildern. Schon eine Stunde vor Beginn des Matches wurden Gewinnspiele angeboten, es gab Entertainment und Musik. Die Liebes-Kamera fing Paare ein und zoomte sie auf eine Riesenleinwand. Unter den Augen der Menge mussten sich die Paare dann küssen. Vor dem Spiel standen alle Zuschauer auf und sangen, die Hand auf dem Herzen, inbrünstig die Nationalhymne. Ich erzählte vom Anfeuerungsgeschrei der zwanzigtausend Fans im American Airlines Center, »Lets Go, Dallas, Lets Go!«, den Trommlern, die zwei Stunden lang ununterbrochen auf ihre Instrumente einschlugen, den Cheergirls, die in Flitterröckchen und zu lauter Musik menschliche Pyramiden bauten, von Champ, dem Maskottchen, einem blauen Pferd, das die Zuschauer zur Raserei brachte, wenn es in den Pausen Ballkunststücke zeigte. Von den Pfiffen der Schiedsrichter, dem durchdringenden Ton des Sekunden-Buzzers, den Rufen der Spieler, dem Gerenne und dem Gestikulieren der Coaches auf der Seitenlinie, der Unruhe der Zuschauer, die jede kleine Unterbrechung nutzten, um sich Bier, Cola und Nachos zu besorgen. Dazu zeigte der Hallenwürfel unter dem Dach laufend Statistiken an, wiederholte besonders gelungene oder strittige Aktionen, was immer kollektive Aufschreie der Fans zur Folge hatte.

Es war eine seltsame Erfahrung, dass die anderen tatsächlich Gefallen gefunden hätten an einem Spektakel, vor dem ich geflohen wäre. Je mehr Mühe ich mir gab, ein Inferno zu schildern, umso begeisterter hörte mir der Kurs zu. Ich stand im Mittelpunkt und erzählte und wurde bewundert, und es fühlte sich gut und schlecht an zugleich. Ich war ganz allein. Olaf nutzte die Gelegenheit und fragte mich nach der Stunde, ob ich ihn am Wochenende zu einem Basketballspiel nach Wedel begleiten wolle. »Es ist nur zweite Bundesliga, aber die spielen ganz toll. Wir können ja hinterher noch in Hamburg was zusammen machen.«

Ich holte tief Luft: Und Klappe! Xenia zeigt es dem Blödmann, die Erste. »Weißt du, Olaf, zweite Bundesliga ist nicht wirklich so mein Ding.« Ich hatte keine Ahnung von irgendwelchen Ligen, noch ein Jahr zuvor hätte ich liebend gern mit ihm ein Kreisklassespiel besucht oder ihm auch nur beim Training zugeschaut. Nun ärgerte ich mich darüber, dass ich nicht schlagfertig genug gewesen war, ihm zu sagen, ich hätte kein gesteigertes Interesse an Kindergarten-Basketball.

»Und einen Ausflug nach Hamburg. Ich meine, nur so?«

»Also, an diesem Wochenende habe ich was vor.« Wie gut es tat, ihn zappeln zu lassen.

»Ich meine, irgendwann mal. Hättest du Lust?«

»Wohl eher nicht.« Ich lächelte ihm ins Gesicht.

Mein neuer Status, mein Angesagtsein hatte auch Nachteile. Dass ich nun mit den anderen in der großen Pause zum Bäcker zog, um Kaffee zu trinken, bezahlte ich hinterher mit Herzrasen und Magenschmerzen. Und wenn ich mir zehnmal schwor, Schluss damit zu machen, ging ich doch das elfte Mal wieder mit. Irgendwie gehörte es zum Erwachsenwerden, Kaffee zu trinken. Da wollte ich nicht zurückstehen. So war mir die gesamte Oberstufe hindurch eigentlich immer übel.

Doch die eigentliche Veränderung in meinem neuen Leben bestand darin, dass ich nun verpflichtet war, mit den anderen zusammen etwas nach Schulschluss zu unternehmen. Nachmittags ging es in die Stadt shoppen, ab Freitag gab es das Wochenende hindurch jeden Abend Party. Ich wurde eingeladen. Ich war beliebt. Wie ich es mir insgeheim gewünscht hatte. Aber Silke hatte recht gehabt. Ich konnte es nicht durchhalten. Am Anfang hatte ich immer Spaß, doch wenn es für die anderen erst richtig losging, war ich mit meinen Reserven am Ende. Nach ein paar Stunden in einer Disco, lauten Gesprächen, Gelächter und Stimmengewirr, einem Zug durch mehrere Kneipen hätte ich weinen oder um mich schlagen können. »Und Klappe! Xenia amüsiert sich, die Dritte, die Vierte«, wollte nicht dauerhaft funktionieren. Zum Glück hatte ich aus den USA ja die Neigung zu Migräne mitgebracht. Bald erlitt ich am Wochenende regelmäßig eine schwere Attacke.

»Spannungskopfschmerz« diagnostizierte unser Hausarzt, nachdem ich ihm erzählt hatte, dass ich in der Schule viel nachzuholen hätte und der Klausurendruck mich unter Stress setzte. Ich hatte mich vorbereitet. Das Kopfschmerztagebuch, das er mir gab, würde ich sorgfältig führen. Kopfschmerzen waren viel besser als Migräne. Da musste ich keine Übelkeit und kein Erbrechen vortäuschen. Es machte mir wenig aus, den Arzt zu hintergehen. Schwerer schon war es, mit dem Mitleid meiner Mutter fertig zu werden. Ihr gegenüber fühlte ich mich schuldig. Sie war enttäuscht darüber, dass ich nun doch nicht die fröhliche, gesunde große Tochter war, die sie sich wünschte. In der kurzen Zeit, in der ich versucht hatte, mit den anderen mitzuhalten, war sie richtig aufgelebt. Wenn ich mich abends zurechtmachte – ohne perfektes Make-up ging ich nicht aus dem Haus –, wäre sie mir am liebsten ins Badezimmer gefolgt und hätte mir zugeschaut. Stets wartete sie im Flur, um mich zu verabschieden. »Was für eine Freude, Xenia, deine Freude zu sehen. Ich erinnere mich jetzt wieder, wie es war, als ich in deinem Alter war. So jung, so voller

Erwartung, so voller Glück und Lebensfreude. Vor dir liegen die schönsten Jahre.«

Und nun lag ich am Wochenende im abgedunkelten Zimmer und hatte Kopfschmerzen. Ich betrog sie um ihre Freude. Manchmal verabredete ich mich mit Silke und verbrachte mit ihr oder ohne sie einen ruhigen Abend in ihrem Zimmer. Vermied jedes Geräusch, damit niemand im Haus meine Anwesenheit erinnerte. Ich las, träumte vor mich hin, ruhte mich aus, und meistens schlief ich irgendwann ein. Meine Mutter am nächsten Tag mit ein paar Anekdoten zu versorgen, war leicht. Ich begann, Gefallen daran zu finden, ihr kleine Geheimnisse anzuvertrauen. Sie liebte es. An einem Sonnabend wählte ich besonders coole Sachen aus, ein langes rosa-weiß geringeltes Shirt mit aufgenähter Spitze, das ich als Kleid trug, Ballerinas in den gleichen Farben, darüber meine kurze Jeansjacke. Ich schminkte mich sorgfältig und sagte meiner Mutter, ich würde mit drei Freundinnen ins Kino und hinterher noch auf die Party eines Jungen aus meiner Klasse gehen. Es könne spät werden.

»Sei bitte um Zwölf zurück, Xenia. Wenn es später werden sollte, ruf an. Ich mach mir sonst Gedanken.«

»Keine Sorge. Melanies Vater holt uns ab und fährt uns sicher wieder nach Hause.«

An diesem Wochenende war Silke mit ihren Eltern verreist. Ich hatte den Schlüssel zum Haus und freute mich auf einen stillen Abend ganz für mich allein. Leider schlief ich dann auf der Couch ein und wachte erst weit nach Mitternacht auf. Auf meinem Handy fünf Nachrichten von meiner Mutter. Ich rief sofort zurück, erzählte ihr von einer Autopanne, die Melanies Vater gehabt hätte, und dass wir stundenlang auf den ADAC gewartet und zwischen zwei Dörfern kein Netz gehabt hätten. Schon während ich ihr die Geschichte auftischte, kam sie mir reichlich unglaubwürdig vor.

»Wo bist du jetzt, Xenia. Soll ich dich abholen?« Sie war nicht schlafen gegangen, hatte auf mich gewartet.

»Bin in zehn Minuten da.« In Eile wischte ich mir verschmierte Wimperntusche aus dem Gesicht, restaurierte, so weit es ging, mein Make-up und steckte mein Haar wieder hoch. Auf dem Weg durch die Nacht fiel mir nichts ein, womit ich meine wirre Geschichte in eine halbwegs glaubwürdige hätte umbiegen können. Ich hatte mich zu sehr festgelegt.

Beklommen öffnete ich die Haustür. Meine Mutter kam aus der Küche, umarmte mich sanft und drückte ihren Wange an meine. »Geht es dir gut?«

Ich war froh, keine Vorwürfe zu hören. »Ja, natürlich?«

»Mein liebes großes Mädchen. Du wirst müde sein. Geh jetzt schlafen. Gute Nacht, Xenia.« Ihre Stimme klang seltsam gerührt. Ich konnte mir keinen Reim darauf machen.

Am nächsten Tag sagte sie mir, ich brauche ihr überhaupt nichts zu erklären, ich sei ja schon erwachsen, eine junge Frau. »Du hast das Recht auf deine Geheimnisse«, sie lächelte mir verschwörerisch zu. »Ich weiß, wie du dich fühlst. Wenn du ein Gespräch möchtest, von Frau zu Frau..., ich bin immer für dich da.« Sie würde für mich einen Termin bei ihrem Gynäkologen machen. Er würde mir dann die Pille verschreiben.

Silke lachte, als ich ihr davon erzählte. »Deine Mutter kennt dich schlecht. Du könntest ihr von irgendwelchen Orgien erzählen, und sie würde es glauben.«

»Sie würde an jeder von mir halbwegs lebendig überstandenen Orgie mehr Gefallen finden als an der Vorstellung, dass ich den Sonnabend-Abend für mich sein möchte. Sie zwingt mich ja förmlich, sie anzulügen.«

»Irgendwann geht das schief.«

»Ach was. Im Notfall bin ich immer mit dir zusammen gewesen, ja? Ich brauche nun mal meine Orgien der Stille und des Schweigens.«

»Abgemacht.«

Pflanzenleben

Xenia dachte ungern an die Missverständnisse und Missgeschicke zurück, die ihr zu Beginn ihres neuen Lebens passiert waren. Doch sie hatte ein erbarmungslos gutes Gedächtnis. Nie vergaß sie die Taktlosigkeiten, die sie begangen, die Kränkungen, die sie anderen zugefügt hatte. Sie spürte, wie sie rot wurde, als sie sich jetzt in ihrem Liegestuhl daran erinnerte, wie sie im Sommer nach ihrer Rückkehr den alten Parkwächter verletzt hatte. Seine hilflose Abwehrbewegung mit nur halb erhobenen Händen stand ihr genau vor Augen. Britta und sie hatten in den großen Ferien als Platzanweiserinnen in der Oper im Schlosspark gejobbt. Am Tor zum Park trafen sie jeden Abend auf denselben Ordner, der die Eintrittskarten kontrollierte.

»Da kommen ja die Grazzien«, sagte der alte Mann am ersten Abend und lächelte ihnen zu. Xenia nickte kurz. Britta grüßte freundlich. Jeden Abend wiederholte sich diese kleine Szene. Immer wieder sagte der Ordner den gleichen Satz. Einmal wollte sich Xenia hervortun und sagte: »Graazien heißt es! Und es waren bekanntlich drei.« Der alte Mann zuckte zusammen, trat einen Schritt zurück und hob entschuldigend die Hände. Sofort tat Xenia ihre Antwort leid.

»Warum hast du ihn beleidigt?«, fragte Britta. »Er wollte nur nett sein.«

»Ist doch aber irgendwie beschränkt. Jeden Tag den gleichen Spruch. Keine Sorge, morgen wiederholt er ihn wieder.«

»Glaube ich nicht.«

Xenia wusste genau, dass ihre Schwester recht hatte. »Ach was«, sagte sie.

Von da an ging der Alte ihnen aus dem Weg. Wenn sie kamen, wischte er mit seinen Schuhen den Kies glatt, musste dringend ein paar Schritte abseits Grashalme ausrupfen oder lauschte angestrengt den Vögeln in der Lindenallee. Xenia richtete es so ein, dass sie nicht mehr zusammen mit ihrer Schwester den Park betrat. Sie trödelte beim Aufbruch herum, »ich muss noch aufs Klo. Wir sehen uns ja in der Oper.«

Britta und sie sprachen nicht über den Vorfall. Aber Xenia ging ihr Verhalten nach. Früher hätte sie sich für ihr vorlautes und verletzendes Betragen geschämt, hätte lange über sich nachgegrübelt und sich schuldig gefühlt. Und man hätte es ihr angesehen. Hätte sie befragt, auf ihr Schweigen hin nachgebohrt, sie für verschlossen und in sich gekehrt gehalten. Sie beobachtet und verurteilt. Nun, nach »Amerika«, schämte sie sich ebenfalls, grübelte lange über sich nach und fühlte sich schuldig. Doch sie überspielte dies alles. Es gelang ihr, sich zu verbergen. Die Währungen, mit denen sie für ihre Ruhe bezahlte, hießen: Scham und Erschöpfung. Nur mit Hilfe ihrer Kopfschmerzen überstand sie die erste Zeit, dann begann sie im Sinne ihrer Rolle zu fühlen und zu denken. Immer seltener brauchte sie sich »Und Klappe! Xenia, die Erste« vorzusagen.

Die Gelegenheiten, in denen sie sich wie von außen betrachtete, und eine unbestimmte Sehnsucht nach der alten, der stillen Xenia spürte, wurden seltener. Bald gehörte sie zu den Schülerinnen, die sie vorher beneidet und verachtet hatte. In den mündlichen Fächern hagelte es gute Noten. »Xenia bringt durch ihre lebhaften und stets in fehlerlosem Englisch vorgetragenen Beiträge oft den Kurs voran.«

Nach dem Abitur wusste sie nicht, was sie studieren sollte. Sie hatte keine Ahnung, wo ihre Talente lagen oder ob sie überhaupt welche besaß. Jura, wie es sich ihre Mutter insgeheim, aber nicht geheim genug, wünschte, kam für sie nicht infrage. Ein Auslandsjahr, wie es viele anstrebten, um Zeit für sich zu gewinnen, interessierte sie nicht. Mit der Gewissheit, dass sie den NC nie erfüllen würde, bewarb sie sich für ein Studium der Medien- und Kommunikationswissenschaften und zog zu ihrem Freund Moritz, der in Hamburg Germanistik studierte. Alle Berufe, die irgendetwas mit Medien zu tun hatten, galten in ihrem Jahrgang als Traumjob, und irgendwie interessierte sie sich für Film. Deshalb würde es niemand verwunderlich finden, wenn sie bereit war, ein paar Jahre auf den Studienplatz zu warten. Es gab keine bessere Ausrede. So trieb sie dahin, kellnerte, füllte Regale auf, gab Nachhilfeunterricht und sortierte im Schichtdienst Medikamente für eine Versandapotheke. In den langen freien Tagen fühlte sie sich wie eine Pflanze. Und es war ihr auf eine gleichgültige und von sich selbst losgelöste Weise wohl dabei.

Monate und Jahre glitten vorüber, ohne dass sie sich für irgendetwas entscheiden musste. Immer wieder bewarb sie sich erneut für das unerreichbare Studium. Ihr Alibi für die Welt.

Fahrten zu ihrer Mutter nach Eutin wurden seltener. Mit Verwunderung registrierte sie, dass Britta Abitur machte und in Kiel anfing zu studieren. Ihre kleine Schwester studierte. Es wurde schwieriger, ihr eigenes Dahintreiben, ihre aussichtslosen Bewerbungen zu verteidigen, gute Laune und Optimismus vorzutäuschen. Schließlich beschränkte sie ihre Besuche auf Weihnachten und Ostern und einen Sommerbesuch im Juli zum Geburtstag ihrer Mutter. Ihre Freundschaft zu Silke schlief ein. Xenia wusste, dass die Freundin durch Lateinamerika getrampt war, sich mit Farmarbeit in Australien durchgeschlagen und in Göttingen ein Semester Sinologie studiert hatte. Dann dünnte der Kontakt aus.

Bis sie eines Tages eine SMS erhielt: »Kannst du kommen?«

Xenias Herz machte einen Sprung. »Klar. Sofort. Wo bist du?«

»Danke für die Reihenfolge. Mir gehts dreckig.«

»Bff.«

Silke war in Hamburg und studierte Geologie. Sie hatte sich in Thomas, einen schwulen Banker, verliebt, der nicht schwul war, solange es sie betraf. Doch er gönnte sich immer wieder »notwendige Auszeiten von der heterogenen Lebensweise«, wie er es formulierte. Ließ sich dann wochenlang nicht mehr blicken. Silke war jedes Mal am Boden zerstört. »Mein Problem ist, dass dieser Mistkerl sich nicht entscheiden kann. Am besten wäre es, er würde einfach wegbleiben.«

»Dein Problem ist, dass du dich entschieden hast. Für diesen Mistkerl.«

»Leider hast du Recht«, sagte Silke schwach. »Was mach ich jetzt?«

»Nach allem, was du mir erzählt hast, kommt der schneller zurückgekrochen, als dir lieb ist.«

»Lieb wäre mir: sofort.«

»Dem würde ich was erzählen. Nur zu gern.«

»Ach, Xenia.«

Als ob mit dem Aufleben ihrer Freundschaft zu Silke ein

Damm gebrochen wäre, veränderte sich Xenias Leben. Sie bewarb sich bei einer kleinen Filmfirma, wurde zu einem Gespräch eingeladen und als Praktikantin eingestellt. »Hauptsächlich geht's darum, zu gucken: zu gucken, ob jemand was braucht, zu gucken, ob etwas fehlt und zu gucken, ob sonst alles in Ordnung ist«, erklärte ihr der Aufnahmeleiter. Sie habe unverschämtes Glück gehabt und den Job nur bekommen, weil ein fest eingeplanter Praktikant kurzfristig abgesprungen sei.

Sechs Monate lang spielte sie Mädchen für alles und überlegte, bei der Firma eine Ausbildung zur Mediengestalterin zu machen. Da kam die Zulassung für ihr Studium.

»Silke, du bist eine Zauberfee. Ich lade dich heute Abend ein.«

»Keine Ahnung, was du meinst. Aber angenommen. Muss nur noch Thomas Bescheid sagen. Das Leben kann soooo schön sein.«

Zu Semesterbeginn fremdelte Xenia. Sie war beinahe dreiundzwanzig, die meisten ihrer Kommilitonen erst achtzehn oder neunzehn Jahre alt. Sie erschienen ihr wie Schulkinder, und sie staunte darüber, wie abgeklärt diese Schulkinder ihre berufliche Zukunft in Angriff nahmen. Wie leidenschaftslos sie sich ihre Nebenfächer aussuchten, BWL und Jura belegten. Wenn Xenia verriet, dass sie Psychologie und Literatur gewählt hatte, weil sie diese Fächer mochte, erntete sie Unverständnis und Mitleid. Und sie wusste keine Antwort auf die Frage, ob sie eine Firma wisse, die Absolventen mit solch weichen Fächern nehmen würde.

Bald jedoch begann sie zu ahnen, dass sich geheime Sehnsüchte hinter den vernünftigen Entscheidungen ihrer

Kommilitonen verbargen. Sowie sie sich mit jemandem allein unterhielt, hörte sie andere Töne. Sie freundete sich mit Julia an und mit dem dicken Ulrich. Julia hatte sich nach dem Abitur ohne Erfolg bei verschiedenen Schauspielschulen beworben und sich dann für Medienwissenschaft entschieden. »Klingt irgendwie cool. Und vielleicht ergeben sich ja so irgendwelche Kontakte.« Zunächst einmal aber wollte Julia nebenher Geld verdienen, um in den Semesterferien mit ihrem Freund auf den Malediven zu schnorcheln. Xenia empfahl sie dem Apothekenversand, bei dem sie selbst jobbte.

Ulrich dagegen wollte unbedingt Trashfilme drehen und galt bei den anderen als Freak. Er schwärmte für Ed Wood, John Waters und Christoph Schlingensief und hatte noch länger als Xenia auf seinen Studienplatz gewartet. Xenia interessierte sich zwar nicht für Trash, es gefiel ihr aber, dass Ulrich so unbeirrt an seinem Wunsch festhielt. Bei Filmvorführungen sah sie sich manchmal heimlich im Kinosaal um. Wie viele von denen, die sich gerade in den roten Sesseln zurücklehnten, mochten von einem eigenen Film träumen? Die Analyse eines Werks, die wissenschaftliche Beschäftigung mit den Mitteln seiner Herstellung, das waren die Ziele ihrer Ausbildung. Man zeigte sich erhaben über die Niederungen der Praxis. Wenn allerdings ein leibhaftiger Filmemacher hereinspaziert käme und einen Job anzubieten hätte, würde es großes Gedränge geben. Da war sich Xenia inzwischen sicher.

Ob sie überhaupt richtig war in diesem Studium, um das sie beneidet wurde? Hätte sie besser bei der kleinen Produktionsfirma bleiben sollen?

Ludwig

Dann wurde kurz vor Beginn des zweiten Semesters ein Seminar mit dem Münchner Dokumentarfilmer Ludwig Brandl angekündigt. »Der Fachbereich ist froh und stolz, einen so prominenten Mann aus der Praxis gewonnen zu haben.«

Brandls *Hochläufer* war den meisten Studenten vom Titel her bekannt, oder man tat wenigstens so als ob, und wer ihn noch nicht gesehen hatte, lieh sich den Film schleunigst aus. Ich hatte die Premiere zusammen mit meinem damaligen Freund Moritz bei meinem ersten Hamburger Filmfest, gleich nach dem Abitur, besucht. Ludwig Brandl aber nicht zu Gesicht bekommen. Er hatte sich beim Wasserski verletzt und ließ sich von seinem Produzenten vertreten. Der Film erzählte eine leise Alltagsgeschichte. Es war das Porträt eines Briefträgers, in dessen Bezirk viele alte, hohe Häuser lagen, die keinen Briefkasten vor oder im Haus besaßen. Stattdessen gab es Briefschlitze in jeder Wohnungstür, so dass der Bote die Treppen bis in den vierten oder fünften Stock hinauf musste. Hochläufer war die offizielle Bezeichnung der Bundespost für solche Häuser.

Der Film verzichtete auf einen erläuternden Kommentar aus dem Off, die Kamera begleitete den Helden auf seinem Treppenlauf, ruhte auf winzigen Details, fing Begegnungen und Gespräche ein. Schuhe vor den Türen verrieten, wer hinter ihnen wohnte. Kinder-Gummistiefel, ausgetretene oder angesagte Turnschuhe, elegante rote Damenpumps oder klobige Wanderschuhe. Der Hochläufer wusste mehr: »Die alte Dame hat Besuch von ihren Enkelkindern.

Freut mich.« – »Bis vor zwei Wochen standen hier immer auch zwei Paar Herrenschuhe.« – »Im ersten Stock fehlen die Basketball- und Fußballschuhe. Die waren oft so schlampig hingeschmissen, dass ich über sie gestolpert bin. Ob der Junge ausgezogen ist?«

An einigen Türen wurde der Bote erwartet. Er kam ja immer zur gleichen Zeit, und seine Schritte waren auf den ausgetretenen Holztreppen gut zu hören. Er wechselte ein paar Worte über das Wetter, das Weltgeschehen, Neuigkeiten aus dem Viertel und verabschiedete sich bis zum nächsten Tag. Beim Heruntergehen nahm er aus einem dritten Stock den Müllsack mit nach unten. »Die junge Frau kann ja schlecht Karre, Kind und Müllbeutel zugleich tragen. Da habe ich ihr neulich Hilfe angeboten.«

Gegen Elf brachte der Hochläufer die Post für ein Café im Erdgeschoss eines Jugendstilhauses. Die Kellnerin bot ihm einen Briefträgerkaffee an und setzte sich zu ihm.

»Oft reicht die Pause nur für eine halbe Tasse, sonst dauert meine Runde zu lang.« Nachdem er ausgetrunken hatte, griff er in seine Hosentasche. Sie winkte ab. »Schon gut. Tschüss, und bis morgen.«

»Tschüss. Du weißt, morgen kommen wir für länger?«

»Alles vorbereitet.«

Gleich im Haus nebenan bat ein Mann den Boten, ihm den Brief seiner Krankenkasse vorzulesen. Er habe seine Brille verlegt und wolle die Tochter, die in einem anderen Stadtteil wohne, damit nicht zur Last fallen. »Zum Fernsehen reicht es noch, aber so viel Kleingedrucktes ...« Der Bote las vor.

Hinter der Tür eines anderen Hauses weinte ein Kleinkind.

»Das geht jetzt schon den dritten Tag so. Ich kenne die Familie, sie wohnen seit über zehn Jahren hier.« Der Bote zögerte, klopfte dann. Eine ältere Frau öffnete. Sie trug das verweinte Kind auf dem Arm. »Ach, die Post. Wie nett. Danke.«

»Wie geht's der Kleinen?«

»Sie hören ja. Die Zähne. Und meine Tochter ist ausgerechnet diese Woche zu einer Fortbildung. So schlimm war es bei ihr damals nicht.«

»Das tut mir leid. Grüßen Sie bitte Ihre Tochter von mir.« Erleichtert stieg er die Treppen hinunter.

Am nächsten Tag war im Elf-Uhr-Café ein abschließendes Gespräch verabredet. Der Hochläufer erzählte, dass er überlegt habe, wie die Arbeit eines Briefträgers mit einem einfachen sozialen Dienst zu verbinden sei. Wäre sein Bezirk kleiner geschnitten, könnte er auf seiner täglichen Runde einige seiner Kunden besuchen. Oft genügten ja ein paar Minuten, um zu helfen. Genau die Zeit habe er eigentlich nicht. Er nehme sie sich manchmal. Das sei natürlich keine gute Lösung. Während er sprach, kamen zwei Damen aus dem benachbarten Altersheim ins Café und begrüßten ihren Postboten in die Aufnahme hinein: »Wirst du jetzt berühmt, Gerd?«

»Das hoffe ich nicht.«

»Lang-wei-lig«, sagte Moritz in den Abspann hinein. »Ich habe die ganze Zeit darauf gewartet, dass da endlich mal etwas passiert hinter diesen Türen.«

»Du hast null Ahnung«, sagte ich. »Langweilig sind diese ewigen Verfolgungsjagden, das Herumgeballere testosteronverseuchter Idioten, irgendwelche kranken Serienkiller und so. Hast du gedacht, da kriecht ein menschenmordender Alien durchs Schlüsselloch?«

»Keine schlechte Idee.«

»Nicht für einen Dokumentarfilm.«

»Jetzt weiß ich, warum ich die nicht mag.«

»Blödmann. Das war ein richtig toller Film. Wenn du das nicht begreifst…« Wir hatten uns ernsthaft gestritten. Am nächsten Tag hatte Moritz mir nicht ohne einen Rest Häme eine Kritik in der Lokalzeitung angekreuzt. »Ein Briefträger trägt Briefe aus«, lautete die lauwarme Überschrift. Tatsächlich wurde der *Hochläufer* kaum wahrgenommen, bis er ein Jahr später Preise in Locarno und München gewann. »Post für uns alle«, hieß es jetzt in einer großen Wochenzeitung.

Und nun war mein Regisseur nach Hamburg gekommen. Ich hatte ihn mir größer vorgestellt.

Ludwig Brandl stand mitten vor uns im großen Kinosaal, anders als die Universitätsdozenten, die sich alle an den Rand der leeren Leinwand drückten, als fürchteten sie sich vor der weißen Fläche. Er sprach leise, seine Stimme klang sanft, hatte aber einen metallischen Unterton, der verriet, dass unter der Sanftheit eine ernstzunehmende Härte lag. Sie verlieh seinen Worten Bestimmtheit und Nachdruck. Brandl teilte uns mit, dass wir in der folgenden Woche von unseren weiteren Seminaren befreit seien, da er einen Ausflug plane, der bis in den Abend hinein dauern werde. Das Ziel wolle er uns erst am Tag selbst verraten. Auf jeden Fall sei eine gewisse Kondition notwendig und es sei ratsam, bequeme Schuhe…«

»Treppenlaufen«, rief jemand dazwischen. Brandl lachte, »dass Sie mich für so einfallslos halten.« Es seien also am besten Wanderschuhe anzuziehen. Er nahm die Anwesenheitsliste vom Lautsprecherblock und überflog sie. Machte eine wegwerfende Handbewegung, die in einem kleinen Schlenker endete, und legte die Liste zurück. »Selbst wenn ich diese Spalten auswendig wüsste, es würde uns ja nicht näherbringen.« Offenbar kam ihm gar nicht in den Sinn, dass die Liste der Kontrolle diente. »Ich möchte Sie bitten, für den Tag unserer Wanderung und für die zukünftigen Sitzungen einen Beitrag von fünf Minuten vorzubereiten. Erzählen Sie mir und Ihren Kommilitonen etwas über sich, irgendetwas. Über Ihre Großmutter, Ihren Hund, von Ihrem Lieblingsessen, einer Busfahrt... Egal was. Einer guten Geschichte vermag niemand zu widerstehen, und ich zuletzt. So lerne ich Sie auf angenehmste Weise kennen, und wir werden sehen, woraus eigentlich das besteht, was wir eine Geschichte nennen.« Dann sprang er mitten ins Thema des Semesters und fragte nach unseren persönlichen Vorstellungen über ein gelungenes Gespräch mit Zeitzeugen.

»Habermas«, rief Alex und begann, die Theorie eines gelingenden Gesprächs zu referieren. Normative Gesprächsreflexion sei der Ausgangspunkt von Habermas' »kritischer Theorie der Gesellschaft«. Normalerweise konnte Alex, der im Nebenfach Soziologie studierte, bei den Dozenten punkten, wenn er den Namen eines bekannten Theoretikers in den Ring warf. Brandl jedoch signalisierte keinerlei Zustimmung und unterbrach Alex nach wenigen Sätzen. »Was Habermas betrifft, so haben Sie theoretisch wahrscheinlich recht. Ich habe aber nach Ihren ganz persönlichen Vorstellungen gefragt. Wer hat eine eigene Idee?«

In die Stille hinein sagte ich: »Vielleicht wie ein Tanz?«

»Das müssen Sie uns genauer erklären.«

»Wie ein Tanz...«, wiederholte ich zögernd. Noch wusste ich nicht, in welche Richtung sich meine Antwort entwickeln würde und tastete mich, während ich sprach, langsam voran. »Ich meine, ein Gespräch sollte wie ein Tanz sein. So ein altmodischer, klassischer Tanz, den man zu zweit tanzt. Zwei Menschen, ein Paar, das sich für eine begrenzte Zeit zusammenfindet und sich durch einen vorgegebenen Raum bewegt. Meinetwegen einen Tanzsaal. Sie müssen aufeinander Acht geben, sich den Fähigkeiten des anderen anpassen. Aber es gibt – das klingt jetzt wahrscheinlich blöd –, es gibt einen, der führt, der die Verantwortung übernimmt. Der, der die Fragen stellt. Wenn er es gut macht, dann spürt der Partner seine Führung nicht als etwas Fremdes, sondern als Hilfestellung für das gemeinsame Gelingen. Den Tanz eben. Etwas Harmonisches. Derjenige, der führt, hat die Verantwortung, dass sie sich nicht nur an einer oder an wenigen Stellen drehen, sondern den gesamten Saal bestreichen, alle Möglichkeiten ausloten. Manchmal mit großen, dann mit kleinen Schritten, mit einfachen oder komplizierten Figuren oder sogar kurzen Trennungen. Im Idealfall sollte das Paar zum Schluss in jeder Ecke des Saals gewesen sein, ihn in Länge und Breite durchmessen, an den Rändern und natürlich im Zentrum Zeit miteinander verbracht haben. Wenn die Musik aufhört, lösen sie sich voneinander, vielleicht mit so einer altmodischen Verbeugung... Ich weiß nicht, ob klar geworden ist, wie ich es meine...«

»Großartig. Einfach großartig«, sagte Brandl. »Die einzige winzige Kritik, die ich vorzubringen hätte, wenn es denn überhaupt eine ist, bezieht sich darauf, dass Sie meinten, es klinge blöd, dass ein Partner die Führung übernehme. Nein, genau so muss es sein. Ganz ausdrücklich. Wir übernehmen die Verantwortung für das Gelingen. Wir behalten, wie locker auch immer, die Fäden in der Hand. Oder sollten es wenigstens versuchen. Wir haben uns vorbereitet, wir verfolgen, bei aller Aufmerksamkeit für Neues und Überraschendes, einen Plan und lenken das Gespräch. Aber bitte, ohne dem Partner das Gefühl zu vermitteln, er solle bloß ein paar vorher abgesprochene Sätze abliefern. Das geht bei Laien sowieso daneben, und mit denen haben wir es ja vorzugsweise zu tun. Der umsichtige und sensible Umgang mit den Protagonisten ist das A und O im Dokumentarfilm. – Darf ich Sie fragen, wie Sie auf Ihren so gelungenen Vergleich gekommen sind? Tanzen Sie?«

»Gar nicht. Es ist mir alles gerade eingefallen.«

»Umso bemerkenswerter. Ich bitte Sie jetzt nur deshalb nicht darum, ihre Überlegungen aufzuschreiben, weil sich dann wohl niemand mehr zu Wort meldet. Es soll ja nicht mit Strafarbeit belohnt werden, wer eine gute Idee hat. Gibt es weitere Vorschläge?«

Natürlich wurde nach dem Seminar darüber gerätselt, wohin die geheimnisvolle Exkursion gehen würde. An die Lübecker Bucht? An die Nordsee? Nach Sylt? Ein Tagestrip nach Dänemark?

»Dann hätte er uns daran erinnert, den Perso einzustecken.«

»Die Grenze existiert doch quasi gar nicht. Da wird jeder durchgewunken.«

»I nedde.« Das war Frank in seinem schönsten Badisch. Sein Vater stammte aus Kenia, und Frank bezeichnete sich gern als »Quoodenegger«, um zu provozieren und die Reaktionen seines Gegenübers auszutesten.

»Wenn ich Weltmeister auf irgendeiner Langstrecke wäre, hätte ich vielleicht eine Chance. Aber ihr seht ja...« Frank kniff sich in eine Speckrolle an der Hüfte.

Was für eine Absicht mochte Ludwig Brandl mit der Exkursion verfolgen? Sollten Locations gesucht werden? Plante er einen Film mit uns als Hauptpersonen? Würden wir hinterher ein Exposee schreiben müssen? Nachdem er sich am nächsten Tag auf dem Flur immerhin die

Information entlocken ließ, dass er die Besteigung eines Gipfels plane, schossen neue Spekulationen ins Kraut. – Wilseder Berg? – Auf den Brocken?

»Ganz klar, wo es hingeht«, sagte Julia. »Denkt doch mal nach, Brandl ist aus Bayern. Wir nehmen den ersten Flieger nach München, dann mit dem Bus nach Brauneck oder mit der Gondel auf den Wallberg, oder was weiß ich. Da kraxeln wir ein bisschen herum. Sitzen hinterher in der Sonne vor irgendwelchen Hütten und trinken Jagertee. Brandl lässt alles drehen, und abends geht es zurück nach Hamburg.«

»Alles an einem Tag?«

»Ich hab das schon mal im Winter zum Skilaufen gemacht. Hat tadellos geklappt.«

»Wer bezahlt den Flug? Er hat ja kein Wort darüber verloren, dass der Ausflug uns was kostet.«

»Keine Ahnung. Wenn wir Teil eines Filmprojekts sind, besorgt er die Kohle. Oder er hat den Dekan angegraben und Mittel frei bekommen. Trau ich ihm zu, unserem ›König Ludwig‹.«

Am See II

Xenia dachte an die Aufregung zurück, die Ludwig damals verursacht hatte. Und sie erinnerte sich daran, was sie empfunden hatte, als sie vor dem ganzen Kurs von einem tanzenden Paar gesprochen hatte. Es war eine unendlich vorsichtige Annäherung, ein tastendes Fragen, eine zärtliche Berührung im Schutz eines Universitätsseminars. Ludwig hatte geahnt, wie sie es gemeint hatte, wie er ihr später gestand. Wie musste ihn ihr vermeintlicher Verrat getroffen haben? Sie schüttelte sich, als wolle sie die Frage abwerfen. Ihr wurde heiß. Sie überlegte, sich im See abzukühlen, dann spürte sie, dass sie Hunger hatte. Auf dem Korbtisch stand noch das Tablett mit den Resten der Fischermahlzeit. Der Garten lag jetzt schon halb im Schatten. Die Nachmittagssonne schaffte es kaum über die Wipfel der Uferbäume. Nur vor der Veranda leuchteten Gras, Farne und Brennnessel noch in hellem Grün, etwas dunkler die Blätter der Buchen hinterm Haus. Die Blumen in den Tontöpfen wirkten erschöpft. Hatte sie vergessen, sie am Morgen zu gießen?

Als sie mit dem Tablett in den Händen auf das Haus zuging, erblickte sie in einer Fensterscheibe der Veranda ihr Spiegelbild. Sie hatte sich in den heißen Tagen so daran gewöhnt, keine Kleidung zu tragen, dass sie ihre Nacktheit nicht mehr bedachte. Nun erschrak sie. Für eine winzige Sekunde hatte sie geglaubt, sie sei den Fischern unbekleidet entgegengetreten. Die junge Frau aus dem Fenster sah sie mit leicht schräg gelegtem Kopf aus schmalen Augen an. Sie wirkte nachdenklich, das braune Haar war zerzaust. Die Brustwarzen mit ihren Höfen, Bauchnabel und Scham zeichneten sich dunkel auf der Haut ab. Eine Kaffeeschale auf dem Tablett verdeckte einen Teil ihrer linke Brust. Sie ließ das Tablett sinken, winkelte ihr linkes Bein an, als wolle sie gleich einen Schritt nach vorn tun. Eingerahmt wurde die schmale Gestalt vom Efeu, der sich über die Fenster der Veranda rankte, vom Gras zu ihren Füßen und den Bäumen im Hintergrund, die am Ufer wuchsen. Durch ihre Stämme hindurch glitzerte der See, die Hügelkette in der Ferne zeichnete sich als dunkler Streifen ab, darüber ein Stückchen Himmel. Die junge Frau war Mittelpunkt einer Sommerszene aus Grün und Blau. Ihr gebräunter Körper und das Rot des Tabletts gaben dem Bild zwei andere Farben und zogen den Blick auf sich. Xenia hätte ihr gern zugewinkt.

Sie folgte dem Trampelpfad um das Haus und trat aus der Wärme und Helligkeit in die dunkle Küche. Es war schon nach vier Uhr, ein zweiter Kaffee würde ihr eine schlaflose Nacht bescheren. Sie schnupperte einen Moment an der Kaffeetüte. Setzte dann Wasser auf und schüttete Zitronenkekse in eine Schale. Sie hatte sich einen Vorrat angelegt, die Kekse waren ihre Waffe gegen Stechmücken. Nach der Regenzeit hatte sie in der Lokalzeitung gelesen, dass der Geruch nach Zitrone die Plagegeister abhalten würde. Es wurde empfohlen, im Freien Teelichte mit Zitronenduft anzuzünden.

Ihr Grundstück am See zog abends ganze Schwärme von Mücken an, wie Wolken zogen sie durch den Garten. Und sie war schon immer die Lieblingsbeute von Stechmücken gewesen. Während Britta höchstens ein oder zwei kleine Stiche abbekam, kratzte sie sich Arme und Beine wund. Ihre Mutter kühlte die heißen Beulen mit essigsaurer Tonerde.

Nun also sollte Zitronenduft Mücken vertreiben, bevor sie zustechen konnten. Xenia erstand eine Großpackung Teelichte mit Zitronenduft, die im Supermarkt als Sonderangebot in mehreren Einkaufwagen gestapelt lagen. Auf dem Weg zur Kasse entdeckte sie die Zitronenkekse. Eine Immunisierung von innen konnte nicht schaden. In den nächsten Tagen saß sie im hellen Sonnenlicht in einem Kreis von flackernden Teelichten und aß Zitronenkekse. Sie mochte nicht entscheiden, ob das trockene Wetter der Grund dafür war, dass sie verschont blieb, oder ob die Mücken ihre Wunderkekse respektierten. Auf jeden Fall war es sicherer, nicht mit der Vorbeugung aufzuhören. Außerdem schmeckten die Kekse.

Nach dem Imbiss holte Xenia zwei Wolldecken aus dem Haus, legte sie zusammengefaltet übereinander in das Kajak und brachte es zu Wasser. Nach wenigen Paddelschlägen war sie aus ihrer stillen Bucht heraus. Das Boot glitt so leicht und mühelos dahin, als ob das Wasser darauf wartete, es durchzulassen. Weit draußen auf dem See zog sie das Paddel ein und legte sich auf das schmale Brett am Boden. Über ihr spannte sich ein blauer Sommerhimmel mit weißen Schäfchenwolken. Immer noch brannte die Sonne. Xenia zupfte sich den Zipfel einer Decke übers Gesicht. Auch mit geschlossenen Augen konnte sie unter diesem Schutz spüren, wann sich eine Wolke vor die Sonne schob.

Sie vertraute darauf, dass die Strömung ihr Boot zurück in die Bucht treiben würde und überließ sich dem Schaukeln und Wiegen der Wellen.

Bergbesteigung

Am Tag, an dem Ludwig die Exkursion angekündigt hatte, kaufte ich mir knöchelhohe Wanderschuhe aus hellblauem Wildleder. Die Verkäuferin, sie war ungefähr in meinem Alter, schlappte auf Flipflops heran, ihre Fußnägel waren blau lackiert. Ich fand es irgendwie unpassend, dass jemand in einem Outdoorladen, umgeben von Regalen voller mächtiger Bergstiefel, Walking-Boots und Kletterschuhe, so leichtes Schuhwerk trug.

»Coole Farbe, nicht?«, sie hatte meinen Blick bemerkt. »Ich läute schon mal den Sommer ein. Weil es doch jetzt warm wird. Blau ist dieses Jahr total angesagt.«

»Gute Idee.« Auf einmal fand ich Flipflops die einzig angemessene Fußbekleidung. »Ich brauche trotzdem Wanderschuhe, möglichst leichte.«

Sie musterte mich. »Mittelgebirge?«

»Keine Ahnung. Einfach nur schöne, leichte Wanderschuhe, mit denen ich auch nur so rumlaufen kann.«

»Also fürs Flachland, Spaziergänge im Wald oder am Strand?«

Ludwig hatte aber von einer Gipfelbesteigung gesprochen. Vielleicht würden wir im Harz wandern. »Wohl eher Mittelgebirge«, sagte ich und sah mich um: Reihen von klobigen schwarzen und braunen und schwarzbraunen Schuhen, ein dunkelgrünes Paar war schon der Hingucker. Die wollte ich alle nicht.

»Ich habe da was für Sie, ganz neu, eine Limited Edition. Gibt es in verschiedenen Farben, in Grün, in Rot, sogar« – sie lächelte – »in Hellblau. Weichstes Leder, und die leichtesten, die es auf dem Markt gibt. Ich hole sie Ihnen aus dem Lager. Die sind noch gar nicht ausgepackt.« Sie konnte Gedanken lesen.

Es waren die schönsten Schuhe im ganzen Laden. Viel zu teuer. Gerade richtig für eine Verabredung mit Ludwig Brandl.

Silke schüttelte den Kopf, als ich ihr meine Beute präsentierte. »Xenia, die bekommst du nie wieder sauber. Wenn du das erste Mal durch Schlamm gelaufen bist, sind die hin. Total unpraktisch, solche empfindliche Farbe. Was hast du dir dabei gedacht?«

»Sie sind selbstreinigend, hat die Verkäuferin gesagt.«

»Das glaubst du doch selber nicht. Meinst du, du stellst sie nachts vor die Tür, und am Morgen sind sie wieder wie neu?«

»Keine Ahnung. Praktisch ist nicht das, worauf es ankommt.«

»Bei Wanderschuhen schon.«

»In diesem Fall nicht.«

»Aha.«

»Nichts aha. Du brauchst gar nicht so wissend zu kucken.«

»Ich kenne dich. Hoffentlich weißt du, dass es nie gut ausgeht zwischen Studentin und Professor. Die Uni ist voll von gebrochenen Herzen. Irgendwann ziehen die akademischen Ritter weiter und suchen sich die nächste junge Muse.«

»Ludwig ist kein Professor.«

»Ludwig heißt er also schon, der Herr Brandl. Aha.«

»Man wird sich wohl noch schöne Schuhe kaufen dürfen.«

»Sicher. Nur beschwer dich hinterher nicht und sag, ich hätte dich nicht gewarnt.«

Wir trafen uns am Dammtorbahnhof. »König Ludwig« – es sollte für das ganze Semester bei diesem Namen bleiben, und Ludwig schien ihn sofort angenommen zu haben, denn gleich in der nächsten Seminarstunde legte er die Anwesenheitsliste beiseite und sagte, er verzichte auf die Insignien seiner Macht, er wolle ungern in der Alster landen –, Ludwig also trug Schwarz. Schwarzer Trenchcoat, schwarze Jeans, schwarze Joggingschuhe. Die Schuhe fielen mir ins Auge. Meine Mittelgebirgsschuhe erschienen mir auf einmal viel zu mächtig, zu aufdringlich, zu neu, zu hell, zu blau. Ich zerrte meine Jeans über die hohen Schäfte.

Falls Ludwig sich über unsere Ausrüstung wunderte, so ließ er sich nichts anmerken. Er wartete, bis alle da waren, dann verriet er das Ziel unserer Wanderung. Wir würden mit der S-Bahn nach Neugraben fahren, dort den Bus nehmen und dann den Mount Hasselbrack besteigen.

Wir sahen uns an, zogen die Schultern hoch, versuchten Enttäuschung zu verbergen, einige lachten. »Hassel-... was?«.

»Hasselbrack. Der höchste Berg Hamburgs.«

»Der will uns verarschen«, sagte Alex leise. Er hatte sich in Bergsteigerkluft geworfen und sah aus, als wolle er den Mount Everest bezwingen. »Jeder Ameisenhaufen ist der höchste ›Berg‹ Hamburgs.«

»Keineswegs«, sagte Ludwig Brandl. »Es gibt sogar ein Gipfelkreuz und, wie es sich gehört, ein Gipfelbuch, in das wir uns eintragen werden. Von der Bushaltestelle sind es ungefähr drei Kilometer durch den Wald. Stetig bergauf.«

»Das soll eine Tagestour werden?«

»Hinterher lade ich Sie zu einem Essen in den Landgasthof ein. Da würde ich dann gern Ihre ersten Geschichten hören.«

»Kinderkram«, sagte Julia. »Ich habe gedacht, wir lernen in diesem Praxisseminar etwas über Film.«

In der S-Bahn war die Stimmung gedämpft. Einige alberten herum und fragten Brandl, ob er genug Sauerstoff mithabe, um einem Höhenkoller vorzubeugen. Andere vermuteten immer noch, dass uns in Neugraben ein Filmteam erwartete. Die Aussicht darauf belebte sie. Nach Bahn- und Busfahrt versammelten wir uns vor einer Wiese. Von dort sollte ein Weg durch den Wald zum Hasselbrack hinaufführen. Weit und breit keine Kamera in Sicht. Immerhin hatte Julia inzwischen gegoogelt, dass dieser Berg, von dem auch die Hamburger unter uns noch nie etwas gehört hatten, tatsächlich existierte. Der Gipfel lag, so unspektakulär wie möglich, mitten im Wald und bot keinen Ausblick auf die Stadt. Eigentlich war der Hasselbrack nur ein Ausläufer der Harburger Berge, die höher waren, allerdings zu Niedersachsen gehörten. Der Gipfelstein, ein zwei Tonnen schwerer Findling aus der Eiszeit, war mit einem Radlader hinaufgeschafft worden. »Hasselbrack, 116 Meter, höchster Punkt Hamburgs«, hatte ein Steinmetz eingraviert.

Wir zogen los. Ich hielt Abstand von Ludwig, schon in der S-Bahn hatte ich darauf geachtet, dass ich nicht neben ihm zu sitzen kam. Am Ende der Wiese stand ein Wegweiser. Er gab verschiedene Ziele an. Der Hasselbrack war nicht darunter. »Solange es ansteigt, ist es richtig«, sagte Ludwig. »In einer Stunde stehen wir auf dem Gipfel, in spätestens einer weiteren sind wir wieder zurück. Um dreizehn Uhr habe ich Essen im Dorfkrug bestellt.«

Meine schönen Schuhe mochten zwar selbstreinigend sein, waren aber nicht wasserfest, wie ich nach einem Fehltritt in ein verdecktes Schlammloch nun wusste. Nach einer guten Stunde erreichten wir den Wildpark Schwarze

Berge. Er lag auf niedersächsischem Gebiet. Wir waren zu weit gelaufen, irgendwo falsch abgebogen. Die Frau an der Kasse des Wildparks kannte den Hasselbrack nicht und sah für uns im Internet nach. Unser Ziel musste sich in unmittelbarer Nähe befinden. Wir kehrten um, liefen im Kreis. Die Frau von der Kasse winkte. Wir fragten Spaziergänger, riefen Joggern hinterher, schrien einem Waldarbeiter zu. Keiner hatte je vom Mount Hasselbrack gehört.

»Gibts doch wohl nicht«, sagte Alex. Ihn hatte der Ehrgeiz gepackt. Bei jeder Gabelung diskutierten wir, interpretierten Wandervorschläge von Wegweisern, hatten »ein sicheres Gefühl«, warfen eine Münze. Es war ein ausgelassenes Raten und Vorschlagen, die Stimmung wie auf einer Klassenfahrt.

Ludwig wechselte die Grüppchen, die sich bildeten; er wurde immer schnell zum Mittelpunkt. Es gelang mir, ihm aus dem Weg zu gehen. Die neuen Schuhe drückten. Außerdem hatten sie so dicke Sohlen, dass ich oft ins Stolpern geriet. Vor lauter Vorsicht wurde mein Gang schwer und unbeholfen, meist starrte ich auf den Boden. Ich fühlte mich gedemütigt. Wie gern wäre ich Ludwig als leichtfüßige junge Frau begegnet, nun würde er einen mürrischen Trampel vor Augen haben, wenn er an mich dachte. Aber warum sollte er überhaupt an mich denken, umschwirrt von plappernden, hochbegabten Neunzehnjährigen. Ich kam mir unendlich alt vor. Wieder einmal spürte ich den Unterschied zwischen ihnen und mir. Vier Jahre machten so viel aus. Ich fühlte mich fremd und allein. Da half es wenig, dass der dicke Ulrich sich zu mir gesellte und, neben mir herkeuchend, mit der Weisheit seiner bald dreißig Jahre die anderen als »aufgescheuchten Hühnerhaufen« bezeichnete. Eigentlich wäre ich gern Teil des Hühnerhaufens gewesen.

Schließlich brach Ludwig die Suche ab. Wir waren inzwischen mindestens dreimal – einige behaupteten sogar viermal – an einer vom Blitz gespaltenen Buche vorübergekommen. Alle waren erleichtert über Ludwigs Entscheidung. Selbst Alex, der inzwischen zu den Eifrigsten gehörte, den von ihm zu Beginn so verachteten Ameisenhügel zu finden, und uns ständig an seinen Gedanken teilhaben ließ: »Noch ein letzter Versuch!« – »Ich glaub es nicht, es geht schon wieder bergab.« – »Das können wir uns nicht bieten lassen.« – »Jeder Pups wird hier ausgeschildert, nur der Hasselbrack nicht. Bei welcher Behörde kann man sich beschweren?«

Ludwig telefonierte wieder mit dem Gasthof, bedauerte, dass es noch eine Weile dauern würde, er hoffe aber, in absehbarer Zeit da zu sein. »Absehbar ist natürlich ein dehnbarer Begriff«, sagte er in die Runde. »Wenn sie bis jetzt an uns nicht verzweifelt sind, werden sie mit dem Essen warten.«

Es war geradezu ein Witz, wie leicht und wie schnell wir den Weg zurück fanden. Wir kamen wieder an der gespaltenen Buche vorbei, und ich stöhnte heimlich auf und fragte mich, wie oft ich diesen Baum wohl noch zu Gesicht bekommen würde. Dieses Mal liefen wir bergab, und waren in wenigen Minuten an der Wiese mit den Wasserlöchern. »Ja, sauber«, sagte Ludwig verblüfft. »Jetzt können wir uns Zeit lassen.«

Ich humpelte mittlerweile und konzentrierte mich ganz auf die tückische Wiese.

»Schaffen Sie es?« Ludwig Brandl hatte auf mich gewartet.

»Es geht.«

»Neue Schuhe?«

Ich errötete. »Ich hätte sie vorher einlaufen sollen. Die Größe stimmt, sie sind nur irgendwie zu eng.«

Er blickte kurz auf meine schmutzigen Schuhe. »Pardon. Ich weiß Ihren Namen gar nicht.

»Xenia Sudrow.«

Er zuckte kaum merklich zusammen, nickte dann. »Also doch. Ich habe nämlich mit mir selbst gewettet, dass Sie das sind. Ihr Name ist mir sofort aufgefallen, als ich die Liste durchlas.«

»Ach so, wegen ›Xenia‹.« Ich versuchte, meine Enttäuschung zu verbergen. »Meine Eltern haben damals geglaubt, mir einen originellen Vornamen zu geben. In Norddeutschland ist er eher ungewöhnlich.«

»Ich meinte Ihren vollständigen Namen, Xenia Sudrow.«

»Gibt es irgendwelche Berühmtheiten, die Sudrow heißen?«

»Sie wissen also gar nicht, was an Ihrem Namen so Besonderes ist?«

»Nein.«

»Xenia Sudrow enthält alle Vokale unseres Alphabets, und jeder einzelne Vokal kommt nur ein einziges Mal vor. Ein A, ein E, ein I, ein O und ein U. Das ist bei deutschen Namen sehr selten. Sogar Ihr Kommilitone Frank Owumel schrammt knapp am Ziel vorbei, und ich bringe es nur auf ein bescheidenes U und ein noch bescheideneres I.«

Als wir im Gasthof saßen, Ludwig weit von mir entfernt am anderen Ende des Saals, bemerkten wir, wie hungrig wir waren. »Ein Wildschwein, zwei Rebhühner, drei Hasen, bitte reichlich Beilagen«, bestellte Ulrich beim Kellner, der die Getränke abfragte.

»Ich nehme das gleiche«, sagte Frank.

Es gab Scholle satt oder Pasta mit Gemüse. Nach dem Essen gingen wir ohne Probleme zu Kaffee und Kuchen über. Ich hatte die nassen Strümpfe ausgezogen und sie auf die Heizung gelegt. Unter dem Tisch massierte ich mir die Füße. Ludwig wollte die ersten Geschichten hören. »Möchten Sie bitte anfangen, Frau Sudrow?«

Darauf war ich nicht vorbereitet. »Also, ich weiß nicht ... Mir fällt jetzt gerade nichts ein.«

»Es wird doch irgendetwas in Ihrem Leben geben, was Sie uns erzählen möchten.«

Ich hatte das Gefühl, alle starrten auf meine nackten Füße. Davon hätte ich erzählen können. Wenn ich mich getraut hätte. »Mir fällt nichts ein«, wiederholte ich kleinlaut.

»Dann hat Herr Owumel vielleicht die Güte ...«

Frank erzählte, dass er sich als Kind von seinen badischen Großeltern ein Schlagzeug gewünscht, und nur eine Trommel bekommen habe. Ich beneidete ihn. Um auf die Toilette zu gehen, musste ich meine nackten Füße in die zu klein gewordenen Schuhe quälen. Es tat weh. Auf dem Rückweg schlurfte ich an der Garderobe vorbei, vergewisserte mich, dass niemand zuschaute, und hängte meine Wanderjacke neben Ludwigs Trenchcoat. Die beiden Kleidungsstücke berührten sich. Nachtblau und schwarz, die Farben passten zusammen. Verstohlen strich ich über den schwarzen Stoff. Beneidete meine Jacke. Vielleicht würden ein paar Geruchsmoleküle von Ludwigs Trenchcoat an ihr haften bleiben.

Am Abend rief Silke an. Ich hatte gerade meine Füße gebadet, sie dick eingecremt und Socken angezogen. Ich fragte Silke, ob sie gewusst habe, dass sich in meinem Namen sämtliche Vokale wiederfanden. Als beste Freundin hätte ihr das doch irgendwann auffallen müssen. Sie vermutete, ich sei betrunken. In der Pause, die entstand, zählte sie die Vokale nach. »Hast recht«, sagte sie, »alle da. Gib zu, das hast du nicht allein herausgefunden.«

»Nicht direkt. Rate mal.«

»Ich hör es ja an deiner Stimme. Du Glückliche. Der legt aber ein Tempo vor. Wenn er dich schon nach dem ersten Treffen ausbuchstabiert.«

»Nicht mich. Meinen Namen. Mit mir wird er länger zu tun haben.«

»Haben sich die Schuhe also gelohnt?«

»Die stehen vor der Tür, damit sie sich unbeobachtet selbst reinigen können.

Schnürsenkel

Ein paar Tage später lief mir Ludwig auf dem Campus über den Weg. Ich steckte mit der Sonnenbrille mein Haar zurück, grüßte ihn möglichst beiläufig. Er blieb stehen und fragte, ob ich am Nachmittag auf einen Kaffee in sein Zimmer im Philosophentum kommen könne. Er habe eine Kleinigkeit für mich, eine Nichtigkeit eigentlich nur. Ich sagte natürlich sofort zu.

Sowie er außer Hörweite war, rief ich Julia an und bat sie, meine Schicht bei dem Apothekenversand zu übernehmen. Dann galt es, die nächsten Stunden totzuschlagen. Ich besorgte mir eine Zeitung. Auf ein Buch würde ich mich nicht konzentrieren können, das wusste ich. Mit einem Coffe to go zog ich auf die Alsterwiesen und hatte das Glück, einen der bequemen weißen Stühle zu ergattern. Er stand sogar ein wenig abseits. Ich versuchte zu lesen, gab es aber bald auf. Das Sudoku war schnell gelöst. Nach den ersten Schlucken goss ich den Kaffee ins Gras. Es war dumm gewesen, so einen Riesenbecher zu kaufen. Ich vertrug Kaffee schlecht, wunderte mich immer, dass andere ihn literweise tranken. Und ich würde ja noch mit

Ludwig eine Tasse trinken. Ich fragte mich, was er mir schenken würde. Eine Nichtigkeit? Was mochte es sein? Ein Stein, der mich an die Wanderung erinnern sollte? An die Entdeckung meines Namens? Ein Bild mit tanzenden Vokalen? Eigentlich war es völlig egal, solange diese Kleinigkeit ihm als willkommener Anlass diente, mich allein zu treffen. Sonst hätte er mir ja seine »Nichtigkeit« auch im Seminar geben können. Es war also etwas Persönliches, das die anderen nicht mitbekommen sollten. Was mochte es sein? Er kannte mich ja gar nicht.

Die Zeit schlich oder stand still. Mein Smartphone bekam Griffspuren, so häufig sah ich nach der Uhrzeit. Die Versuchung war groß, Silke anzurufen oder ihr wenigstens eine SMS zu schicken, ich hatte aber das Gefühl, es würde kein Glück bringen.

Schließlich hielt ich es im Liegestuhl nicht mehr aus, stopfte Kaffeebecher und Zeitung in einen Papierkorb und schlenderte an der Alster entlang. Trotz der Hitze waren viele Jogger unterwegs, sportliche Väter stießen dreirädrige Kinderwagen vor sich her, Spaziergänger riefen ihre Hunde, die eigentlich an die Leine gehörten, am Eisstand hatte sich eine lange Schlange gebildet. Enten warteten auf herunterfallende Eistüten. Auf der Krugkoppelbrücke blieb ich stehen. Im Wasser spiegelte sich der Himmel mit seinen weißen Schäfchenwolken, in der Ferne die Türme der Stadt. Ein leichter Hauch lag über ihrer Silhouette, sie wirkte wie weichgezeichnet. Es war Mai, der schönste Monat des Jahres. Auf einmal dachte ich, dass Ludwig mir vielleicht nur den Artikel irgendeines Filmtheoretikers zeigen würde. »Ich habe da einen Aufsatz, der Sie interessieren sollte. Sie dürfen ihn behalten. Wie gesagt, es ist nur eine Kleinigkeit...« Und er würde mich bitten, in der nächsten Stunde ein Referat über den Aufsatz zu halten.

»Auf einen Kaffee«, hieß ja auch soviel wie »fünf Minuten«. Dann hatte er also in Wirklichkeit gar keine Zeit, oder er wollte mich schnell wieder loswerden. »Fünf Minuten Audienz bei König Ludwig«, dachte ich. Was war ich für eine ausgemachte Idiotin. Ich wünschte, die dumme Stadt vor mir würde in die Alster stürzen. Dann könnte ich von der Brücke aus zusehen, wie Häuser und Türme und die Universität mit ihrem Philosophenturm und ganz besonders dem vierten Stock versanken. Während ich mir das vorstellte, hoffte ich bereits wieder, Ludwig habe nach irgendeinem Vorwand gesucht, weil ihm daran lag, mich zu treffen.

Ich rief mir meine Gefühle am Tag der Wanderung wach, meine Freude, als er mir meinen Namen erklärte. Gleich darauf beschwor ich mich, keine hohen Erwartungen zu hegen. Ich wollte nicht vor seinen Augen abstürzen, keinen jämmerlichen Anblick bieten. Doch wie lassen sich Erwartungen verbieten?

Beim ersten Blick in Ludwigs Büro war ich irgendwie enttäuscht. Ich weiß nicht, was ich erwartet hatte. Es sah genauso aus wie alle anderen Professorenzimmer im Philosophenturm. Schmal geschnitten, auf eine Fensterfront hin, auf dem Fensterbrett die obligatorische Kaffeemaschine. Quer vorm Fenster der Schreibtisch, hinter ihm Regale, in denen normalerweise Aktenordner, Nachschlagewerke und wichtige Literatur versammelt waren. An den freien Wänden mit Stecknadeln oder Tesa befestigte Ankündigungen von Ausstellungen, Symposien oder Kongressen, die schon vor Jahren stattgefunden hatten. Ein niedriges Besuchertischchen, zwei, drei Besucherstühle. Manche Professoren hatten als Ausdruck ihrer Individualität oder um zu zeigen, dass sie sich in ihrem Büro wie zu

Hause fühlten, einen Teppich liegen. Vorzugsweise grau. Von einem Romanisten hieß es, er habe sogar einen Schaukelstuhl im Büro. Das war die große Ausnahme.

Bei Ludwig wirkte alles noch unbewohnter, noch anonymer. Auf dem Schreibtisch nur sein aufgeklappter Laptop, die weißen Regale leer, die Wände kahl. Sein Büro machte den Eindruck, als sei er ein Fremder, der bald weiterziehen würde.

»Wie schön, dass Sie es einrichten konnten.« Er gab mir nicht die Hand. »Für den versprochenen Kaffee suchen wir uns besser ein belebteres Ambiente. Sie sehen ja, wie ich hier untergebracht bin.« Er machte seine wegwerfende Handbewegung. Schien bester Laune zu sein. »Bevor wir aufbrechen...«, er fischte ein Päckchen aus der Innentasche seines Sakkos. Es gelang ihm, es mir in die Hand zu drücken, ohne mich zu berühren. Das Päckchen fühlte sich weich an.

»Wie angekündigt, eine ganze Kleinigkeit nur«, sagte er. »Sie brauchen es jetzt gar nicht aufmachen. Es sind Schnürsenkel.«

Ich bedankte mich unbeholfen. Was sollte ich mit diesem »Geschenk« anfangen? Schnürsenkel, was für eine skurrile Idee. Und nun wollte er gleich in ein belebtes Ambiente. Wie viel lieber wäre ich mit ihm in seinem Büro geblieben. Ich hätte auf einem der Besucherstühle Platz genommen. Er hätte mit den Coffepads herumhantiert, die Maschine hätte gegurgelt und gezischt, er hätte mir Milch und Zucker angeboten. Es wäre eine schöne Pause entstanden. Wir hätten geschwiegen, hätten die Welt für uns allein gehabt. Stattdessen warf er sich sein Sakko über und wartete schon an der geöffneten Tür. So eilig hatte er es wegzukommen. Keine fünf Minuten hatte er für mich allein eingeplant. Hoffentlich sah man mir meine Enttäuschung nicht an. Ich steckte das Päckchen in meine Tasche. Wenn er glaubte, ich würde ein Riesenbohai um ein Paar Schnürsenkel machen, irrte er sich. Wir gingen den dunklen, schmutzigen Gang zum Treppenhaus entlang, ich fing an, richtig wütend auf ihn zu werden. Da ließ mich dieser Mann einen ganzen Nachmittag lang zappeln, um mich mit einer Nichtigkeit abzuspeisen und dann so schnell wie möglich unter Menschen zu kommen. Was für ein Spiel spielte der eigentlich mit mir?

»Noch einmal wegen der Schnürsenkel«, sagte er, als wir über den Campus gingen. »Probieren Sie bitte bald aus, ob die Länge auch stimmt, da war ich mir unsicher.«

»Ist gut.« Zwei Worte waren mehr als genug für diesen Schnürsenkel-Fetischisten.

»Pardon, ich wollte Ihnen nicht zu nahe treten. Mir ist auf unserer Wanderung neulich aufgefallen, dass Sie viel zu schmale, harte Schnürsenkel eingezogen hatten. Kein Wunder, dass die Schuhe weh taten. Diese hier sind breit und weich. Da verteilt sich der Druck besser.«

Ich riss das Päckchen auf: Hellblaue Schnürsenkel. Er war aufmerksam gewesen, er hatte sich Gedanken gemacht, er hatte sich Mühe gegeben. Und ich hatte mich kaum bedankt. Sich jetzt ein zweites Mal zu bedanken, würde blöd aussehen. Ich schob die Sonnenbrille ins Haar, blieb stehen und bedankte mich ein zweites Mal. Er lachte.

»Freut mich, wenn Ihnen mein kleines Geschenk gefällt. Haben Sie das schöne Wildleder eigentlich wieder sauber bekommen?«

»Na ja. Die Verkäuferin hatte mir versichert, sie seien selbstreinigend.«

»Solche Schuhe würde ich an Ihrer Stelle sofort zum Patent anmelden.«

»Den Weg kann ich mir leider sparen.«

Es machte nichts, dass wir in der Pony-Bar auf Gaby, Ulrich, Frank und Julia stießen, die Ludwig sofort in Beschlag nahmen. Ich glaube, außer Gaby fiel niemandem auf, dass Ludwig und ich gemeinsam gekommen waren.

Dieser Mann spielte kein Spiel mit mir.

Silke war nicht in der Stimmung, mir zuzuhören. Ihr Banker hatte sich wieder einmal in einen Mann verliebt. »Ich freu mich ja für dich, Xenia. Aber im Moment..., ich hatte so gehofft, dass es diesmal halten würde. Nun fährt er mit seinem neuen Lover übers Wochenende nach Sylt. Ich weiß gar nicht, wie lange das schon zwischen ihnen läuft. Ich bin echt am Boden.«

»Soll ich kommen?«

»Dieser verdammte Idiot.« Sie schluchzte.

»Thomas hat dich gar nicht verdient.«

»Nützt mir das was?«

»Verzeih.«

»Dieser verdammte Idiot«, sagte sie wieder. »Der braucht hier nie mehr aufzukreuzen. Wenn er es wagen sollte, werfe ich ihn hochkant raus.« Sie wusste ebenso gut wie ich, dass das nicht stimmte.

»Ich hab schon die Jacke an. Bin gleich da.«

Während der nächsten Seminarsitzung war ich nervös und übermüdet. Rutschte auf meinem Stuhl hin und her und sah mich immer wieder verstohlen um. Ob die anderen es spürten? Die Spannung, die zwischen Ludwig und mir herrschte, durfte eigentlich niemandem entgangen sein. In der Pause war Ludwig von Studenten umringt. Ich stand am Rand und wartete auf ein Zeichen. Er schien mich völlig zu ignorieren. Dieses absichtliche Übersehen sprach Bände.

»Mein Zimmer im Philosophenturm ist nicht wohnlicher geworden«, sagte er, als er an mir vorbei zurück in den Seminarraum ging.

»Macht nichts.«

»Dann also?«

»Ja.«

Wie lang fünfundvierzig Minuten sein konnten. Jede einzelne dumme Minute sechzig Sekunden lang. Und selbst die Sekunden schienen sich zu dehnen.

Ich ließ ihm einen kleinen Vorsprung, bevor ich in den vierten Stock fuhr. Wir waren beide verlegen. Er hantierte mit den Coffepads und seiner Maschine herum. Ich beneidete ihn. »Die Schnürsenkel passen perfekt«, sagte ich. »Genau die richtige Länge.«

»Das freut mich.«

Die Kaffeemaschine gurgelte und zischte.

»Viel Milch, keinen Zucker. Stimmts?« Er stellte die Tassen auf den Besuchertisch. Das hatte er sich also gemerkt, obwohl er sich so angeregt in der Pony-Bar mit den anderen unterhalten hatte. Endlich saßen wir uns gegenüber. Zwischen uns nur das Tischchen. Wir tranken Kaffee. Einmal machte er ein Schluckgeräusch.

»Ich würde mich gern einmal mit Ihnen in aller Ruhe unterhalten«, sagte er schließlich. Es klang furchtbar sachlich. »Ihre Idee, ein Gespräch mit einem Tanz zu beschreiben, hat mich in der letzten Woche sehr beschäftigt. Sie hat so etwas Konkretes, Greifbares, ja: Sinnliches. Ich kann Ihnen in allem folgen. Wie sind Sie bloß darauf gekommen? Wenn wir ein Paar wären ... Keine Angst, ich bewege mich weiter in Ihrem Bild. Wer von uns beiden würde dann die Führung übernehmen?«

»Wenn wir ein Paar wären ...«, ich musste eine Pause einlegen, um das Schwanken in meiner Stimme wieder in den Griff zu bekommen. »Also, wir könnten uns doch abwechseln.«

»Von Ihnen würde ich mich gerne führen lassen.«

Ich nahm all meinen Mut zusammen und sah ihm in die Augen. »Ich habe keine Angst.« Seine braunen Augen hatten kleine grüne Einsprengsel.

Er schwieg eine ganze Weile. Ich spürte, wie mein Mund trocken wurde.

»Xenia«, sagte er dann leise. Es klang, als habe er mich gerade das erste Mal geduzt. »Xenia, würden Sie mir die Freude machen und morgen Abend mit mir essen gehen? Bei mir um die Ecke gibt es ein französisches Restaurant.«

Ich nickte. Lächelte. Die grünen Einsprengsel schienen zu tanzen.

Regatta

Ein Knistern und Schleifen ließ Xenia auffahren. Ihr Kajak geriet ins Schlingern und schrammte auf Grund. »Hoffentlich hat die Bootshaut keinen Riss bekommen«, dachte sie. Die Strömung hatte sie in den Schilfgürtel getrieben. Vorsichtig stakste sie mit dem Paddel das Boot frei. Es war unbeschädigt. Vom See her strich eine leichte Brise zu ihr herüber, gekräuselte Wellen liefen durch die Bucht, die sie nun erkannte. Am Ufer entlang paddelte sie nach Hause. Als sie ihre Anlegestelle erreichte, neigte sich der Nachmittag dem Ende zu. Die Uferbäume warfen lange Schatten, nur die Fensterfront des Hauses lag noch im Licht. Wo vorhin die Fischer zu ihr in die Veranda hineingeschaut hatten, blitzte es. Xenia freute sich auf den Abend.

Nachdem sie das Boot festgemacht hatte, rückte sie ihren Liegestuhl unter die Uferweide. Bald würde die Sonne nur noch diese Stelle erreichen. Sie wollte die letzten Strahlen des Tages einfangen, bevor ihr Garten völlig im Schatten lag. Über dem See wurde das Licht weicher.

Xenia sah sich in den ersten Tagen ihrer Liebe zu Ludwig an ihrem Küchentisch sitzen, um die Namen ihrer ehemaligen Freunde aufzuschreiben. Sie wollte den Zettel hinterher im Ausguss verbrennen. Ein vollständiger Neuanfang. Selbst diejenigen, in die sie bloß verliebt gewesen war, sollten auf die Liste. Ganz nach oben schrieb sie »Olaf«, das war einfach. Schon beim zweiten Eintrag bekam sie ein Problem. Sie hatte den Namen des Studenten vergessen, der sie eine Nacht und eine Bootsfahrt lang beunruhigt hatte. Vergeblich zerbrach sie sich den Kopf. Der Name wollte ihr nicht einfallen.

Auch jetzt vermochte Xenia sich nicht an ihn zu erinnern. Beim Blick auf einen Ruderer, der in einiger Entfernung die Bucht überquerte, nah genug, dass sie das Quietschen der Dollen hörte, stand ihr jener Nachmittag auf dem Eutiner See auf einmal wieder deutlich vor Augen. Sie musste sechzehn gewesen sein, es war der Sommer nach ihrem Aufenthalt in den USA. Kurzfristig war sie als Steuerfrau für eine kranke Schulfreundin eingesprungen.

»Wir haben so hart trainiert. Du musst uns helfen«, hatte die Schlagfrau des Schulvierers sie wenige Tage vor der Regatta gebeten.

Ein Jahr zuvor wäre es undenkbar gewesen, dass ausgerechnet sie gefragt worden wäre. Und sie selbst hätte es sich auch gar nicht zugetraut.

Im Training gelang es ihr, das Boot auf Kurs zu halten und die Schlagzahl laut auszurufen. Sogar unter der Brücke, die an einer schmalen Stelle den See überspannte und vor deren Pfeilern sie jedes Mal wieder Angst hatte, manövrierte sie hindurch. Im Rennen aber versteuerte sie sich, der Vierer kollidierte beinahe mit dem Boot auf der Nebenbahn. Danach sah sie lange Minuten in verzerrte, schweißüberströmte Gesichter, die Ruderinnen hatten von sich aus die Schlagzahl erhöht. Zischend durchschnitten die Ruderblätter die Luft und klatschten viel zu flach aufs Wasser, die Rollbänke ächzten. Das war kein Gleiten und Schweben wie im Training, als vier Ruder wie eines geblitzt hatten, sondern lauter einzelne ruckartige Bewegungen. Die Schlagfrau vor ihr schnitt Grimassen. Es dauerte, bis Xenia begriff, dass sie ihr signalisierte, sie solle die Schlagzahl wieder ausrufen. Doch nun war es ihr unangenehm, so laut zu schreien. Sie war sich nicht mehr sicher, ob die vier ihr folgen würden. Abgeschlagen landeten das Boot auf dem letzten Platz.

Abends fand im Ruderclub eine Party statt, auf der die fest eingeplante Landesmeisterschaft gefeiert werden sollte. Es wäre feige gewesen, nicht hinzugehen, ein Rückfall in frühere Verlegenheiten. Niemand machte Xenia einen Vorwurf, alle wussten Bescheid. Gespräche versiegten nach wenigen Sätzen. Nur der Trainer der Siegermannschaft, ein Sportstudent aus Kiel verhielt sich unbefangen. Er tanzte sogar mit ihr und drängte auf eine Verabredung.

»Wir haben ein eigenes Ruderboot am Kleinen See. Wollen wir morgen zum Schwimmen rausfahren?«, schlug Xenia vor.

Am nächsten Tag wartete sie mit Britta am Steg. Sie hatte gehofft, dass ihre Schwester mit dem Hund weg sein würde, und es war ihr keine Ausrede eingefallen, warum sie unbedingt allein schwimmen gehen wollte.

»Ach so«, sagte der Student und sah Xenia enttäuscht an. Britta ignorierte er. Beim Blick auf das breite Holzboot mit der festen Ruderbank lachte er abfällig. »Was ist das denn?«

»Ein Boot«, sagte Britta schnippisch und nicht leise genug zu Xenia: »Was für einen Idioten hast du da angeschleppt?«

Xenia verteidigte ihn nicht. Irgendetwas lief schief.

Der Student zog sein T-Shirt aus und setzte sich zu ihr auf die Ruderbank. Sie sah angestrengt geradeaus. Mit zusammengekniffenen Augen, zweifach von der Sonne geblendet, ruderten sie auf den See. In der Spur, die sie durch die glatte Wasseroberfläche zogen, brach sich das Licht. Kleine Tropfen rannen an den schmalen Rändern der Ruderblätter entlang, sammelten sich und fielen wie Perlen ins Wasser.

Seine braun gebrannten, muskulösen Unterarme mit den vielen blonden Härchen bewegten sich dicht neben ihr. Sie war sich nicht sicher, ob sie das wilde Gekräusel, das sich auch auf seiner Brust zeigte, leiden mochte. Je länger sie sich mit ihm im Gleichtakt in die Riemen legte, umso mehr schwand ihre Beklemmung. Ihre Arme berührten sich, sie meinte, einen leichten Gegendruck zu spüren. Ihr wurde heiß. Sie stellte sich vor, wie sie gleich mit einem eleganten Kopfsprung in das grüne Wasser eintauchen und neben ihm schwimmen würde. Ihm die weißen Holzhäuschen in der denkmalgeschützten Badeanstalt zeigen und ihn vor den Seerosen in der Amerika-Bucht warnen würde. Ganz sachlich und kühl. Dann würde sie unvermittelt unter dem Boot wegtauchen, damit er ihr folgte und sie einholte. Ob sich ihre Haut auch unter Wasser so heiß anfühlte?

In der Mitte des Sees zogen sie die Ruder ein. Xenia zögerte. Sie fürchtete, dass Britta eine Bemerkung über ihren nagelneuen Bikini machen würde. Während sie ihr Kleid über den Kopf streifte, schaukelte das Boot plötzlich so heftig, dass sie den Halt verlor und mit dem Knie hart gegen die Bordwand stieß. Gleich darauf hörte sie ein Aufklatschen. Schnell sprang sie ihm hinterher. Kalt strömte das Wasser an ihr vorbei, Licht und Dunkelheit mischten sich, dann trug es sie nach oben. Sie tauchte auf und holte tief Luft. Der Student schwamm mit kurzen, harten Kraulschlägen von ihr davon und wühlte mit seinem Beinschlag das Wasser auf. Nach etwa zweihundert Metern machte er kehrt. Auf seinem Rückweg zog er dicht an ihr vorbei, ohne sie zu beachten. Mit Befriedigung stellte sie fest, dass sein Tempo nachgelassen hatte. Nach einer Rollwende, die das Boot ins Schaukeln brachte, schwamm er in Rückenlage weiter.

Übers Boot kam ein Tennisball geflogen. Xenia warf ihn zurück. Prompt kam er wieder geflogen. Seit ihrer Rückkehr aus den USA hatte sich irgendetwas verschoben zwischen Britta und ihr. Xenia vermisste die alte Vertrautheit. Ihre kleine Schwester beschäftigte sich viel mit ihrem Hund, redete mit ihm, brachte ihm Kunststücke bei, hielt Vorträge über richtige Fütterung und Erziehung. Wuschel durfte sogar im Bett schlafen. Xenia hatte sich dabei ertappt, eifersüchtig auf den Hund zu sein, der Brittas Aufmerksamkeit so vollständig in Anspruch nahm. Dieser Tennisball tat ihr gut. Im Augenwinkel verfolgte sie den Schwimmer. Nach seiner nächsten Wende wechselte er zum Butterfly.

Sie tauchte unter dem Boot durch. »So ein Angeber«, sagte sie zu ihrer Schwester, »der reißt hier bloß eine Trainingseinheit runter. Komm, wir hauen ab.«

Gleichzeitig schwangen sie sich über die Bordwand, Wasser gluckste unter den Holzplanken. Im eingespielten Takt, den Schwimmer fest im Blick, ruderten sie zurück. Er bemerkte ihre Absicht, winkte und rief. Britta kicherte schadenfroh, Xenia bekam ein schlechtes Gewissen. Am Steg angekommen ließ sie sich Zeit, das Boot an die Kette zu legen und trieb sich am Ufer herum.

»Blöde Ziege. Du spinnst wohl«, fauchte der Student Britta an, nachdem er durch tiefen Uferschlamm an Land getaumelt war. Und mit angestrengt ruhiger Stimme zu Xenia: »Hättet ihr nicht noch ein paar Minuten warten können? Ich war mit meinem Programm fast durch.«

In ihr sträubte sich etwas, sie fühlte sich wie zerrissen. »Eben«, sagte sie und sah auf ihre ausgefransten Turnschuhe. Dann schulterte sie ihr Ruder und humpelte auf dem Trampelpfad durch den Erlenbruch, der zwischen der Anlegestelle und dem Garten ihrer Eltern lag. Ihr Knie schmerzte. »Du hattest recht«, sagte sie, als sie Britta eingeholt hatte, »ein kompletter Idiot.«

»Da kommt Wuschel«, sagte Britta. »Wie brav er auf uns gewartet hat. Guuuuter Hund.« Sie legten die Ruder ins Gras, gingen in die Hocke und ließen sich von Wuschel begrüßen. Für ihn bedeutete eine halbe Stunde Warten eine Ewigkeit. »Super Hund«, sagte Xenia. Dann spielten sie beide mit Wuschel im Gras wie kleine Kinder.

Xenia spürte Sehnsucht nach ihrer Schwester. Viele Jahre hatte sie Britta nicht richtig wahrgenommen, so beschäftigt war sie gewesen mit ihrem eigenen Leben. Ihre Vertraute war Silke, an die kleine Schwester dachte sie kaum. Und schon gar nicht während ihrer ersten Zeit mit Ludwig, als sie mit den Tagen und Nächten im Einklang war. Wenn sie diese Tage und Nächte nur hätte anhalten können auf ihrem Flug.

Helsinki

Mein Leben begann sich schneller zu drehen. Am Wochenende nach unserer ersten Nacht flog Ludwig nach München. Montag früh holte ich ihn in Fuhlsbüttel ab, noch auf dem Flughafen bat er mich, ihn auf einen Kurztrip nach Helsinki zu begleiten, wo er ein Vorgespräch für seinen nächsten Film hatte. »Du weißt schon. Über die Samen und ihre aussterbende Kultur.«

»Wann wäre das denn?«

»Wir fliegen am Freitag, sind Sonntag rechtzeitig wieder da zur Lesung im Melog. Meine WetterApp verspricht Sonne und 25 Grad, und Helsinki im Licht ist einmalig schön. Pack nur leichte Sommerkleider ein und vergiss deine Badesachen nicht. Und wenn du mir einen besonderen Gefallen tun magst, nimm bitte ...«

»Was?«

»Nichts. Eine Überraschung. Du weißt es dann schon.«

»Eigentlich habe ich ja Uni.«

»Genau: eigentlich.«

»Okay. Überredet. Ich verbuche die Tage als individuelle berufliche Fortbildung mit einem bekannten Dokumentarfilmer.«

»›Individuell‹, klingt gut, ›beruflich‹ eher schlecht.«

Auf dem Flug versuchte ich Ludwig davon zu überzeugen, dass Finnisch eine einfache Sprache sei.

»Willst du mich auf den Arm nehmen?«

»Man spricht alles aus, wie es geschrieben steht, das ist für uns Deutsche doch angenehm. Keine blöden Nasale, keine Mehrdeutigkeiten wie im Englischen, und jedes einzelne Wort wird stur auf der ersten Silbe betont. Aussprache ist also schon mal kein Problem.«

»Und die Grammatik, die vielen Fälle?«

»Wenn wir jedes Auf, Unter, Neben, Zwischen als eigenen Fall verkaufen würden, kämen wir auch schnell auf fünfzehn. Alles halb so wild. Außerdem ist Finnisch eine agglutinierende Sprache, da werden neue Informationen einfach angehängt. Nimm mal: meine Hand.«

»Gern«, sagte er und nahm meine Hand.

»So habe ich das nicht gemeint«, ich legte seine Hand wieder zurück. »Hand heißt Hand, meine einfach dranhängen: Handmeine also. In meiner Hand ist dann: Handmeinein, in meiner warmen Hand wäre dann: Handmeinerinwarm und immer so weiter. Die Worte werden dadurch natürlich länger und länger, sehen kompliziert aus, in Wirklichkeit aber ist alles ganz einfach.«

»Überzeugt bin ich noch nicht.«

»Warum, glaubst du, hat man Esperanto als agglutinierende Sprache entworfen? Wohl nicht, weil das so schwer zu lernen ist. Wenn man das Prinzip erst mal durchschaut hat, ist es wirklich simpel. Rein theoretisch jedenfalls.«

»Da bin ich gespannt auf die Praxis«, sagte er. »Für mich klang Finnisch immer wie eine Sprache von einem anderen Stern. Weich, melodisch, voller Musik und komplett unverständlich, sieht man einmal von kioski und tomaattiketsuppia ab.«

»Alles eine Frage der inneren Einstellung und von ein bisschen Vokabeln lernen.«

»Ich bin schon froh, wenn ich ›Tervetuloa‹ verstehe.«

»Auf der ersten Silbe betonen. Was heißt das?«

»›Willkommen‹. Sei ehrlich, Xenia. Du kennst kein einziges Wort.«

»Aber ich habe die richtige Einstellung.«

Unter uns lagen die Schären, das Meer war eine graubraune stumpfe Masse und bedrängte die kleinen Felseninseln wie eine gerade noch rechtzeitig zum Halt gekommene Schlammlawine. Ludwig, der sich für das Wetter verantwortlich fühlte, war ein bisschen verstimmt und versprach Sonne für die kommenden Stunden.

Bei unserer Ankunft nieselte es aus einem grauen Himmel, doch auf der Taxifahrt in die Stadt riss die Wolkendecke auf. Es zeigten sich erste blaue Lücken. »Na also«, sagte er. »Pünktlich.«

Unser Hotel lag mitten im Zentrum. Die Lobby mit ihrer eiförmigen Rezeption, rustikalen Holzstühlen, dicken Holzscheiten als Dekoration und farbigen Glaselementen wirkte wie eine zusammengewürfelte Stil-Mischung aus den 50er und 60er Jahren. Fand ich.

»Finnisches Design, so ungefähr das Modernste, was es gibt«, sagte Ludwig.

»Tut mir leid. Da suchst du ein super stylisches Hotel aus, und ich bemerke es nicht mal.«

»Enttäuscht wäre ich erst, wenn dir unser Zimmer nicht gefällt.« Er hatte ein Sky-Studio im obersten Stockwerk gebucht. Vom Balkon aus sah ich die Stadt wie aus der Vogelperspektive unter mir liegen. Kuppeln, Türme und Dächer glänzten wie frisch gewaschen, Licht lag auf den Baumkronen, den Höfen und Parks und auf einer zum Greifen nahen weißen Fähre im Hafen. Hinter ihr ein paar kleine Inseln, dann nur Himmel und Meer. Wenn ich die Augen schloss, konnte ich es riechen.

Ludwig umschlang mich von hinten und legte sein Kinn auf meine Schulter. »Schenk' ich dir alles.« Einen Augenblick standen wir schweigend über der sonnenüberstrahlten Stadt.

»Wir machen gleich einen Rundgang durch das historische Zentrum«, sagte er nach einer ganzen Weile. »Auspacken können wir später.«

Mit vielen anderen Spaziergängern flanierten wir durch den Esplanadi-Park, wo Familien sich mit Wolldecken, Picknickkörben und Thermoskannen auf dem Rasen niedergelassen hatten und Jugendliche mit Bierdosen in der Hand, einen beruhigenden Vorrat an 10er Packs neben sich, auf ihre Weise das Wochenende einläuteten. Mittlerweile hatten sich alle Wolken verzogen, eine frische Brise wehte vom Wasser her. Junge Mädchen und Frauen präsentierten der Sonne jeden nur möglichen Quadratzentimeter bloße Haut, trugen bauchfreie Tops, kürzeste Röcke oder abgeschnittene Pants. Mir gefielen die knappen Sachen nicht. Ich fühlte mich wohl in meinem überknielangen Kleid, genoss die kühle Zartheit des fließenden Stoffs, der bei jedem Schritt, jedem Windhauch mitschwang und mich zärtlich berührte. Ich hatte das Gefühl, dass alle Frauen in eleganten Sommerkleidern sich heimlich zulächelten, und lächelte ihnen heimlich zurück.

Ein Kind vor uns riss sich von der Hand seiner Mutter und zeigte auf das Monument eines Riesen, der auf einem hohen Sockel stand und sich etwas pathetisch mit der Rechten ans Herz fasste. Seine Bedeutsamkeit wurde geschmälert durch eine Möwe auf seinem Haupt, die über das Treiben zu seinen Füßen hinwegstarrte. Spuren von weißem Vogelkot auf seiner Brust zeigten, dass die Möwen der Stadt ihm wenig Respekt zollten.

Das Kappeli am Ende des Parks war bis auf den letzten Platz besetzt, so kauften wir uns nur ein Lakritzeis – lakritsi war auch ohne finnische Sprachkenntnisse zu verstehen – und stießen auf ein Polizeiorchester, das *Auf der schönen blauen Donau* intonierte.

»Schade«, sagte Ludwig. »Ich habe hier schon Sibelius gehört. Lass uns weiter zum Marktplatz. Die Alte Markthalle schenken wir uns, die besuchen wir, wenn wir das nächste Mal in Helsinki sind. Ein tolles Designerkleid finden wir morgen bei Stockmann, ›dem größten Kaufhaus der nordischen Länder‹, wie mein Freund Jarno stets gesagt hat. Sollte ironisch klingen, es schwang aber immer auch ein Hauch Stolz mit. Obwohl er das natürlich nie zugegeben hätte.«

»Ich brauche gar kein teures Kleid.«

»Bitte, Xenia, mach mir die Freude. Ich möchte morgen Abend mit dir ins Torni. Du wirst die Schönste sein. Ich bin nun mal ein Augentier.«

»Ich überlege es mir.«

»Bitte nicht so lange.«

»Okay: Ja.«

Ihm war gar nicht aufgefallen, dass er wie selbstverständlich von einem nächsten Mal gesprochen hatte. Mein Herz klopfte vor Glück.

Am Kauppatori-Platz zog Ludwig seine Hand durch den Strahl eines Springbrunnens, auf dem die Bronzeplastik einer nackten Frau thronte. Sie sah stolz und selbstbewusst aus. Eine Frau, die ohne Scham ihre ausgeprägten Kurven zeigte. Ich kam mir schmal und irgendwie unbedeutend vor.

»Manta«, sagte Ludwig, »die habe ich mal geküsst. Mein Gott, wie lange ist das her ...«

»Wann denn?«

»Vor beinahe zwanzig Jahren. Die Figur symbolisiert die Geburt der Stadt Helsinki. Gerade ist sie dem Meer entstiegen und wirft noch einen letzten Blick zurück auf die Ostsee.«

Mir war, als ob der Wind, der sie umtanzte, sie miterschaffen haben musste, so glatt und rund geschliffen wie sie sich über mir erhob. Jeder Windhauch ein salziger Gruß aus dem Meer, dem sie entstammte. Wie schön sie geworden war. »Warum hast du sie geküsst?«

»An einem Ersten Mai bin ich mit Jarno und vielen anderen Studenten in einem langen Demonstrationszug hierhin gezogen. Zuerst haben wir die Skulptur mit Brunnenwasser gewaschen, ihr dann unter dem Jubel der Menge eine Studentenmütze aufgesetzt. Einige von uns haben sie, nass bis auf die Haut, geküsst. Danach gab es ein ausgelassenes Fest mit Musik, bajuwarisch-finnischen Verbrüderungen, reichlich Alkohol, unserer aller Freundin Emma und anderen Ausschweifungen bis tief in die Nacht. Am nächsten Tag bin ich völlig zerschlagen im Park am Botanischen Garten aufgewacht. Keine Ahnung, wie ich dahin geraten bin.«

»Und deine Ausschweifung?«

»Über alle Berge. Ich glaube nicht, dass es überhaupt zu irgendetwas gekommen ist. Dazu war ich viel zu hinüber.«

»Und wer war dieser Jarno?«

»Ein Studienfreund. Du wirst ihn kennenlernen. Ich habe mich morgen mit ihm am Töölö-See verabredet.«

Ich freute mich, dass er mich so in sein Leben mit hineinnahm, mir aus seiner Vergangenheit erzählte und mir seine Freunde vorstellen wollte. Entstand auf diese Weise nicht eine zusätzliche Nähe, die eine gemeinsame Zukunft versprach? Zum ersten Mal nahm ich in aller Öffentlichkeit seine Hand.

Unter einem Marktplatz hatte ich mir immer einen irgendwie begrenzten Ort vorgestellt, eingerahmt von Häusern, einer Kirche, Straßen oder Bäumen. Ich wurde mir dessen bewusst, als ich sah, dass sich der Marktplatz von Helsinki ins Offene verlor. Auf seiner Südseite befand sich der Hafen, Segelboote und Ausflugsschiffe schaukelten am Kai, etwas weiter draußen lag die große, weiße Fähre aus Travemünde, die ich vom Balkon unseres Sky-Lofts aus gesehen hatte. Hinter ihr einige kleine Inseln, dann nur Himmel und Meer. »Wollen wir Pause machen? Es ist so schön, am Wasser zu sitzen«, schlug ich vor.

»Wenn du einverstanden bist, würde ich mit dir lieber ins Café Engel mit Blick auf den Dom. Es ist nicht mehr weit. Heute Abend essen wir in einem Restaurant im Brunnenpark, die Terrasse liegt direkt an der Ostsee, und wir sehen zu, wie die Sonne ins Meer rutscht, ja? Zum Abschluss nehmen wir dann noch einen Drink in der 50er-Jahre-Bar in unserem Hotel.«

»Blödmann. Aber sonst hört es sich alles gut an.«

Der weiße Dom stand im schrägen Licht der Nachmittagssonne, er schien aus sich selbst heraus zu leuchten, sein goldener Schmuck auf den Kuppeln warf Lichtblitze auf uns herab. Wie ein Ozeanriese mit goldenen Aufbauten ruhte er auf seinem Platz mitten in der Stadt, bereit auszulaufen. Hand in Hand rannten wir die steilen Stufen hinauf, umkurvten Paare, die im Weg saßen, Touristen, die ohne Blick für ihre Umgebung den besten Standort für ihr Foto suchten, junge Leute, die sich ins Wochenende tranken.

Oben angekommen zog Ludwig mich an sich.

»Augenblick, ich bin völlig außer Atem,« sagte ich.

»Wie jung du bist.« Es klang ein bisschen traurig.

»Weil ich keine gute Kondition habe?«

»Weil du einfach sagst, dass du außer Atem bist.«

»Versteh ich nicht.«

»In zehn, nein, Pardon, in zwanzig Jahren wirst du eine Ausrede parat haben.«

»Versteh ich immer noch nicht.«

»Eben. Weil du so jung bist«, sagte er und küsste mich.

Das Café Engel bot einen Blick auf einen mobilen Eiswagen samt Warteschlange und hauptsächlich auf eine Doppelreihe Touristenbusse, die unten am Domplatz parkten.

»Wehe, das Meer ist heute Abend zugestellt«, sagte ich, »dann werde ich mich bei Manta beschweren, und du kannst allein essen.«

»Das sind leere Drohungen. Dein Meer kann niemand zustellen, schon gar nicht im Brunnenpark. Da ist Autoverkehr verboten.«

Am nächsten Tag frühstückten wir spät. Die Sonne war erst weit nach Mitternacht untergegangen, wir hatten gern auf abschließende Drinks in der Bar verzichtet. Ludwig erkannte die Bilder an den Wänden des Frühstücksraums als Illustrationen des Malers Gallen-Kallela zum finnischen Nationalepos Kalevala und setzte an, mir den Inhalt zusammenzufassen.

»Hör auf. Deprimierend, immer kennst und weißt du alles.«

»Wenn du wüsstest, wie sehr ich nur an der Oberfläche kratze.«

»Dann besteht ja Hoffnung, dass ich aufhole.«

»Das fürchte ich. Es ist schon elf Uhr, wenn wir vor dem Treffen mit Jarno dein Kleid finden wollen, sollten wir aufbrechen. Hast du daran gedacht, Badesachen mitzunehmen?«

»Wir gehen doch in die Stadt.«

»Strände gibt es in Helsinki an jeder Ecke und auf den kleinen Inselchen. Ich habe am Nachmittag mein Vorgespräch. Du könntest in dieser Zeit schwimmen gehen.«

»In der Ostsee?«

»Die ist im Sommer sogar wärmer als bei uns, weil ja fast Tag und Nacht die Sonne scheint.«

»Super. Hört sich gut an.«

Ich grüßte den Esplanadi-Park wie einen guten Bekannten. Die ersten Sonnenhungrigen lagen bereits wieder auf dem Rasen, auch die Möwe war zur Stelle und starrte arrogant vom Haupt des Dichters Runeberg über uns hinweg. Im Kappeli dagegen gab es heute freie Plätze. Eigentlich wäre ich gern weiter draußen herumgeschlendert, als mich ausgerechnet an einem Sonnabendvormittag in das Gewühl eines Kaufhauses zu stürzen, aber Ludwig hatte es sich nun einmal in den Kopf gesetzt, und ich wollte ihm die Freude nicht verderben. Zu meiner Erleichterung war es bei Stockmann überhaupt nicht voll, nicht laut, nicht eng, nicht anstrengend. Nicht ermüdend.

Kaum waren wir in der richtigen Abteilung, entdeckte ich das Kleid. Es hing etwas verrutscht auf dem Bügel und machte gar nichts her, sah aus wie ein überlanger unförmiger Beutel. Ich wusste es sofort, als ich den Beutel auseinanderzog. Das war mein Kleid. Es war ein wadenlanges Seidenkleid mit einem grafischen Muster in Blau und Schwarz, raffiniert einfach und schmal geschnitten mit kleinem Arm und einem tiefen V-Ausschnitt. Kühl und glatt glitt der Stoff durch meine Hand.

»Ich hatte an etwas Rotes gedacht«, sagte Ludwig. »Heute ist Tango-Abend im Torni.«

»Warte bis ich es anhabe.«

In den Umkleidekabinen lagen Schuhe, Schals und Tücher. »Alles besetzt«, sagte ich zu Ludwig und zog die Schultern hoch.

»Es ist doch kaum jemand hier.«

»Ja, merkwürdig.« Da erst begriff ich, dass die Utensilien mit zur Anprobe gehörten. So schlüpfte ich, nachdem ich das Kleid übergestreift hatte, aus meinen Ballerinas in hochhackige schwarze Schuhe, warf mir im Spiegel einen triumphierenden Blick zu und schob den Vorhang zur Seite. Ludwig stieß die Luft aus. »Zieh dieses Kleid bitte nie wieder aus, Xenia. Es sei denn für mich.«

Beim Umziehen sah ich das Preisschild.

»Was ist?«, fragte Ludwig, als ich aus der Kabine trat.

»Unbezahlbar.«

»Unbezahlbar ist genau, was ich mir vorgestellt habe. Ich habe eine gut gefüllte Kreditkarte.«

Wir hatten noch Zeit bis zum Treffen mit Jarno. Ich schlug vor, die Kamppi-Kapelle anzusehen. Ich hatte gelesen, dass die Kapelle als Ort der Stille und Meditation mitten ins geschäftige Zentrum des Kamppi-Viertels gebaut worden war. Sie war erst im Jahr zuvor fertiggestellt worden, und Ludwig kannte sie nicht. Ich hatte das Gefühl, dass es ihn irgendwie störte. Wir hatten Mühe, die Kapelle zu finden, so eingeklemmt stand sie zwischen unzähligen Geschäften, Gaststätten, Fitness-Studios, einer Bowling-Bahn sowie Bus-Terminals und einer Metrostation. Und ganz Helsinki schien auf den Beinen.

»Hier muss es doch irgendwo sein«, sagte ich. »Mehr Geschäftigkeit will ich mir nicht vorstellen. Wenn wir diesen Ort der Stille nicht bald finden, bin ich für den Rest des Tages erledigt. Ich frag mal. Keine Angst, auf Englisch.«

Die Kapelle war viel kleiner als ich gedacht hatte. Eiförmig und ganz aus hellem Holz lag sie wie ein UFO mitten in der Beton-, Glas-, und Steinwüste der Stadt. Tageslicht fiel durch Aussparungen im Dach der Kapelle und tauchte den Innenraum in ein warmes und ruhiges Licht. Die geschwungene Wand hinter dem Holzblock, der als Altar diente, schien vor mir zurückzuweichen. Ein leichter Schwindel erfasste mich, mir war, als stünde ich auf schwankenden Planken. Ludwig saß mit konzentriertem Blick in einer der vorderen Holzbänke. Ich setzte mich dicht neben ihn und schloss die Augen. Die schwere Eingangstür schwang auf, weitere Besucher kamen. Ihre Schritte klackten. Jemand räusperte sich, es raschelte. Etwas fiel hinunter.

»Excuse me, please«, eine hohe Frauenstimme.

Hinter uns erhob sich jemand, Schuhe schurrten über den Boden, es wurde geflüstert.

»Pappa?«

»Pschschscht!« Flüsternd wurde das Kind zurechtgewiesen. Ich verstand jedes Wort.

»Das war eine gute Idee von dir, Xenia«, sagte Ludwig, während wir die Kapelle draußen umrundeten. »Danke für den Tipp.« Es hörte sich ein bisschen herablassend an.

»Nur von Ruhe und Meditation konnte nicht die Rede sein«, sagte ich. »Vielleicht sollte man es besser im Winter versuchen.«

»Der Bau ist ein großartiges Beispiel innovativer, finnischer Architektur.«

»Ich weiß. Viel Holz, Eiform. Du siehst, ich hole auf.«

Inzwischen hatte Jarno eine genaue Beschreibung auf Ludwigs Mailbox hinterlassen: »Wenn ihr aus Richtung Innenstadt kommt, geht bis zur Finlandia-Halle von Alvar Aalto. Du kennst sie, Ludwig, da haben wir mal in der Veranda Fotos ausgestellt. Dann sind es nur noch wenige Meter zur Töölö-Bucht, da am Ufer links halten. Nicht in das blaue Café, das in allen Reiseführern steht, es ist hoffnungslos überlaufen. Mein Sommerkiosk liegt am anderen Ufer, in Höhe der Oper. Könnt ihr gar nicht verfehlen. Freu mich. Hey, hey.«

»Seine Regieanweisungen waren gefürchtet«, sagte Ludwig.

»Was für Filme hat dieser Jarno gedreht«, fragte ich, als wir uns auf den Weg machten.

»Gar keine. Leider. Er war ein begabter Hund. Ist aber vor Abschluss des Studiums zurück zu seiner schwangeren Freundin nach Helsinki. Was nicht so schlau war. Lange hat er versucht, im Dokumentarfilm Fuß zu fassen, schließlich resigniert und seinen Job als Aushilfe und Fahrer für eine Tischlerei zu seinem Hauptberuf gemacht.«

»Arbeitet er da heute noch?«

»Keine Ahnung. Ein Jammer. Er hatte so großartige Ideen..., dann so gestrandet. Eine gescheiterte Existenz, wenn du so willst.«

»Und seine Freundin, sein Kind?«

»Weiß ich nicht. Das letzte Mal hatte ich Kontakt mit ihm, als der *Hochläufer* in Finnland in die Kinos kam, da war er wohl noch mit ihr zusammen. Aber das ist ja auch schon wieder Jahre her, gesehen habe ich ihn eine Ewigkeit nicht mehr. Einmal noch hat er mich mit dem Kind in München besucht.«

Vor Jarnos Kiosk gab es einen kleinen Schuppen, aus dem heraus zwei junge Frauen Bretter fürs Stehpaddeln verliehen »You can't buy happiness, but you can lend a board«, stand auf einem handgeschriebenen Plakat.

»Or you can spend your time with Ludwig«, ergänzte ich. »Jetzt erst mal Zimtschnecken und Kaffee und einen Platz am Wasser.«

»Vielleicht solltest du üben auf Finnisch zu bestellen,« schlug Ludwig vor.

»Morgen. Falls ich mich heute Abend langweile und Zeit finde, Vokabeln zu lernen.«

»Damit wird es wohl nichts. Für keinen von uns beiden.«

»Versprochen?«

»I want to spend my time with you.« Er küsste mich.

Jarno kam mit dem Fahrrad, machte Anstalten, Ludwig zu umarmen, beließ es aber mit einem Schulterklopfen. »Hey, Wiggerl«, sagte er, »du bist keinen Tag älter geworden. Wenn ich nicht zur Sicherheit aktuelle Fotos im Netz angesehen hätte, hätte dich nicht erkannt.« Jarno sah älter aus als Ludwig, obwohl älter nicht das richtige Wort war, es waren nicht die ersten Fältchen in seinem Gesicht, die wenigen grauen Strähnen in seinem vollen Haar. Er wirkte irgendwie erwachsener. Auf keinen Fall wie ein Gescheiterter.

»Du bist also Xenia,« sagte er und musterte mich. »Der glückliche Wiggerl, hatte immer schon die schönsten Frauen, und jedes Semester eine Neue.«

»Na, na«, sagte Ludwig. »Und du, immer noch mit...«, er hob fragend die Hand, »... zusammen?«

»Mit Raissa. Ja. Und Tolvo ist inzwischen zwanzig, macht die Welt unsicher und holt sich Sonnenbrand. Travel and work in Australien und Neuseeland. Bin mächtig stolz auf meinen Jungen.«

»Wie hast du Ludwig genannt?«, fragte ich.

»Wiggerl. Die bayrische Form von Ludwig. Nie gehört?«

»Ich komme aus Hamburg, eigentlich sogar aus Schleswig-Holstein.«

»Fast schon Skandinavien«, sagte Jarno, »da haben wir etwas gemeinsam. Ihr habt Beute gemacht?« Er deutete auf meine Plastiktüte.

»Wie du siehst, bei Stockmann.« Ludwig wartete eine Sekunde. »Größtes Kaufhaus der nordischen Länder«, ergänzte Jarno. Wir lachten.

»Ist dieser Töölö-See nun eigentlich ein See oder eine Bucht, wie du vorhin geschrieben hast?«, fragte Ludwig, »du bist doch immer so übergenau.«

»Es ist Salzwasser, eine Ausbuchtung der Ostsee, auch wenn es nicht so aussieht. Also eine Bucht. Tut mir leid, ich habe recht gehabt.«

»Oder vielleicht ein Noor«, sagte ich.

»Was soll es sein?«, fragte Jarno.

»Ein Moor? Ich bitte dich, Xenia«, sagte Ludwig.

»Nnnoor«, sagte ich. »Ein Gewässer, das durch einen Zugang mit einer Meeresbucht oder einer Förde verbunden ist oder es jedenfalls mal war. Das Wort stammt aus dem Dänischen, wird aber auch in Norddeutschland gebraucht.«

»Woher weißt du so was?«, fragte Ludwig. Es klang fast ein bisschen beleidigt.

»Von meinem Vater. Der wusste über solche Sachen unheimlich gut Bescheid.«

Jarno ließ es sich nicht nehmen, für uns drei Kaffee und einen Berg Zimtschnecken, Baisers und Schokoladenkuchen zu holen. »Kleine Revanche für die Sahnestücke bei deinen Eltern«, sagte er. »Talvo hat sich damals so überfressen, dass er noch am nächsten Tag keine Süßigkeiten mochte. Und das wollte etwas heißen. Wie geht es deinen beiden Alten? Sie leben doch noch?«

»Ja.«

»Immer noch dieselbe Leier?«

»Lass mal.« In Ludwigs Gesicht zuckte es.

»Sie weiß es gar nicht?«, fragte Jarno.

In der Ferne hörte man das hohe Kreischen einer sich in die Tiefe stürzenden Achterbahn.

»Wir sind erst wenige Tage zusammen«, sagte Ludwig. »Erzähl, was machst du so zur Zeit?«

»Stühle. Ich habe schon vor fünfzehn Jahren in der Tischlerei angefangen, Möbel zu entwerfen und zu bauen, vor allem eben Stühle. War eine gute Idee, die Filmerei an den Nagel zu hängen. Ich mag es, mit den Händen zu arbeiten, etwas entstehen zu sehen, das dann wirklich auf der Welt ist.

»Filme sind auch wirklich und auf der Welt.«

»Anders. Mir macht meine Arbeit jedenfalls verdammt viel Spaß, möchte mit niemandem tauschen.«

»Schade«, sagte Ludwig, »ich habe darauf gesetzt, dass wir unser Projekt ›Floßfahrt auf der Isar‹ noch mal anpacken.«

»Mann! Wiggerl. Da wäre ich sofort mit dabei. Zumal ich mit Holz jetzt richtig gut umgehen kann.«

Sie erzählten von einem buchstäblich ins Wasser gefallenen gemeinsamen Filmprojekt, in dem sie eine Floßfahrt durch München auf der Isar dokumentieren wollten. Etliche Kisten Augustiner und zunehmend gut gelaunte Kommilitonen hatten das selbst gezimmerte Gefährt erst zum Kentern gebracht, dann hatten sich die Balken gelöst und waren einzeln davongeschwommen. Nur durch einen selbstlosen Einsatz Jarnos – »Es galt: Meine Sneaker oder die Kamera.« – wurde die Ausrüstung gerettet.

»Hast du noch Kontakt zu den Jungs?«, fragte Jarno. »Stell dir vor, wir trommeln die alte Truppe noch mal zusammen. Den Johannes, den Dirk, den ..., du weißt schon, den, der uns mit seinem ständigen Gerede über Hollywood auf die Nerven gegangen ist.«

»Kilian.«

»Genau. Kilian. Der sitzt jetzt bestimmt in Kalifornien und hat Besseres zu tun als mit uns in der Isar zu baden.«

»Kilian hat noch spät Jura studiert und sitzt heute in irgendeiner Behörde in Sigmaringen.«

»Geschieht ihm recht.«

Sie verloren sich in alte Studentengeschichten, sprachen von einem Kiosk im Bärenpark, wo sie sich nach durchzechten Nächten mit Döner gestärkt hatten, von den Vorzügen und Macken ihrer Dozenten, von Plänen, Siegen und Niederlagen. Ich sah über die stille Bucht zur Finnlandhalle hinüber. Stehpaddler durchteilten mit ihren Brettern den Wasserspiegel und zogen glitzernde Furchen hinter sich her, die sich wie von Zauberhand nach einigen Metern wieder schlossen. Wenn wir mehr Zeit gehabt hätten, hätte ich mir auch gern ein Brett ausgeliehen. Ich stellte mir vor, wie ich das Paddel hob, Lichttropfen auf die Wasseroberfläche verstreute, dann das Paddel in den glatten Spiegel eintauchte und in ruhiger Fahrt dahinglitt.

»Aufwachen, Xenia«, sagte Ludwig. »In einer halben Stunde habe ich meinen Termin.«

Jarno brachte mich an den Bus zum Hietsu, dem Stadtstrand. An der Haltestelle kramte er ein eingeschweißtes Buch aus der Satteltasche. »Habe ich ganz vergessen, Ludwig zu geben. Ein Roman von meinem Lieblingsautor. Seit der letzten Buchmesse gibt es ihn auch auf Deutsch. Nimmst du es ihm bitte mit?«

»Klar.« Das Cover war über und über mit Schmetterlingen bedruckt. Durch die Folie hindurch fühlte ich, dass sie leicht erhaben waren. »Kannst es gern aufreißen«, sagte Jarno, »der Roman ist bestimmt eine gute Strandlektüre und wärmt nach dem Baden von innen. Ludwig hat sich ja nicht so.«

»Danke.« Mein Bus kam. Jarno umarmte mich fest. »Sei vorsichtig mit ihm«, sagte er leise. Als ich einstieg, hob er die Hand. »Hey. Hey.«

»Hey. Hey.« Soviel Finnisch konnte ich schon mal.

Im Hotelzimmer war es still. Am Fußende des Bettes waren ein Paar schwindelerregend hohe, schwarze Stilettos so arrangiert, als wollten sie es ersteigen. Auf dem

Bett lag mein neues Kleid, darauf ein Zettel in Ludwigs schön geschwungener Handschrift. »Ich freu mich auf den Abend und warte ungeduldig-geduldig auf dich in der Bar.«

Zur Sicherheit schloss ich trotzdem die Tür ab, bevor ich mich auszog und das Päckchen mit der hellblauen Wäsche aus seinem Versteck im Nachttisch holte. Dann probierte ich Wäsche und Stilettos an, lächelte mir im Spiegel zu. Mein Gesicht war gerötet, meine Wangen heiß wie vor einem Auftritt.

Am nächsten Morgen erwachten wir müde vom Glück und von der Liebe. »Soll ich uns Frühstück aufs Zimmer bestellen?«, fragte Ludwig.

»Gern. Ich mag jetzt keine Menschen um mich.«

»Und schon gar keine Zuschauer. Möchtest du ein Glas Sekt?«

Später lag ich schläfrig auf seiner Schulter, während er mit einer Hand in den Aufzeichnungen zu seinem Film blätterte.

»Was hat Jarno eigentlich gestern damit gemeint, ob ich irgendetwas noch nicht wüsste?«, fragte ich.

Ludwig hörte auf zu blättern. »Keine Ahnung.«

Ich spürte, dass er sich verspannte.

»Irgendwas mit deinen Eltern. Ein Geheimnis?«

»Mein Vater ist promovierter Altphilologe, die bringen es nicht zu Geheimnissen.«

»Lehrt er an der Münchner Uni?«

»Da hast du genau den wunden Punkt getroffen.« Er klappte sein Notizbuch zu. »Es hat bei ihm nur zum Gymnasiallehrer gereicht, und das noch nicht einmal am Maxgymnasium. Eine lebenslange Kränkung.«

»So schlimm finde ich ein Lehramt nun nicht.«

»Sagst du. Herr Dr. August Brandl hat sich zu Höherem berufen gefühlt, zur Wissenschaft, zur Forschung, zu ..., was weiß ich. Und endet als Griechisch- und Lateinlehrer an einem mittelmäßigen Gymnasium; denn das ist er geworden: ein kleiner Lateinlehrer.«

Ich sagte lieber nicht, dass meine Schwester Grundschullehrerin werden wollte, um Kinder zu unterrichten, nicht um wissenschaftlichen Ruhm zu ernten. »Jetzt trauert dein Vater seiner verpassten Karriere nach?«

»Ungefähr so.«

»Dafür hast du dir ja einen Namen gemacht. Drehst Filme, kassierst Preise, unterrichtest an der Uni. Das Lehrer-Gen hast du also von ihm geerbt.«

»Bitte, hör auf, Xenia. Wenn du wüsstest, wie schrecklich sich das anhört. Pädagogen sind für mich der Inbegriff von Mittelmäßigkeit. Ich sehe es an meinen Kollegen. Wer es nicht geschafft hat oder sich nichts mehr zutraut, der sattelt schnell noch um aufs Lehramt. In den künstlerischen Fächern unterrichten nur Gescheiterte. Für die Naturwissenschaften wird Ähnliches gelten. Da träumt einer von wichtigen Forschungsergebnissen, vom eigenen Labor, von Kontakten, Ruhm und Veröffentlichungen in internationalen Zeitschriften, vom Nobelpreis gar – und landet bei Klausurvorbereitungen für eine fünfte Klasse. Wenn ich eines Tages beschließen sollte, nur noch zu unterrichten, weiß ich, dass ich erledigt bin. Lass uns bloß von was anderem sprechen. Was macht dein Vater eigentlich außer Heimatforschung.«

Ich war ein bisschen gekränkt. »Wieso? Wegen des Noors? Geschichten und Sagen und lokale Besonderheiten haben ihn interessiert. Er ist Richter.«

»Das ist doch was. Ein Richter als Vater, sei froh. Ich würde sofort mit dir tauschen.«

»Ich habe ihn seit fast zehn Jahren nicht mehr gesehen. Meine Eltern sind geschieden.«

»Entschuldigung. Schlimm?«

»Er hat nach der Wende eine gute Stelle am Landgericht in Schwerin angenommen und ist zwischengefahren. Am Anfang hat er viel von einer jungen Kollegin erzählt, meine Mutter hat ihn damit aufgezogen. Dann hat er immer weniger von ihr erzählt und ist nur noch am Wochenende gekommen, und meine Mutter hat aufgehört, ihn aufzuziehen. Schließlich hat er gar nichts mehr gesagt, meine Mutter auch nicht, und dann war er weg und hatte eine neue Familie. Ich war sechzehn. Als ich aus den USA zurückkam, war alles schon gelaufen. Ich glaube, meine Schwester trifft sich manchmal mit ihm.«

»So, you cut a long story short.«

»Jedenfalls wird dein Vater dich bewundern. Und erst recht deine Mutter.«

»Mir reicht es völlig, wenn du mich ab und zu bewunderst.«

»Ich werde mir Mühe geben.«

»Bitte nicht zu sehr.«

»Okay. Habe ich noch Zeit, eine Stunde zu schlafen?«

»Ich wecke dich, wenn wir los müssen.«

Als ich aufwachte, hatte Ludwig bereits alles fix und fertig gepackt, sogar mein Koffer stand reisefertig an der Tür. »Ich habe dir die weite, graue Leinenhose und das fliederfarbene Hemd rausgelegt«, sagte er. »Das passt so gut zusammen.«

Es war mir unangenehm. Er sah es mir an. »Verzeih, ich wollte nicht über dich bestimmen. Du hast so tief geschlafen, da tat es mir leid, dich zu wecken.«

»Alles gut.«

Am See III

Es war nicht alles gut gewesen. Xenia atmete tief ein und wieder aus. Wischte sich Schweiß von der Stirn. Ihr Liegestuhl stand in den letzten Sonnenstrahlen.

Warum hatte Ludwig in Helsinki die Gelegenheit verstreichen lassen, ihr zu erzählen, was er in sich verkapselt trug? Hatte er ihr nicht getraut? Und warum war sie so unaufmerksam gewesen?

»Sei vorsichtig mit ihm«, hatte Jarno gesagt. Und sie? War ans Meer gefahren und hatte sich am Hietsu-Strand in die Lebensgeheimnisse fiktiver Helden vertieft. Froh, eine Stunde für sich allein zu haben. Und als Ludwig und sie nachts zusammenlagen, erschöpft und glücklich, so nah beieinander wie es zwei Menschen nur sein konnten, hatten sie beide ihre Geheimnisse verschwiegen.

Hätte sie ihm nicht spätestens nach dem Abend im Melog sagen müssen, dass sie ihm und aller Welt etwas vormachte? Dass sie mit dem Tempo seines Lebens nicht mithalten konnte. Sie war der Wahrheit ausgewichen, weil sie sich vor seinem Urteil fürchtete, vor seiner Geringschätzung. Für die Xenia, die sie wirklich war, so hatte sie damals gedacht, hätte ein Mann wie Ludwig sich nie interessiert. Sie hätte ihn gelangweilt, wenn sie sich denn je begegnet wären. Sie schämte sich für ihre Lebensschwäche.

Ihre erste Ausrede zog weitere Schwindeleien nach sich. Ausflüchte und Ausreden ballten sich zu ausgewachsenen Lügen zusammen und säten Misstrauen, Enttäuschungen, schließlich Hass zwischen ihnen. Doch wie hätte sie dies alles voraussehen können? Auf leisen Sohlen war das Unglück herangeschlichen. Unmerklich, verstohlen, zögernd. Unaufhaltsam, Schritt für Schritt.

Auf dem Rückflug von Helsinki nach Hamburg hatte sie geschlafen und fühlte sich bei der Ankunft wie zerschlagen. Am liebsten hätte sie sich mit Ludwig für ein paar Stunden hingelegt. Kaum aber hatte er das Taxi bezahlt, ihr Gepäck die Treppe zu seinem Apartment hochgetragen, es ins Schlafzimmer verfrachtet und seine Post überflogen, schlug er eine Joggingrunde um die Alster vor. »Um wieder frisch zu werden und keine finnischen Kilos anzusetzen. Wolfsburg wartet.«

»Wer?«

»Ich laufe den Wolfsburg-Marathon. Anfang September. Jede Zeit über drei Stunden dreißig wäre eine Niederlage. Kommst du jetzt mit?«

Sie war ein bisschen erschrocken über seinen Tatendrang. »Lauf du nur. Ich warte hier und bilde mich.« Sie deutete auf den Bücherstapel auf seinem Schreibtisch, eine satinierte Glasplatte, aufgebockt auf einem Gestänge aus Edelstahl.

»Lies bloß nicht zu viel, sonst nimmst du mein Seminar vorweg.« Er war schon in Jogginghose und T-Shirt und band sich die Schuhe zu. »Lass uns nachher auf einen Sprung zum Italiener. Und dann bin ich gespannt auf den Abend im Melog. Wenn ich richtig informiert bin, ist Hamburg ja die Hauptstadt des Slams. Ich nehme keinen Schlüssel mit. Ciao.«

»Hey. Hey.«

Ludwigs Apartment bestand aus zwei Zimmern, die ähnlich spartanisch eingerichtet waren wie sein Büro. Ein weißes, zweisitziges Ledersofa, ein weißer Wassily Chair, in dem es sich unbequem saß, weiße Bücherregale, ein

Glastisch und der gläserne Schreibtisch, vor dem ein Frei-schwinger von Thonet mit schwarzen Armlehnen stand, waren die einzigen Möbelstücke im Wohn- und Arbeits-zimmer. Nur die Buchrücken brachten Farbe in den Raum. Im Schlafzimmer gab es einen weißen Einbauschrank, ein Bett mit einem Gestell aus gebürstetem Edelstahl und eine umgedrehte milchweiße Plastikbox, die als Nachttisch diente und auf der immer dasselbe Buch lag. Schlug man das Buch auf, verwandelte es sich in eine hell leuchtende Lampe. Der Architekt und Industriedesigner, der diese Lampe entworfen hatte, war ein Freund von Ludwig. Als Xenia das zweite Mal bei ihm übernachtete, hatte eine umgedrehte Plastikbox auch auf ihrer Seite neben dem Bett gestanden.

Nun legte sie sich auf den Teppich im Wohnzimmer, Platz genug war ja. Ludwig würde nach seiner Alster-runde klingeln, da würde sie rechtzeitig wieder hoch sein.

Das Melog bezeichnete sich selbst als »Ort des gepflegten Besäufnisses« und des ernsthaften Gesprächs«. Auf dem Programm der Bar standen Gesprächskreise, Lesungen, Filmvorführungen und Free-Jazz-Konzerte. Ludwig hatte mit dem Betreiber eine Vorführung seines neuesten Films verabredet und wollte sich vorab einen Eindruck verschaffen. An jenem Abend erwartete sie ein Poetry-Slam. Beim Betreten des schummrigen, verrauchten und völlig überfüllten Gastraums wusste Xenia, was für ein anstrengender Abend ihr bevorstand.

Ludwig stürzte sich ins Getümmel. Obwohl er erst wenige Wochen in Hamburg wohnte, wurde er von allen Seiten begrüßt, erkannt, angesprochen und weitergereicht. Er war in seinem Element, Xenia fühlte sich überflüssig und fehl am Platze.

Die Slammer begeisterten Ludwig, während sie die beifallheischenden Selbstinszenierungen nur aus Höflichkeit beklatschte. Die absurd-witzigen Geschichtchen, die meist auf einen schnell begreifbaren Lacher hinausliefen, waren nicht nach ihrem Geschmack. Der hämmernde Rhythmus erinnerte sie zu sehr an Werbebotschaften. »Kauf mich. Nimm mich. Klatsch für mich. Ich bin gut! Ich bin der Beste!« Der letzte Slammer, ein gut aussehender junger Mann in coolem 50er-Jahre-Outfit, kratzte sich in seinen fünf Minuten mehrfach ausgiebig den Kopf. Offenbar gehörte das mit zu seiner Performance, das Publikum spendete jedes Mal Szenenapplaus, und zum Schluss erhielt er den lautesten Beifall. Nachdem der Kopfkratzer die Bühne verlassen hatte, war es weit nach Mitternacht. Die Luft hing voller Rauch, das Stimmengewirr hatte wieder eingesetzt, das Geschiebe vor der Bar zugenommen. Xenia drängte zum Aufbruch.

»Der Abend geht doch gerade erst los«, sagte Ludwig. »Komm, ich besorge uns noch einen Drink.« Er gab Handzeichen, deutete auf ihre leeren Gläser. Der Barkeeper, der sich bei den anderen Gästen nicht durch Schnelligkeit ausgezeichnet hatte, reagierte sofort. Nach wenigen Minuten wurden ihnen die Drinks durch die Menge gereicht. Den Rest der Nacht redete und lachte Ludwig mit vielen, verabredete seine eigene Veranstaltung, handelte einen Abend für die Kurzfilme seiner Studenten heraus und hörte sich geduldig den Vorschlag des Betreibers an, einen Dokumentarfilm übers Melog zu drehen. Xenia folgte ihm wie ein stiller Trabant.

Es wurde hell, als sie das Melog verließen. Ludwig legte den Arm um ihre Schulter. »Lass uns noch ein Stück an der Elbe gehen. Das Licht ist so schön wie in Helsinki. Und ich fühle mich so lebendig mit dir.«

»Bitte Ludwig, lass uns ein Taxi nehmen oder den Nacht-
bus. Ich kann nicht mehr.«

»Okay.« Er nahm seinen Arm von ihrer Schulter und rief
ein Taxi. Es tat ihr leid, dass sie nicht die Kraft hatte, seine
Liebeserklärung zu erwidern.

Nach wenigen Stunden Schlaf wurden sie von seinem
Smartphone geweckt. Ludwig war sofort hellwach und
lud sie zu einem Katerfrühstück in das benachbarte jüdi-
sche Café ein.

»Geht nicht, schade«, sagte sie verschlafen. »Ich habe
um zehn ein Seminar und muss vorher noch Unterlagen
von zu Hause holen. Blöd, dass ich am Freitag nicht daran
gedacht habe, sie gleich mit zu dir zu nehmen.«

»So schnell also willst du mich verlassen.«

»Heute Abend bin ich wieder da.«

»Damit muss ich dann leben.«

Sie war nach Hause gefahren, ins Bett gesunken und
hatte sich ausgeschlafen.

Wie hätte sie damals ahnen können, dass die Notlüge
andere größere Lügen nach sich ziehen würde? Warum
gab es keine Instanz, die einem in den Arm fiel, bevor
man eine erste kleine Dummheit beging, die sich später
zu einer Katastrophe auswachsen sollte?

Schweiß lief Xenia übers Gesicht. Ihre Augen brannten.
»Abkühlen. Mich freischwimmen. Die Beklemmung loswerden«, dachte sie.

Sie schwamm in den Abend hinein, spürte bei jedem
Armzug, wie sich ihr Körper streckte. Das Wasser wurde
kälter, fühlte sich weniger weich, dafür irgendwie griffiger
an als in der Bucht nahe am Ufer. Sie kam gut voran.
Nur die Hügelkette der Hüttener Berge schien keinen
Zentimeter näher zu rücken. Erschöpft drehte sie sich auf

den Rücken und blinzelte gegen die untergehende Sonne. Über ihr zerfaserten die Kondensstreifen eines Flugzeugs auf dem Weg nach Norden. »Tervetuola und hey, hey«, sagte sie leise.

Ihre Uferstelle mit der weißen Bank und dem Liegestuhl war kaum mehr zu erkennen. Sie hatte alles hinter sich gelassen. Kein Segel, kein Fischer- oder Schlauchboot, kein Kanu und erst recht kein Schwimmer war so weit draußen wie sie. Es war still, sie hatte den See für sich allein. Familien mit Kindern hatten die Badestelle längst verlassen und saßen jetzt beim Abendessen. Xenia ließ sich vom Wasser tragen, den Kopf weit in den Nacken gelegt, brauchte sie kaum einmal eine Hand oder einen Fuß zu bewegen. Unter ihren Lidern wurde die Sonne zu einem immer kleiner werdenden glühenden Kreis, der schließlich ganz im Rot verschwand. Blaue Punkte die durchs Rot schwammen. Stille. Ein einsamer Möwenschrei. Dann alles wieder still. Kein Glucksen, kein Plätschern, keine Strömung, die sie fort trug, keine fremden Gedanken, die sie bedrängten. Sie entspannte sich. Ließ sich treiben wie ein Blatt, dachte an gar nichts. Spürte die letzten Sonnenstrahlen auf ihren Brüsten.

Langsam schwamm sie zurück, orientierte sich an den weit in den See hinausragenden Holzstegen der Badeanstalt, die sie als graue Striche auszumachen meinte. Ihr Ufer lag noch im Licht. Die silbrig grüne Wand war jetzt ebenso fern wie die Hüttener Berge. Bei jedem Schwimmzug spürte sie eine wohlige Müdigkeit in ihren Gliedern. Wenn sie einhielt, um auszuruhen oder ihre Füße in eine tiefere Wasserschicht gerieten, wurde es kälter. Sie genoss das gleichmäßige Schwimmen und Atmen, Schwimmen und Atmen. Ewig hätte sie so weitermachen können. Nachdem sie ihre Bucht erreicht hatte, die grauen Striche sich tatsächlich in Holzstege verwandelt hatten, sie die weiße Bank am Ufer erkannte, das Blau des Handtuchs auf dem Liegestuhl zwischen den Bäumen, fingen ihre Arme an zu zittern. Die letzten Meter wurden ihr schwer. Sie wankte an Land – ihr war, als ob der Boden sich unter ihren Schritten krümmte, sie konnte sich kaum auf den Beinen halten – und sank in den Liegestuhl. Zitterte und fror und zog an ihrem Fuß, um einen Krampf im linken Bein zu bekämpfen. Schließlich stampfte sie ein paar Mal auf den Boden, humpelte dann im Kreis, bis das Zittern aufhörte. Ihr Herz klopfte ruhiger und ihre Erschöpfung schlug in Hunger um.

In der Küche war es dunkel. Gierig trank sie ein Glas Ingwerwasser aus dem Kühlschrank, fühlte, wie es ihr kalt die Speiseröhre hinunter in den Magen lief, und fror wieder. In Ludwigs dicken Pullover gehüllt briet sie sich Kartoffeln, Zwiebeln und Eier und aß das Omelett aus der Pfanne; selten hatte ihr etwas so gut getan. Mit einem großen Becher heißem Ingwertee ging sie wieder nach draußen, rückte den Liegestuhl an die weiße Bank ans Ufer und wickelte sich in die Wolldecken aus dem Kajak. So war ihr wärmer als in der Küche. Sobald sie lag, breitete sich eine wunderbare Mattigkeit in ihr aus, ihre Glieder wurden so schwer, dass allein die Vorstellung, sich jemals wieder zu bewegen, wie eine Zumutung erschien. Unmöglich, die Hand nach dem Becher auszustrecken.

Als sie aufwachte, fror sie. Der Tee war kalt und schmeckte bitter. Untrinkbar. Sie goss ihn ins Gras. Ob die Halme Ingwertee vertrugen? Ludwig hätte ihn getrunken. Er mochte bittere Getränke. Warum hatte sie ihm nicht von Anfang an die Wahrheit gesagt? Es war ein Fehler gewesen, ihm nicht zu vertrauen. So hatte alles seinen verhängnisvollen Lauf genommen.

Schatten

Ich bekam Kopfschmerzen, wie früher. Ich hatte keine Wahl. Ich erfand Ausreden. Meine beste Freundin Silke brauchte Hilfe bei ihrem Umzug, danach strichen wir die Wände ihrer neuen Wohnung, eine wichtige Seminararbeit duldete keinen Aufschub. Meiner Mutter ging es schlecht, ich musste nach Eutin. In der so gewonnenen freien Zeit feierte ich meine Orgien der Stille und des Schweigens. Es genügten ein, zwei Tage, die ich allein in meiner Wohnung zubrachte, um mich wieder auf Ludwig zu freuen und mit ihm in sein schnelles Leben einzutauchen. Er zog Menschen an, und ohne sein Zutun wurde er zum Mittelpunkt jeden Gesprächs. Ich konnte mir das nicht erklären.

Im Sram, wo wir zu Mittag aßen, wenn Ludwig Zeit hatte, wussten die Kellnerinnen und Stammgäste nach kürzester Zeit, wer er war. Nicht selten näherte sich jemand wie zufällig unserem Tisch. »Hi, sind Sie nicht Ludwig Brandl, der Filmemacher?« Ludwig kam kaum dazu zu nicken.

»Ich hätte da einen wirklich großartigen Stoff für Sie. Darf ich mich einen Moment...?« Schon hatten wir einen Gast am Tisch. Ich staunte immer wieder, mit was für Filmideen Ludwig überhäuft wurde, und ich bewunderte seine Geduld. Wir erfuhren, dass ein Startup-Unternehmen für hochpreisige Fahrradanhänger seine Aufmerksamkeit verdient habe, dass ein Wohnprojekt für Kreative im Oberhafen auf eine Verfilmung warte, dass der Mobbingfall in einem Fitness-Center dokumentiert werden müsse und dass die Entwicklung eines Menstruationskalenders fürs Smartphone einen Film wert sei.

Ludwig war freundlich und konzentriert und gab seinem Gegenüber das Gefühl, ganz für ihn da zu sein. Sobald er sich dem nächsten zuwendete, hatte dieser seine volle Aufmerksamkeit. »Ich drehe mich um und gehe weiter«, erklärte er mir.

»Warum hörst du dir das alles überhaupt an?«

»Für jeden Menschen sind seine eigenen Belange das Wichtigste auf der Welt. Ich verstehe das.«

»Aber du verschwendest deine Zeit.«

»Ich mag es halt, mich zu unterhalten. Es regt mich an. Man erfährt immer etwas Neues.«

»Und es macht dir nichts aus, deine Mittagspause mit einem Unbekannten zu teilen oder an einem Abend mit zwanzig oder dreißig Unbekannten zu reden?«

»Je mehr, umso besser.«

Es war schwer für mich, das zu verstehen. Lieber wäre ich mit ihm zu zweit gewesen.

Silke hatte sich von mir so viel über Ludwig anhören müssen, dass sie ihn endlich richtig kennenlernen wollte. Ich war mir sicher, dass sich die beiden gut verstehen würden. Mit ihrem Freund Thomas war ich nie richtig warm geworden, mit Ludwig würde das für Silke anders sein.

Bevor er in den Semesterferien zum Kulturzentrum auf der Halbinsel Kola im Norden Russlands aufbrach, wo er sein Basislager, wie er es nannte, einrichten wollte, trafen wir uns auf Silkes Balkon. Es war ein heißer Tag im August, Silke und ich hatten ein leichtes Abendessen vorbereitet.

»Du oder Sie?«, fragte Ludwig zur Begrüßung.

»Silke.«

»Dann bin ich: Ludwig.« Er lächelte und ich sah, dass er ihr gefiel.

»Xenia«, sagte ich. Wir lachten.

Auf dem Balkon bewunderte Ludwig die üppig blühenden Pflanzen, ganz besonders gefiel ihm ein Topf mit weißen und blauen Petunien und einer ozeanblauen Lobelie. »Ein großartiges Arrangement. So etwas Schönes habe ich selten gesehen.«

Silke erklärte, dass sie jedes Jahr neue Farben ausprobierte. Allerdings würde nicht immer alles so gut harmonieren, wie sie es sich im Winter bei der Planung vorgestellt habe. Außerdem würden Pflanzen ganz unterschiedlich reagieren auf die Kleinklimazone auf ihrem Balkon.

»Dann brauchst du eine Menge Geduld«, sagte Ludwig.

»Als Geologin bin ich es gewohnt, mit ganz anderen Zeiträume zu rechnen.«

»Beneidenswert«, sagte er.

Ich freute mich. Sie mochten sich.

Während sie sich unterhielten, brach Ludwig einer hoch aufgeschossenen Tomatenpflanze, die schon erste Früchte trug, ein paar Triebe ab. »Hast du sie nicht regelmäßig ausgegeizt?«

»Was bitte?« Silke sah ihn erstaunt und ein bisschen empört an.

»Seitentriebe von Tomaten müssen in den Blattachseln so früh wie möglich entfernt werden. Durch das Ausgeizen wird verhindert, dass die Pflanze zu viele Triebe entwickelt.«

»Ich finde, meine Pflanze sieht ganz in Ordnung aus«, sagte Silke. »Sie biegt sich vor Früchten.«

»Das ist ja der Fehler. So viele Früchte können nicht ausreichend versorgt werden. Wenn du Pech hast, bleiben sie alle klein und unreif.« Ludwig rieb sich die Hände aneinander.

»Danke für die Belehrung«, sagte Silke. Erst nach den ersten Gläsern Weißwein lockerte sich die Stimmung zwischen ihnen wieder. Silke alberte herum, und ich war glücklich, dass Ludwig und sie so entspannt miteinander umgingen. Mir gegenüber blieb er an diesem Abend merkwürdig verhalten. Er verabschiedete sich früher, als wir geplant hatten. »Auf mich wartet Wolfsburg in einer Woche. Und ihr wollt sicher noch eine Weile zu zweit sein.«

»Und? Wie findest du ihn?«, fragte ich Silke, nachdem Ludwig gegangen war. Wir tranken noch ein Glas in der Abendsonne.

»Smart. Und weltmännisch und klug und sieht gut aus und überhaupt.«

Ich wartete, ob sie noch etwas sagen würde. Sie schwieg.

»Aber?«, fragte ich.

»Ein Besserwisser.«

Ich wusste sofort, was sie meinte. »Es stimmt, was er über dieses Ausgeizen gesagt hat. Ich hab es gegoogelt. Was kann er dafür, wenn du es nicht weißt?«

»Nichts. Was hättest du getan, wenn du es gewusst hättest?«

»Das Gleiche wie er. Ich hätte dir erklärt, wie und warum man Tomaten ausgeizen sollte.«

»Genau. Dein Ludwig aber knipst einfach so die Triebe ab. Selbst wenn er tausend Mal recht hat. Ich finde das übergriffig.«

»›Übergriffig‹ ist zu hart, Ludwig hat es gut gemeint«, sagte ich kleinlaut. Es tat mir leid, dass es wohl nichts werden würde mit einer freundschaftlichen Beziehung zwischen den beiden.

»Scheint so, als ob wir es nicht hinkriegen, den Freund der anderen zu mögen«, sagte Silke. »Immerhin haben wir jetzt beide das gleiche Problem.«

Ich fand, dass es ein gewaltiger Unterschied war, ob ich ihrem Thomas übel nahm, dass er sie unglücklich machte, oder ob sie meinen Freund kritisierte, der mich glücklich machte. Doch ich wollte nicht als Besserwisserin dastehen.

Der Sommer zog sich hin. Ludwig recherchierte auf der Kola-Halbinsel. Ich verbrachte die Zeit in Hamburg, schrieb meine Hausarbeiten, machte Ausflüge an die Ostsee, las Bücher, die ich gleich wieder vergaß, verträumte ganze Nachmittage auf den Alsterwiesen und am Elbstrand und sehnte mich nach ihm. Unendlich viele SMS schwirrten von West nach Ost und von Ost nach West. Sie überschnitten sich, verspäteten sich oder gingen verloren. Schon deshalb konnte ich diese Halbinsel, von der ich nie etwas gehört hatte, bevor Ludwig mir ihren Namen nannte, nicht leiden. Auch meine Glückwünsche zu seinem Geburtstag landeten im Nichts. Er antwortete nicht. Die SMS, die ankamen, waren nur ein schwacher Ersatz für die schöne Wirklichkeit mit dem Mann, nach dem ich mich sehnte.

Da Ludwig in der Eile des Aufbruchs vergessen hatte, mir seinen Schlüssel zu geben, konnte ich nicht einmal in unserem breiten Bett schlafen oder mich wenigstens auf den Wohnzimmerteppich legen und den Geruch seiner Räume einatmen. Wahrscheinlich gehörte ich zu den wenigen Studenten, die den Semesterbeginn im Oktober herbeiwünschten. In der zweiten Woche würde Ludwig endlich wieder da sein.

Wir feierten seine Rückkehr in dem französischen Restaurant, in das er mich eingeladen hatte, nachdem er mich das erste Mal geduzt hatte. In den folgenden Wochen war das Lokal zu »unserem Franzosen« geworden. Ludwigs Wohnung lag nur wenige Minuten entfernt. An diesem Abend beeilten wir uns, zu ihm nach Hause zu kommen.

Eine Woche später hatte ich Geburtstag. Ludwig ärgerte sich, dass er an diesem Tag einen Termin bei der Hamburger Filmförderung hatte. Das Gespräch war wichtig und ließ sich nicht verschieben, und es würde lange dauern. Ich ging früh schlafen und wachte davon auf, dass ich ihn duschen hörte. Er schlich sich zu mir ins Bett, küsste mich sanft auf die Schulter und flüsterte mir seine Glückwünsche ins Ohr. »Geschenk gibt es beim Frühstück. Die Finanzierung des Films ist gesichert. Hamburg steigt ein.«

Am nächsten Morgen war der Glastisch in seiner Küche mit meiner Geburtstagstorte, vierundzwanzig brennenden Kerzen und einem Riesenstrauß Rosen geschmückt. Neben meinem Teller lag eine weiße Karte, auf der in Ludwigs geschwungener Handschrift nur das eine Wort »Überraschung« geschrieben stand. Er zögerte ein bisschen, bevor er mir verriet, was er sich ausgedacht hatte. »Ich habe unsere Tage in Helsinki in so schöner Erinnerung, dass ich mit dir gern einmal länger verreisen möchte. Finnland ist im Winter dunkel und kalt, wollen wir in den Tagen nach Weihnachten für eine Woche nach Sölden zum Skilaufen? Ich habe ja leider wenig freie Zeit. Die würde ich am liebsten nur mit dir verbringen.« Er nahm meine Hand. Ich war gerührt.

Ludwig hatte die Ferienwohnung schon gebucht, er zeigte mir Fotos. Auf mich wirkte die Einrichtung ziemlich altmodisch. »Viel Holz. Kein finnisches Design.«

»Zirbenholz und österreichische Gemütlichkeit«, sagte Ludwig. »Passt scho. Ein paar Tage lässt es sich aushalten. Und wir haben eine eigene Sauna im Keller.«

Als ich mich über die Größe der Wohnung und die beiden Schlafzimmer wunderte, rückte er damit heraus, dass sein Kameramann Knut vielleicht für zwei, höchstens drei Tage vorbeikommen würde. Er wirkte dabei so verlegen, dass ich lachen musste. »Kein Problem. Ich freu mich über Besuch. Dann koche ich uns drei abends mal etwas Zünftiges, ja? Es muss ja nicht unbedingt ein Schweinsbraten sein.«

Silke war skeptisch, nachdem ich ihr von meinem Geburtstagsgeschenk erzählt hatte. »Seit wann magst du Schnee? Du kannst doch gar nicht Skilaufen.«

»Ludwig hat einen Anfänger-Kurs gebucht. Außerdem gibt es in Sölden Skischuh-Wanderungen. Das stell ich mir schön vor, warm eingepackt durch frisch gefallenen Schnee zu stapfen, die klare Bergluft zu atmen, über mir nur der blaue Winterhimmel und helle Wintersonne.«

Sie hörte mir nachdenklich zu. »Weißt du, was ich von diesem Geschenk halte?«

»Na?«

»Ganz ehrlich?«

»Klar.«

»Dein Ludwig ist ein gerissener Egoist. Er möchte gern, wie wahrscheinlich jedes Jahr, zum Skilaufen fahren. Dich nimmt er mit, um – sei jetzt bitte nicht sauer – das Nützliche mit dem Angenehmen zu verbinden.«

Ich protestierte. War aber ein bisschen geknickt. Ganz von der Hand zu weisen ließ sich Silkes Überlegung nicht. Und was hätte sie erst gesagt, wenn ich ihr vom Besuch des Kameramannes erzählt hätte?

Eine Nachricht

Am zweiten Weihnachtsfeiertag holte Ludwig mich in München am Flughafen ab, dann fuhren wir in seinem Wagen nach Sölden. Er war merkwürdig herabgestimmt, wortkarg, mürrisch. Schon die Begrüßung war zurückhaltend ausgefallen, eine halbe Umarmung, ein eher freundschaftlicher Kuss. So kannte ich ihn gar nicht. Auf der Fahrt lief die CD eines Hörbuchs, eine lange, verschlungene Geschichte, die in Russland spielte. Mit unendlich vielen Personen, die ständig unter anderen Namen auftraten. Ich verlor den Faden. Überlegte, ob Ludwigs schlechte Laune ein Nachklang des Weihnachtsfestes mit seinen Eltern sein konnte. Ich selbst war ja auch froh, es überstanden zu haben. Wie immer war es anstrengend gewesen, den ganzen Tag allein mit meiner Mutter und Britta zu verbringen. Meine Mutter beklagte sich darüber, dass ich sie so selten besuchte, und fragte mich aus. Ich berichtete von meinem Studium. Dass ich nun endlich das richtige für mich gefunden habe, dass ich im Sommer ein Praktikum beim NDR machen würde – es sei heiß begehrt und schwierig zu bekommen. Ich erzählte, wie sehr ich mein Studentenleben genoss, von der gescheiterten Besteigung des Hasselbrack und meiner Ski-Reise im Januar. Mir war die ganze Zeit über bewusst, dass ich die Erwartung meiner Mutter bediente, weil ich ein schlechtes Gewissen hatte. Es war ein vertrautes Muster. Bei all meinen Besuchen stand es im Raum.

Immer versuchte ich, mich so geschickt wie möglich aus der Affäre zu ziehen. Um ihr eine Freude zu machen, schenkte ich ihr also dieses Mal mein buntes Studentenleben und meine erfolgreiche Zukunft.

Über Ludwig sagte ich kein Wort. Ich konnte es förmlich hören, wie meine Mutter nach den Feiertagen jedem, den sie zu fassen bekam, erzählen würde: »Meine große Tochter ist so voller Ideen und Pläne, es ist nur so aus ihr herausgesprudelt, als sie da war. Wie freu ich mich, dass sie nun endlich gefunden hat, was zu ihr passt. Sie ist jetzt liiert mit einem bekannten Filmemacher. Der wird ihr viele Türen öffnen.«

Von solchen Verlautbarungen wollte ich meine Liebe zu Ludwig nicht beschädigt wissen. Britta steuerte zu dem gemeinsamen Gespräch wenig bei, erwähnte höchstens einmal ein Schulpraktikum und ging oft mit Wuschel spazieren. Ihr Hund war inzwischen zehn Jahre alt und hatte ein weißes Bärtchen und offenbar eine schwache Blase. Jedenfalls erschien es mir so, und ich ärgerte mich darüber, dass meine Schwester sich so einfach davonstahl. Dann saß ich mit unserer Mutter auf dem Sofa neben dem geschmückten Weihnachtsbaum, und die Last der Unterhaltung lag allein auf meinen Schultern. Wenn ich keinen neuen Stoff lieferte, versiegte das Gespräch. Wie gut, dass ab und zu der Gänsebraten begossen werden musste. Später kam Großmutter. Auch sie erwartete Unterhaltung. Ich fühlte mich ausgefragt und erschöpft. Es kostete mich Mühe, überhaupt zu antworten.

»Wie läuft dein Studium?«

»Gut.«

»Und sonst?«

»Auch gut.«

»Ich meine, was machst du sonst so?«

»Nichts Besonderes.«

»Und dein Freund?«

Ich zuckte zusammen. »Alles gut.« Wahrscheinlich hatte sie Lennard oder gar Moritz gemeint.

»Xenia, was ist los. So kenne ich dich gar nicht«, sagte meine Mutter.

»Entschuldigung.« Ich fasste mich an die Stirn. »Ich habe wieder diese schlimmen Kopfschmerzen.«

»Du Arme. Magst du dich einen Augenblick hinlegen? Ich hole dich, wenn es losgeht.«

»Danke. Das ist lieb von dir. «

Wie jedes Jahr bestand die Großmutter darauf, die Weihnachtsgeschichte vorzulesen. Danach wurde die Lichterkette im Baum angeknipst, und es gab Geschenke. Meine Mutter gab die Parole aus: »Jetzt machen wir vier Frauen es uns so richtig gemütlich.« Sie schenkte Punsch aus. Britta ging noch einmal mit dem Hund raus.

Zum Glück hatte ich gleich bei meiner Ankunft angekündigt, dass ich am nächsten Tag nach Hamburg zurück müsse. Ein wichtiges Projekt mit anderen Studierenden warte auf mich. Weihnachten entschuldigte jede Notlüge.

Falls Ludwig ein ähnliches Weihnachtsfest durchgestanden hatte wie ich, war es kein Wunder, dass er so niedergeschlagen wirkte. Ich sprach ihn lieber nicht auf das Fest an.

In Sölden schneite es. Die Lichter der Stadt blinkten und glitzerten auf dem Schnee um die Wette. Ich dachte an das Weihnachtsfest zurück, als Silke meine Mutter zur Deko-Queen ernannt hatte. Eigentlich wäre ich jetzt lieber mit ihr statt mit Ludwig zusammen gewesen. Ich erschrak, als ich mich bei diesem Gedanken ertappte.

Das Hörbuch lief noch, als wir unser Ziel erreichten. Ludwig würgte die Sprecherin mitten im Satz ab. An unserem Apartmenthaus gab es einen Briefkasten, auf dem ein kleiner Vogel aus Stein oder Keramik saß. Er hatte eine rote Brust und eine Haube aus Schnee. Ich stäubte ihn ab. Ludwig schüttelte unwillig den Kopf. »Ich hätte Lust, gleich wieder abzufahren.«

»Was hast du? Ist doch nett.«

»Du hast überhaupt keine Ahnung.«

Ich hatte ihn noch nie so übellaunig erlebt. Auch in der Wohnung hellte sich seine Stimmung nicht auf. Wortlos nahm er ein Zierdeckchen vom Tisch und räumte mit spitzen Fingern das Fensterbrett von kleinen kostümierten Figürchen mit schrumpeligen Gesichtern frei. »Zwetschgenmanderln. Die haben mir gerade noch gefehlt.«

»Was?«

»Sei froh, dass es in deinem Norden solche Scheußlichkeiten nicht gibt.« Er ging in die Küche, um sich die Hände zu waschen. »Oh Gott, Xenia, hör dir das an«, rief er:

»Tassen und Teller täglich gespült,

Damit der Gast sich immer wohl fühlt.

Aber sorgfältig, sonst geht es schnell entzwei.

Und der nächste hat keine Freude mehr dabei.«

»Passt scho. Ein paar Tage lässt es sich aushalten«, sagte ich. Wir lachten, bis Ludwig mich in den Arm nahm und küsste und mir »Herzlichen Glückwunsch nachträglich zum Geburtstag«, ins Ohr flüsterte.

Er hatte vorgehabt, gleich auf die Pisten hochzufahren, aber der Schneefall wuchs sich gerade zu einem Schneegestöber aus. »Da hilft auch die beste künstliche Beleuchtung nichts. Das Wort Sichtweite ist bei diesen Verhältnissen der reinste Euphemismus«, sagte er. »Einen gescheiten Kaffee würde ich jetzt vertragen. Wollen wir los?«

Ich hatte meine Handschuhe vergessen und steckte meine Hand mit in Ludwigs dicken Mantel. Mützen und Kapuzen ins Gesicht gezogen, liefen wir durch den Ort. Wenn wir aus dem Gleichschritt gerieten, fingen wir an zu schlingern wie zwei aneinandergebundene Schlitten, die aus der Spur geraten waren. Es machte Spaß, so gegen den Sturm anzulaufen.

Erst als Ludwig seinen Kaffee anmahnte, suchten wir Schutz in einem Café und aßen Geburtstagstorte. Ich schlug vor, die Zutaten für ein Holsteiner Rübenmus einzukaufen. Ich hatte das Gericht noch nie gekocht, aber in den nächsten Tagen würden wir sicher ein deftiges Winteressen vertragen.

»Lass uns abwarten, ob das Wetter besser wird«, sagte Ludwig, »sonst fahr ich mit fünf Kilo zu viel nach Hause. Außerdem gibt es hier wahrhaftig Gastronomie genug. Was hältst du davon, wenn wir heute in die Tenne gehen. Die kenne ich vom letzten Jahr.«

»Du hast bloß Angst, dass dir beim Abspülen etwas entzweigeht.«

»Ach, du.« Er nahm meine Hand. Für ein paar Minuten saßen wir schweigend da. »Wie ein altes Ehepaar«, fand ich. Es fühlte sich gut an.

Auf dem Rückweg schnitt uns ein eisiger Wind ins Gesicht, die Schneekristalle ritzten meine Haut wie splittriges Glas. Ich war durchgefroren und zitterte, nachdem ich mich im Apartment mit steifen Fingern aus meiner Jacke geschält hatte.

»Ab in die Sauna«, sagte Ludwig, »da holen wir uns Durst für einen Aperitif.«

»Ich geh heute nicht mehr raus.«

Doch nach drei Gängen und einem Aufguss war ich so durchgewärmt, dass ich mich für den versprochenen Drink in die Cocktail-Lounch des benachbarten Hotels einladen ließ. Ludwig bestellte zwei Gin Tonic. Wir stießen an. »Gut, dass diese dumme Wohnung eine Sauna hat«, sagte Ludwig. »Sonst säße ich hier ohne dich. War also doch die richtige Wahl.«

»Rate mal, woran man mit geschlossenen Augen erkennt, ob ein Mann oder eine Frau eine Sauna betritt?«

»An der Parfümwolke.«

»Falsch. Frauen duschen nämlich vorher. Seit ich mir vor Jahren einmal einen Vertrag für ein Fitness-Studio habe aufschwatzen lassen und da regelmäßig in die Sauna gegangen bin, kann ich dir den Unterschied sagen. Wenn die Tür aufgerissen wird, jemand laut ›guten Tag‹ oder gar ›Mahlzeit‹ sagt, sich geräuschvoll, oft prustend niederlegt und dabei mit den hölzernen Kopfstützen klappert, dann ist es ein Mann. Eine Art akustisches Revierverhalten, nehme ich an. Frauen dagegen sind diskret.«

»Da musst du ja gelitten haben in deiner Fitness-Sauna.«

»Und wie. Außerdem scheinen fast alle älteren Männer ab vierzig Probleme mit ihrem Gewicht und ihrem Gaumensegel zu haben. Anders ist ihr Geschnaufe nicht zu erklären. Oder machen die es absichtlich?«

»Verstehe ich dich richtig?« Ludwig nahm einen Schluck von seinem Drink »Du versuchst mir gerade weiblich diskret zu vermitteln, dass ich ein älterer Mann mit Gewichtsproblemen bin, der im Liegen schnauft.«

»Dich habe ich nicht gemeint.«

»Klang aber ganz so. Ich denk mir meinen Teil.«

Schatten lagen auf dieser Winterreise.

Beim Frühstück am nächsten Tag schneite es in dicken weichen Flocken, Ich fühlte mich an Kindertage erinnert, als ich mit Britta am Fenster gesessen und dem stillen Fallen des Schnees zugesehen hatte. »Schneller, schneller, dicker, dicker«, hatten wir den Flocken zugerufen. Meist blieb es trotz unserer Anfeuerung bei ein bisschen nassem Schneematsch, der nicht fürs Schlittenfahren taugte und aus dem sich kein Schneemann bauen ließ. Schnell taute dieser Matsch weg und hinterließ einen schmutzig wässrigen Film auf den Straßen. Nach Spaziergängen knirschten Sand und Splitt unter den Schuhen und verteilten sich im Hauseingang.

Ludwig krümelte mit seinem Brötchen, ohne es zu essen. Er schien bedrückt, setzte ein paar Mal an, etwas zu sagen. Schließlich legte er das Brötchen wieder zurück und stützte seinen Kopf in die Hände. Da piepste mein Smartphone, eine SMS: »Ruf mich bitte zurück. Es geht um Clemens. B.« Eine unbekannte Nummer.

»Wer ist Clemens B?«, fragte ich Ludwig.

»Das musst du mich nicht fragen.«

»Ich werde den Teufel tun und da anrufen.« Ich legte das Smartphone beiseite. »Ich kenne keinen Clemens.« Kaum hatte ich den Namen gesagt, durchfuhr es mich kalt. Clemens war der Vorname meines Vaters. Ich hatte ihn nur nie so genannt. Das B stand natürlich für Britta.

»Ich wusste gar nicht, dass meine Schwester eine neue Nummer hat. Irgendwas ist mit meinem Vater.«

Britta wirkte völlig durcheinander. In wirrer Reihenfolge und mit schwankender Stimme berichtete sie, dass sie unseren Vater in Lübeck getroffen habe, er im Café über stechende Kopfschmerzen geklagt habe und dann ohnmächtig geworden sei. Sie habe einen Krankenwagen gerufen, es habe unendlich lange gedauert, bis er gekommen sei. Im Krankenhaus hätten die Ärzte festgestellt, dass bei unserem Vater ein Aneurysma im Kopf geplatzt sei.

»Warum habt ihr euch überhaupt in Lübeck getroffen?«, fragte ich. »Du wohnst in Kiel und er ...«

»Das ist doch scheißegal. Wann kannst du hier sein?«

»Wie du weißt, bin ich im Skiurlaub«, sagte ich. »Ist es wirklich nötig, dass ich fahre? Ich meine, die letzten neun Jahre ist er ganz gut ohne mich ausgekommen.«

»Er liegt auf der Palliativstation. Weißt du, was das bedeutet?« Britta schluchzte.

Dann ging alles sehr schnell. Ludwig buchte einen Flug, packte meine Sachen und fuhr mich nach München. Er war es auch gewesen, der Britta noch einmal angerufen und nach der Adresse des Krankenhauses gefragt hatte.

Ich hatte die ganze Zeit das Gefühl, von der Welt durch einen Schleier getrennt zu sein, alles schien verlangsamt und wie weggerückt und geschah ohne mein Zutun. Das ging so weit, dass ich mich darüber wunderte, wenn ein Gegenstand, nach dem ich meine Hand ausstreckte, dann tatsächlich da war. Nur Ludwig war wirklich und vorhanden.

»Ruf mich an, jederzeit. Wir sprechen später.« Er umarmte mich fest und hielt mich, bis mein Flug aufgerufen wurde. Es war eine wortlose Versöhnung.

Der Nahverkehrszug nach Lübeck stand in Hamburg bereit. Ich suchte mir einen freien Platz in Fahrtrichtung und verfolgte den Zeiger der Bahnhofsuhr. Bis zur Abfahrt waren es noch sechs Minuten. Für jeden neuen Fahrgast öffneten sich die Türen zischend, dann schlossen sie sich mit erneutem Zischen und einem leisen Knall, danach folgten drei schrille Töne, dazu blinkte ein rotes Warnlicht. Ich begann, jeden neuen Zustieg zu hassen, das Zischen der Türen, den Knall, den falschen Dreiklang, das blinkende Licht. Vier Minuten. Ich wechselte den Platz, wollte wenigstens vom Blinklicht nicht mehr belästigt werden. Ständig stiegen Leute zu. Zischen, Einstieg, Zischen, Knall, drei schrille Töne. Das Blinklicht war so fest in meinem Kopf, dass ich es doch irgendwie mitbekam. Drei Minuten. Es hatte etwas Selbstquälerisches, auf die nächsten Einsteigenden zu warten, um sie mit bösen Blicken zu strafen und mit bösen Gedanken zu verfolgen. Sie schienen sich nichts daraus zu machen. Zwei Minuten. Wie sehnte ich die Abfahrt herbei. Eine Minute. Ein junger Mann mit Laptop-Tasche hastete die Treppen hinunter zum Bahnsteig und drückte draußen auf den Knopf. Zischen, er stieg ein, Zischen, Knall, drei schrille Töne, das Blinklicht. Ich hätte ihm den Laptop entreißen und auf den Kopf schlagen mögen. Warum fuhr der Zug nicht endlich los? Wieder kam ein Mann die Treppe hinunter. Ich freute mich, dass er zu spät sein würde.

»Verehrte Fahrgäste, wir warten noch auf einen verspäteten ICE aus Basel. Die Abfahrt verzögert sich um wenige Minuten.«

Ich weinte.

Stille

Die Frau an der Rezeption musste sich geirrt haben. Als ich das Krankenzimmer betrat – ich hatte lange vor der Tür gestanden und sie schließlich nur deshalb geöffnet, weil jemand den Flur entlang kam und ich auf keinen Fall angesprochen werden wollte –, war ich auf vieles vorbereitet. Nicht aber auf den Anblick, der sich mir nun bot. Ein alter Mann mit schlaffen Gesichtszügen, eine grüne Häkelmütze schräg auf dem kahlen Schädel, ein gestricktes Jäckchen über dem Hemd, saß mit einer Handarbeit beschäftigt auf seinem Bett. Fröhlich wünschte er mir einen guten Tag.

So konnte sich mein Vater nicht verändert haben. Der Alte zog einen Faden aus dem Wollknäuel und hielt seine Handarbeit hoch, um mir die Länge des Schals zu zeigen, an dem er strickte.

»Entschuldigen Sie, ich bin falsch. Ich wollte zu ..., entschuldigen Sie bitte. Es tut mir leid.« – Wie sprach man zu einem fremden Sterbenden, der fröhlich Schals strickte? Ich war schon auf dem Rückzug, hatte die Klinke in der Hand, als ich Brittas Stimme vernahm. »Xenia. Gut, dass du so schnell gekommen bist.«

Da erst sah ich, dass hinter dem Bett des fröhlichen Alten eine Trennwand weit in den Raum hineinragte, so dass man den anderen Teil des Zimmers im ersten Moment nicht bemerkte. Ich hatte Angst, die nächsten vier Schritte zu tun. Britta kam mir entgegen. Sie lächelte, hob sogar kurz die Hand als Gruß zum Alten hinüber.

Mein Vater lag still auf dem Rücken, das Kopfteil des Bettes war leicht angestellt. Seine Augen weit offen. Ohne Brille. Groß. Blau. Ruhig. Er sah klein aus, schmal. Wie ein jüngerer Bruder seiner selbst. Ich wusste nicht, was ich sagen sollte. »Hallo Papa. Ich bin es, Xenia.«

Seine Augen weiter weit offen. Groß. Blau. Ruhig. Tränen liefen über mein Gesicht. Britta legte den Arm um mich. Wir schwiegen.

»Bitte das Fenster wieder auf. Ich kriege hier keine Luft«, kam es von hinter der Trennwand. Britta zog ihre Jacke aus, sagte meinem Vater, dass es gleich ein bisschen kalt werden könne, sie aber ihre Strickjacke auf seine Bettdecke legen würde, und öffnete das Fenster. »Wird sofort besser, Herr Knudsen«, rief sie zu dem Alten hinüber.

Es wehte kalt herein. Ich fror. Setzte mich an den Besuchertisch in der Zimmerhälfte unseres Vaters und warf ab und zu einen Blick auf die kleine Gestalt in dem viel zu großen Bett. Britta hatte so getan, als könne er sie verstehen. Konnte er das wirklich?

»Das reicht jetzt an Frischluft, Herr Knudsen«, sagte Britta. Sie schloss das Fenster und setzte sich zu mir. In Gegenwart eines Fremden mochte ich nicht mit ihr über den Zustand unseres Vaters sprechen. So versuchte ich, sie in Zeichensprache danach zu fragen, ob er uns überhaupt noch wahrnahm.

»Er hört uns nicht mehr. Jedenfalls nicht so, wie wir uns Hören vorstellen. Ich bilde mir aber ein, dass es für ihn

170

einen Unterschied ausmacht, ob ich mit ihm rede oder einfach nur da bin. Du kannst mich nachher ablösen. Ich muss ein paar Sachen einkaufen.«

Es klopfte. Eine Pflegerin brachte Kaffee und Kuchen. Sie stellte das Tablett zu uns auf den Tisch und reichte mir die Hand. »Sie sind also die zweite Tochter, ich habe Sie vorhin reinkommen sehen. Auf Verdacht habe ich Ihnen Kaffee mitgebracht. Sie können aber auch gern einen Tee bekommen.« Dann ging sie ans Bett und sagte meinem Vater, dass sie sein Kopfteil noch ein Stück höher stellen wolle. »Sie haben ja jetzt gleich doppelt lieben Besuch, Herr Dr. Sudrow.« Behutsam stützte sie meinen Vater und schüttelte sein Kopfkissen auf. »Dann lasse ich Sie jetzt in Ruhe. Bis nachher.« Sie winkte uns zu, sprach ein paar gedämpfte Worte mit Herrn Knudsen und verließ das Zimmer.

Ich war erstaunt und gerührt über die Art und Weise, wie sie mit meinem Vater gesprochen hatte. Mit welchem Respekt sie seinen Titel genannt hatte. Mit welcher Sorgfalt sie mit ihm umgegangen war. So als handele es sich um einen Genesenden, der gerade Besuch von seinen beiden Töchtern hatte, nicht um einen Sterbenden, der nur noch in seiner eigenen Welt existierte.

Wieder kamen mir die Tränen.

Auch Britta gelang es ja, diese Ruhe zu bewahren. Wo hatte sie das gelernt? Woher wusste sie es? Mir erschien es ungeheuerlich, dass ich mit meiner Schwester Kaffee trinken und Kuchen essen sollte, während ... Ich brachte kein Gespräch zustande.

»Lass uns ein paar Meter gehen«, sagte Britta nach einer Weile. »Ich erkläre dir dann alles. Ich bin schon seit heute Morgen hier und muss bald los.« Sie packte ihre Sachen zusammen und verabschiedete sich von unserem Vater, versprach, am Abend wiederzukommen. Auch Herrn Knudsen sagte sie ein »Auf Wiedersehen«.

Draußen erzählte sie mir, dass sie sich seit Beginn ihres Studiums mit unserem Vater ab und zu in Lübeck getroffen habe. Es sei ja von Kiel und von Schwerin aus gleich gut zu erreichen. In diesem Jahr hatten sie sich zu Weihnachten am 26. Dezember verabredet. Sie habe noch überlegt, mich zu überreden, mitzukommen. »Er hat jedes Mal nach dir gefragt. Manchmal war ich direkt eifersüchtig. Doch du warst ja so aufgedreht, so in Zeitstress, und hattest dieses Projekt mit den anderen Studenten.«

In dem Café, in dem sie gesessen und wie immer Lübecker Nusstorte bestellt hatten, hatte unser Vater sich plötzlich an den Kopf gegriffen und mit einer hohen fremden Stimme um Hilfe gerufen. Als der Rettungswagen endlich kam, war er schon ohne Bewusstsein. Drei Tage kämpften die Ärzte um sein Leben, am vierten gaben sie es auf und verlegten ihn auf die Palliativstation. »Ich bin nur froh, dass er aus der Krankenhausquälerei raus ist«, sagte Britta. »Das war schlimm. Ein schwerer Hirnschaden war von Anfang an klar. Aber wie stolz die Ärzte waren, wenn sie die nächste Vitalfunktion repariert hatten. Wie Techniker, die dafür gelobt werden wollen, eine Maschine wieder ins Laufen gebracht zu haben. Dass Papa so verspannt da lag, als ob ihn nur noch Schmerz erreichte, hat niemanden interessiert. Hast du seine Arme und Hände gesehen? So sieht der ganze Körper aus. Voller Hämatome, blau, grün und gelb. Jetzt sticht keiner mehr in ihn rein. Er ist ruhig geworden, als sei er einverstanden. Ich weiß schon, es ist dieser Cocktail aus Schmerz- und Beruhigungsmitteln, der in ihn hineinläuft, trotzdem ...«

»Mein Gott, Britta. Warum hast du nicht angerufen? Wo ist eigentlich seine neue Familie? Kümmern die sich nicht?«

»Du weißt gar nichts. Sie haben sich getrennt, schon vor zwei Jahren. Nicht im Guten.«

Ich schwieg. Sie hatte ja Recht. Ich wusste gar nichts. Hatte gar nichts wissen wollen. »Es tut mir so leid, Britta«, sagte ich schließlich. »Wenn ich mir vorstelle, dass du all diese Tage ganz allein gewesen bist. Und ich sitze um die Ecke in Hamburg und ...«

»Lass uns später reden, Zeni. Clemens wartet. Und ich muss los.«

Es befremdete mich, dass sie ihn beim Vornamen nannte. »Was soll ich ihm denn erzählen?«

»Irgendwas. Ihr habt euch neun Jahre nicht gesehen. Da ist bei dir ja einiges passiert. Du redest doch sonst wie aufgezogen.«

Wieder stand ich auf dem Flur und zögerte, einzutreten. Dass ich dieses Mal wusste, was mich hinter der Tür erwartete, machte es nicht leichter. Herr Knudsen lag inmitten seiner Wollknäuel und sah aus wie eine alte Frau, die über ihrer Handarbeit eingeschlafen war. Dann stand ich am Bett meines Vaters. Er hatte die Augen geschlossen und schien sich ganz auf sein Atmen zu konzentrieren, so gleichmäßig hob und senkte sich sein Brustkorb. Ich deckte ihn besser zu. »Papa?«, sagte ich versuchsweise. Meine Stimme klang so klein, dass ich mich schämte. Ich schwieg. Nur das gleichmäßige Ein- und Ausatmen war im Raum. Es war ein leichtes, fließendes Atmen. Es war schön. Ich hätte den ganzen Tag zuhören mögen, und ich hatte Angst, es zu stören. Lange stand ich an seinem Bett, sah und hörte ihn atmen. Es war, als ließe er mich teilnehmen an etwas, das ihm mühelos gelang.

So wie in dem Sommer, in dem ich Schwimmen lernte. Er hatte es übernommen, mich zu einem Schwimmkurs zu begleiten. Anstatt mich dem Bademeister zu übergeben, der bereits von einer Horde anderer Kinder umringt war, durfte ich mit ihm in die Halle für die Erwachsenen. Dort setzte ich mich an den Beckenrand, ließ die Beine ins Wasser baumeln und sah ihm beim Schwimmen zu. In langen, gleichmäßigen Zügen schwamm er an mir vorbei. Hin und zurück, von Beckenrand zu Beckenrand. Wieder und wieder. Ohne Anstrengung, ohne Angst und ohne mich nass zu spritzen. Als er sich schließlich auf den Rücken drehte, mit geschlossenen Augen an mir vorbeitrieb und mir dabei auf Verdacht zuwinkte – ohne Brille sah sein Gesicht irgendwie undeutlicher aus –, verstand ich, dass es nicht schlimm war, schwimmen zu lernen. Das Wasser trug einen ja. Er vertraute darauf. Ich stellte mir vor, so entspannt wie er durchs Wasser zu gleiten, mit langen gleichmäßigen Zügen, ganz ohne Angst, ohne Anstrengung, ohne jede Mühe. Zu Hause verschwiegen wir, dass ich den Kurs geschwänzt hatte. Beim nächsten Termin zeigte er mir wieder, wie sehr er das Schwimmen liebte. Und ich nahm sein Geschenk an und ging an seiner Hand ins Tiefe. Ich machte diese langsamen, schönen Bewegungen, und das Wasser trug mich.

Später hatte ich mir oft das Bild des Schwimmers ins Gedächtnis zurückgerufen, wenn es galt, einen nächsten Schritt zu tun, vor dem ich Angst hatte. Nun schwamm mein Vater sterbend an mir vorbei und zeigte mir, dass ich mir keine Sorgen zu machen brauchte. Ich war voller Dankbarkeit. Irgendwann gingen ihm die Augen auf, ohne dass sein Blick etwas fasste. Ich setzte mich auf den Bettrand und nahm seine Hand. Dann... Vielleicht wäre es besser ausgegangen, wenn ich mit ihm allein gewesen wäre. So war ich mir bewusst, dass hinter der Trennwand jemand zuhörte. Publikum. Jedenfalls am Anfang begleitete mich dieser Gedanke. So tat ich, was ich immer tat: Ich redete, wie ich immer redete, wie ich seit Jahren redete, »wie aufgezogen«, hatte Britta gesagt. Ich konnte nicht anders.

Ich erzählte meinem Vater, was ich auch meiner Mutter zu Weihnachten erzählt hatte. Und von Ludwig, von meinem Leben an seiner Seite, von den Türen, die er für mich geöffnet hatte und noch öffnen würde. Schließlich kam ich richtig in Fahrt und berichtete von den Partys, Empfängen, Kneipen und Bars, Reisen, Veranstaltungen, Terminen, Gesprächen, wichtigen Projekten... Als hätte ich Angst, unterbrochen zu werden, redete ich immer schneller und schneller. Bloß nicht ins Stocken geraten, bloß nicht verstummen. Dabei hatte ich die ganze Zeit das Gefühl, dass eine Fremde aus mir sprach, und ich schämte mich für den Wirbel, den ich veranstaltete. Meine Stimme war hoch und schrill. Was ich sagte, klang falsch. Warum hörte ich nicht auf, meinen sterbenden Vater mit meinen Aufgeregtheiten zu belästigen? Warum zerstörte ich die Stille?

Je länger ich redete, umso mehr entfernte ich mich von ihm. Längst hatte ich seine Hand losgelassen. Ich hörte mich reden und hasste mich. Ich konnte nicht aufhören. Ich war gerade dabei, meine Zukunft als erfolgreiche, anerkannte und beliebte Filmemacherin auszumalen, als ich anfing zu weinen und endlich doch verstummte. Die Nähe, die ich in der Stille gespürt und die mich getröstet, ja, glücklich gemacht hatte, war dahin. Mein Schweigen war kein echtes Schweigen mehr. Ich saß am Bett meines Vaters und wagte nicht, seine Hand zu berühren. Wie gut, dass mein Geschwätz nicht zu ihm durchgedrungen war. Er hätte die Xenia, die er in Erinnerung hatte, nicht wiedererkannt. Eine Fremde sah ihm beim Sterben zu. Ich hatte nicht das Recht, bei ihm zu sein. Meine Anwesenheit war eine Indiskretion, ein Übergriff. So schlich ich mich weg an den Besuchertisch, rückte geräuschlos einen Stuhl zurecht, legte die Hände in den Schoß und wartete.

Ich weiß nicht, worauf ich wartete und wie lange ich so dagesessen habe. Mir war kalt. Ich zählte die Längs- und die Querfäden in der Tischdecke, immer von neuem. In mir war eine große Leere – nur die feinen Rippen des Tuchs unter meinen Fingerkuppen. Sonst nichts. Kein Platz für Gefühle.

Irgendwann kam Britta. Sie ging gleich ans Bett, öffnete die Packung eines Pflegestiftes und fuhr mit ihrem Zeigefinger über den Stift. Dann strich sie unserem Vater vorsichtig über die Lippen. »Er hatte vorhin so trockene Mundwinkel.«

Vor lauter Wichtigtuerei war mir das gar nicht aufgefallen. »Meinst du, er merkt das überhaupt noch?«, fragte ich beschämt.

»Es schadet ihm nicht, da ist es mir lieber so.« Meine Schwester tat genau das Richtige. Ich dagegen war oberflächlich und unaufmerksam.

In den nächsten Tagen wiederholte sich mein Auftritt. Es war, als sei die Maske, die ich so oft trug, inzwischen angewachsen. Schließlich ging ich dazu über, meinem Vater vorzulesen, oder ich saß schweigend an seinem Bett und behütete seinen Schlaf. Das waren gute Stunden. Wenn ich sein ruhiges Einatmen und Ausatmen verfolgte, wusste ich, dass er keine Schmerzen litt. Er war weit, weit weg. In der Stille gelang es mir, anzuknüpfen an die Tage, an denen ich sein Sonntagsmädchen gewesen war, bis hin zum Sommer unserer Entfernung. Ich erklärte ihm meine Enttäuschung und meine Wut darüber, dass er mich weggeschickt hatte in die USA. Und ich begann zu verstehen, wie sehr er damals unter Druck stand. Was hätte ich darum gegeben, ihm zu sagen, wie leid es mir tat, alle seine Bemühungen, mich zurückzugewinnen, ignoriert oder zunichte gemacht zu haben. Ich erinnerte mich an die Abiturfeier, zu der er gekommen war. Er saß hinten im Saal und versuchte meinen Blick aufzufangen, während ich am Pult die Rede für unseren Jahrgang hielt. Einmal blitzten seine Brillengläser zu mir herauf. Ich sah über ihn hinweg, und ich genoss den Schmerz. Und als er mich hinterher suchte, ein fragendes Lächeln im Gesicht, ein Geschenk in der Hand, da nannte ich ihn einen Verräter, gönnte ihm keinen Blick und ging mit erhobenem Kopf an ihm vorbei. Woher kam diese Lust, mir und anderen weh zu tun?

Am vierten Januar war »die alte Frau«, wie ich Herrn Knudsen für mich nannte, nicht mehr da. Ich brauchte nicht zu fragen, was geschehen war.

Zwei Tage später brannte auf dem kleinen Tischchen im Flur wieder eine Kerze.

– Als mein Vater tief in der Nacht aufhörte zu atmen, sei niemand bei ihm gewesen, sagte die Pflegerin. Er sei jedoch ganz sicher ohne Angst und Schmerzen gestorben. Das könne sie mir versichern. Es klang wie eine Entschuldigung. Wem auch immer ich später ihre Worte wiedergab, alle versuchten, mich zu trösten. Ich sagte niemandem, was ich bei der Nachricht vom Tode meines Vaters gedacht hatte: Wie gut, dass ihm in der Sekunde des Sterbens das Alleinsein vergönnt war. Und Stille.

Grashalme

Ihr Vater machte es ihr leicht. Er hatte Tagebuch geführt, und als Xenia es in Hamburg las, tauchte immer wieder ihr Name auf. Er schrieb, wie viel Freude er an ihr gehabt hatte. Die zärtlichen und beschützenden Gedanken, die er ihr widmete, trieben ihr die Tränen in die Augen. – In der Wölbung seiner Hand habe er die Erinnerung aufbewahrt an den Moment, in dem er den kleinen Kopf seiner Tochter das erste Mal gehalten habe. Jederzeit könne er sich das Glück und das Glück der Verantwortung, das er damals gespürt habe, zurückrufen.

Aus den Jahren, die der Scheidung vorausgingen, gab es kaum Aufzeichnungen. Entweder hatte ihr Vater seine widerstreitenden Gefühle verbergen wollen, oder er besaß nicht die Kraft, sie zu notieren. Einmal schrieb er, dass er in jeder Verhandlungspause die Toilette des Landgerichts aufsuchte, um fünf Minuten für sich allein zu sein. »Ich stehe aufrecht in der Kabine, lehne meine Stirn gegen die Wand und spüre, wie ich schwanke. Wie lange werde ich diesen Zustand aushalten? Es zerreißt mich, wenn ich an Xenia und Britta denke. Christin ist schwanger.«

Erschöpft war ihr Vater gewesen, als er sie in die USA fahren ließ. Erschöpft, zerrissen und schwankend. Seine Reserven verbraucht. Sie war von ihm nicht weggeschickt oder verraten worden. Wie hatte sie dies nur jemals glauben können? Sie sah ihren Vater in seiner schwarzen Robe an der Kabinenwand lehnen. Wurde das Bild nicht los. Fünf kurze Minuten Pause, fünf Minuten Ruhe und Stille. Eine Frist, die unerbittlich ablief. Kein Einspruch möglich.

Sie hatte sich an ihre Küchenwand gelehnt, den Druck auf ihrer Stirn gespürt, die Kälte. Wusste nicht wohin mit ihren Händen. Hatte ihr Vater sich abgestützt? Die Hände auf den Rücken gelegt? Wie war es ihm nach fünf Minuten gelungen, wieder Richter zu spielen?

Ihre Weigerung, ihn nach der Scheidung zu treffen, hatte ihn verletzt, aber er blieb voller Liebe und Geduld. »Abiturfeier. Xenia. Wahrscheinlich weiß ich im Augenblick besser als sie, was es sie gekostet hat, mich zu ignorieren. Es scheint mir ein Umweg zu sein, auf dem sie sich befindet. Doch wer wüsste besser als ich, dass es Umwege bedarf, um sich zu finden? Das Band zwischen uns besteht. Ich werde auf sie warten. Wir haben Zeit.«

Es tat weh, diese Zeilen zu lesen. Aber sie trösteten auch. Ihr Vater hatte sie nie verlassen. Er würde sie nie verlassen. »Danke, Papa«, sagte sie, als sie nach der Beerdigung noch einmal ganz allein und für sich an sein Grab gegangen war.

In Gedanken versunken hatte Xenia ein paar Grashalme ausgerupft. Nun öffnete sie ihre Hand, sah die Halme verständnislos an, begann dann zu lächeln. Nachdem sie den breitesten Halm ausgewählt hatte, spannte sie ihn zwischen Daumen und Handballen und versuchte, auf ihm einen Ton zu pfeifen. Sie wusste, dass der Trick darin bestand, den Spalt zwischen den Händen mit dem Mund gut abzudichten. Ihr Vater hatte es ihr gezeigt. Wie lange war das her? Sie erinnerte sich daran, dass sie an jenem Tag ihre Eltern davon überzeugt hatte, dass sie kein Baby mehr war wie Britta und keinen Mittagsschlaf mehr brauchte.

»Ich habe keine Zeit, mich mit dir zu beschäftigen«, sagte ihre Mutter. »Ich bin froh, wenn ich mal eine Stunde die Beine hochlegen kann.«

So war sie nach dem Essen in den Garten zur Sandkiste gelaufen, um endlich einmal in Ruhe zu spielen, ohne von Britta gestört zu werden. Regelmäßig fielen ihre Türme, Sandkuchen und -figuren den ungeschickten Händen der jüngeren Schwester zum Opfer.

Ihr Vater saß in einem Gartenstuhl, hatte die Beine lang ausgestreckt, rauchte seine Pfeife und blätterte in einer Zeitung. Ab und zu nippte er an seiner Kaffeetasse. Xenia hatte das Gefühl, dass er dann prüfend zu ihr herüberblickte. Um ihr frisch errungenes Privileg nicht gleich wieder einzubüßen, versuchte sie, geschäftig zu wirken. Aber die bunten Förmchen, die Siebe, Eimer und Gießkannen lagen leblos und grau im grauen Sand. Sie wurde müde, wenn sie sie nur ansah. Mit den Fingern zeichnete sie Schlangenlinien in den Sand, verwischte sie sorgfältig und zeichnete neue Linien, als sei dies ein spannendes Spiel. Der Nachmittag lag vor ihr wie eine lange, heiße, schnurgerade Straße, an der sich ein graues Haus an das andere reihte, und die sie ganz allein durchwandern sollte. Mutlos gab sie das Zeichnen auf. Am liebsten hätte sie sich in den warmen Sand gelegt. Vom Blumenbeet wehte ein leichter Rosenduft herüber.

Ihr Vater klopfte die Pfeife am Stuhlbein aus und legte seine Zeitung umständlich zusammen. Dann kam er zu ihr, setzte sich auf den Rand der Sandkiste, rupfte ein paar Grashalme aus und legte sie in einer Reihe vor sich hin, ohne ein Wort zu sagen. Aufmerksam sah sie ihm zu. Da spannte er den ersten Halm zwischen Handballen und Daumen und blies über die Kante in seine Hände. Beim ersten hohen Pfeifton war Xenia sofort hellwach, sie sah ihren Vater erstaunt an, und als er ihr lächelnd zunickte, griff sie nach dem nächsten Halm. Was bei ihrem Vater so einfach ausgesehen hatte, wollte ihr nicht gelingen. Vergeblich versuchte sie es immer und immer wieder, verwarf einen Halm nach dem anderen. Doch soviel sie auch pustete, die Luft zischte nur höhnisch durch ihre Finger. Erst als der Vater sie auf den Schoß nahm, ihr seine gefalteten Hände hinhielt und sagte, sie solle mit geöffnetem Mund hineinblasen, brachte sie einen ersten leisen Ton zustande.

»Großartig«, sagte er in der ihm eigenen, starken Betonung auf der ersten Silbe. »Ich habe gewusst, dass du es kannst. Der Trick besteht darin, den Spalt zwischen den Händen mit dem Mund gut abzudichten.« Und er zeigte es ihr noch einmal genau.

Den restlichen Nachmittag übte sie allein weiter, probierte verschiedene Grashalme aus – die schmalen taugten nicht – und führte schließlich den Eltern, die beim Kaffeetrinken im Garten saßen, und später auch Britta ihre neue Kunst vor.

Zu dieser Zeit war die Familie noch der Raum gewesen, in dem sie sich frei und ungezwungen bewegt hatte, überlegte Xenia nun. Die Regeln der Welt drangen erst allmählich zu ihr vor und verlangten, befolgt zu werden. Ihre Mutter war anfällig gewesen für diese Regeln und Vorschriften, während ihr Vater gelassen mit ihnen umging und sie als unwichtig abtat.

Xenia suchte neben ihrem Liegestuhl nach einem breiten Grashalm, spannte ihn zwischen Handballen und Daumen, faltete ihre Hände zusammen und achtete darauf, den Spalt zwischen ihren Händen mit dem Mund abzudichten. Dann blies sie einen klaren hohen Ton. Der Grashalm vibrierte. Es kitzelte auf ihren Lippen.

Missverständnisse

Nach dem Tod meines Vaters zeigte sich Ludwig geduldig, liebevoll und sanft. Er hatte Verständnis dafür, dass ich mich zurückzog. Dass ich allein sein wollte. Dass ich schwieg, wenn wir zusammen waren. Dass ich keine Lust hatte, mit ihm zu schlafen. Dass ich trauerte. Ich hoffte, es sei alles wieder in Ordnung. Doch wenn ich allein in seiner Wohnung saß, während er zu einem seiner unzähligen Termine unterwegs war, wusste ich, dass er nur die halbe Wahrheit kannte. Die Zeit am Sterbebett meines Vaters hatte so viele Fragen aufgeworfen. Wie sollte ich mit meinem lauten Ich weiterleben? War ich zu einem bloßen Spiegel der Dinge verkommen, die mich bedrohten? Grell und laut? Hatte ich meine Sehnsucht nach Stille so tief versenkt, dass sie nur mit Lügenschlamm ans Licht kam?

Ich brachte nicht den Mut auf, Ludwig zu sagen, was mich bedrängte. Meine vielen Lügen wären offenbar geworden. Ich machte mir Gedanken, wie es mit uns weitergehen sollte. Sein Lehrauftrag war beendet, sein Appartement nur deshalb noch nicht gekündigt, weil er unbedingt den Hansemarathon bestreiten wollte. Der fehlte ihm noch auf seiner Laufliste. Wir vermieden es, über eine gemeinsame Zukunft zu sprechen. Ich wunderte mich darüber, es sah Ludwig nicht ähnlich, Dinge in der Schwebe zu lassen. Manchmal ruhte sein Blick auf mir wie auf einer Kranken. Ich ging dann möglichst bald aus dem Raum. Ich mochte es nicht, von ihm beobachtet und beurteilt zu werden. Es weckte unangenehme Erinnerungen.

Ich sehnte mich danach, wieder zurückzugleiten in das Pflanzendasein, das ich nach dem Abitur geführt hatte. Spielte mit dem Gedanken, das Studium abzubrechen, schwänzte meine Seminare. Als ich mich doch einmal aufraffte, wurde die Fahrt zur Universität zur Tortur. Der Bus war überfüllt. Wer keinen Sitzplatz hatte, fühlte sich wie in einem Viehtransport, wir standen dicht an dicht. Es roch nach Ausdünstungen. In den Kurven und vor den Haltestellen wurde das Vieh hin- und her- und aufeinandergeschleudert. Nach jedem Stopp gab es die Aufforderung, bitte nach hinten durchzurücken, um noch mehr Fahrgästen Platz zu machen. Dazu ertönte die sich ständig wiederholende Durchsage, dass auf dieser Linie nun Busse mit W-LAN im Einsatz seien. Die Verkehrsbetriebe wünschten allen Fahrgästen eine unterhaltsame Fahrt.

Nach dem Aussteigen wartete ich mit vielen anderen Studenten an der Ampel. Das Signal für Blinde hämmerte seinen schnellen Rhythmus. Ich spürte, wie mein Mund trocken wurde. Dann begann es in meinen Ohren zu rauschen. Da stahl ich mich an meinem Institut vorbei, holte mir bei der Sekretärin im Philosophenturm den Schlüssel für den Fachschaftsraum und flüchtete in den 13. Stock. Dort herrschte Ruhe. Das Zimmer wurde nur alle zwei Wochen für ein paar Stunden genutzt. Seitdem ich das wusste, war es mein Zufluchtsort. Sowie ich den Schlüssel von innen im Schloss drehte, atmete ich auf. Nun konnte mich niemand mehr überraschen. Vom Fenster aus hatte man einen großartigen Blick auf die Stadt, aber ich trank immer bloß ein Glas Wasser und legte mich auf das Sperrholzsofa an der Wand. Dann sah ich nur noch Himmel. Grauen Himmel, blauen Himmel, niedrigen oder hohen Himmel, Wolken, die vorüberschwammen. In einer Geschwindigkeit, die mir guttat.

Auch jetzt verging das Rauschen in meinen Ohren und der Druck, der sich aufgebaut hatte. Neben unserer Fachschaft hatten die Philosophen einen Raum. Nie drang ein Ton von dort zu mir herüber. Sollte ich lieber Philosophie studieren? Waren Medien- und Kommunikationswissenschaften Teil des Umwegs, auf dem mein Vater mich gesehen hatte?

Als die Wochen vergingen und ich keine Anstalten machte, ins Leben zurückzukehren, lud mich Ludwig zu einem Winterwochenende nach Sylt ein. Die frische Luft, der weite Blick, Wellen und Meer würden meine Stimmung aufhellen. Allein wäre ich sofort gefahren. Doch die Vorstellung, zwei Tage ununterbrochen mit ihm zusammen zu sein, Cafés und Restaurants zu besuchen, interessante Leute kennenzulernen und interessante Gespräche zu führen – bestimmt würde ihm irgendjemand eine Filmidee anbieten –, das alles schreckte mich ab. Ich bekam eine schlimme Kopfschmerzattacke. Verbrachte zwei Tage in meinem Zimmer und unterbrach die Orgie der Stille und des Schweigens nur zu Besuchen im Altersheim auf der gegenüberliegenden Straßenseite. Ich hatte mir angewöhnt, dorthin auszuweichen, wenn ich vermutete, dass Ludwig unangemeldet bei mir auftauchen könnte. Das Café Roma war der letzte Ort, an dem er nach mir suchen würde, und ich fühlte mich wohl zwischen den Bewohnern. Der Pförtner nickte freundlich, wenn ich das Foyer betrat. Drei älteren Frauen, die ständig den gleichen Tisch am Fenster belegten und zusammen Kreuzworträtsel lösten, grüßten zurück, wenn ich kurz in ihre Richtung winkte. Ganze Nachmittage konnte ich bei einer Tasse Kaffee sitzen, in den ausgelegten Zeitschriften blättern oder in einem mitgenommenen Buch lesen. Oder ich verfolgte das Geschehen um mich herum. Eine weißhaarige, alte Dame kam regelmäßig frisch toupiert vom Hausfriseur und bestellte im Befehlston Eierlikör. Kerzengerade thronte sie danach auf einem der fleckunempfindlichen Stühle und löffelte klappernd und mit abgespreiztem kleinen Finger ihr Gläschen aus. Ganz plötzlich warf sie dann ihren Kopf nach links und nach rechts, und wenn sie sich unbeobachtet glaubte, hob sie das Glas und schleckte es blitzschnell aus. Sie hatte eine lange, bewegliche Zunge.

Paare in sehr unterschiedlichem Alter waren Mutter oder Vater und Tochter – männliche Angehörige schien es nicht zu geben –, oft Hand in Hand. So wie sie vor vierzig Jahren Hand in Hand gegangen waren. Sie schwiegen die meiste Zeit, oder die Tochter las aus einem Anzeigenblatt vor. Es gab wohl nicht mehr viel zu erzählen. Manchmal schnappte ich ein paar Worte auf.

»Papa, du rauchst doch schon seit zwanzig Jahren nicht mehr.«

»Trotzdem.«

Sah ich aus dem Fenster, blickte ich auf eine Miniaturwelt. Eingebettet zwischen Bäumen und Büschen lag ein schilfbewachsener Teich, aus dem ein grün-weiß bemalter Spielzeugleuchtturm ragte. Ein kleiner Wasserstrahl stellte einen Wasserfall dar. Ein Strandkorb und die Ruhebänke rund um diese Idylle wirkten wie für Riesen gemacht. Links vom Teich gab es einen mit Maschendraht eingefassten, sandigen und meist aufgewühlten Platz, auf dem eine Hundehütte stand, die von zwei Hängebauchschweinen bewohnt wurde. Ich stellte mir manchmal vor, im Sommer da draußen im Strandkorb zu sitzen, die Schweine wühlen und grunzen zu hören, das Plätschern des Wasserfalls. Auf dem Teich glitzerndes Licht. Und ich wurde traurig, wenn ich daran dachte, dass ich Ludwig ständig belog und dass ich wohl nie solch stille Stunden mit ihm teilen würde.

Anfang Mai wartete ich mit Silke und einigen aus unserem Praxiskurs aus der Uni an der Marathonstrecke. Sie gingen gelassen damit um, dass Ludwig und ich ein Paar waren. Am Eppendorfer Baum, dem Kilometer achtunddreißig, fand eine regelrechte Party statt. Schon um zehn Uhr herrschte Gedränge am Sekt- und Bierstand, ein Radiosender spielte Oldies, Trillerpfeifen gellten und eine Trommelgruppe feuerte die Läufer mit heißen Samba-Rhythmen an. Julia gehörte mit zu den Sambadas. Die Mädchen trugen kurze Röcke und enge T-Shirts in den brasilianischen Nationalfarben, selbst ihre Trommeln waren grün, gelb und blau. Als Ludwig sich näherte, skandierten wir seinen Namen. Alex, der seit dem fehlgeschlagenen Aufstieg zum Hasselbrack zu Ludwigs größten Fans gehörte, hielt sogar ein Schild hoch: »König Ludwig«.

Ludwig lachte und winkte und lief zu uns an den Straßenrand. Da scherte Julia aus ihrer Trommelgruppe aus, tanzte ein paar Sambaschritte und schwang ihre Hüften. Als Antwort deutete Ludwig ebenfalls eine Sambabewegung an. Die Zuschauer johlten und klatschten, die Sambadas trommelten lauter und schneller, ich kam mir überflüssig vor. War ich die richtige Freundin für Ludwig? Passten wir überhaupt zusammen? Auf einmal meinte ich zu verstehen, warum er in der letzten Zeit so gelassen reagierte, wenn ich tagelang bei mir zu Hause blieb. Auch warum er kein Wort über eine gemeinsame Zukunft verloren hatte, wurde mir auf einmal klar. Er war gleichgültig geworden. Er hatte sich umgedreht. Wie er sich auf Partys und Empfängen, in Kneipen und auf dem Flur vor dem Seminar umdrehte und in das nächste Gespräch einstieg.

Er ließ mich zurück. Plante sein Leben ohne mich. Und er kam nicht einmal auf die Idee, es mir zu sagen.

Ich sah mich mit Ludwig auf dem Flughafen in Fuhlsbüttel. Die Anzeigetafel klackerte, Rollenkoffer ratterten an uns vorbei, Durchsagen, Menschen- und Stimmengewirr.

»Es war schön mit dir, Xenia«, würde er zum Abschied sagen. Vielleicht noch: »Danke.«

»Wer fährt mit zu den Messehallen?«, fragte Alex. »Ludwig liegt gut in der Zeit. Wenn er nicht einbricht, knackt er die dreieinhalb Stundenmarke.«

Sambaklänge und Trommeln. Anfeuerungsrufe, Tröten und Trillerpfeifen. »Ich hab Kopfschmerzen«, sagte ich. Ausnahmsweise war es einmal die Wahrheit. Silke stieß mich an. »Komm, Xenia. Dein Ludwig wartet ganz bestimmt auf einen Siegerkuss.«

»Da findet sich ganz bestimmt jemand anderes.« Ich drängelte mich durch die Menge und machte mich davon. Wollte niemanden mehr sehen. Zu Hause legte ich mich auf den Teppich und schloss die Augen. Ludwig war dabei, sich von mir zu trennen. Es tat so weh. Ich besaß nicht die Kraft, um ihn zu kämpfen. Ihm die lebhafte, die anziehende und originelle Xenia vorzuspielen, die er liebte. Die Xenia mit den vielen Ideen, die Xenia, die ihn begleitete und anregte. Diese Xenia gab es doch gar nicht, oder nur zu dem Preis von Selbstverleugnung und Verrat. War ich dazu noch in der Lage? Wollte ich es überhaupt? Ich fühlte mich wie zerrissen. Ich wollte mit Ludwig leben, und ich wollte wieder die stille Xenia sein. Doch das waren unvereinbare Dinge.

In den Tagen nach dem Marathon versuchte ich, Ludwig zu erklären, dass mich sein Leben überforderte. Er reagierte ungehalten. »Du wirfst mir vor, dass ich zu laut bin? Dass ich zu viel Kontakte pflege? Das ist Teil meines

Berufs, falls du es noch nicht bemerkt haben solltest. Ich arbeite mit Menschen. Ich interessiere mich für sie. Ich erzähle ihre Geschichten.«

»Es sollte kein Vorwurf sein. Ich wollte nur sagen, dass ich anders bin als du. Nach einem Abend mit Geschwätz und Gelächter fühle ich mich wie ausgelaugt, während du neu aufgeladen bist.«

»Die Gespräche, die ich führe, sind kein Geschwätz.«

»So habe ich das nicht gemeint.«

»Dann sag es auch nicht so.«

»Für mich wird jedes Gespräch, an dem sich viele Leute beteiligen, sich ins Wort fallen, widersprechen und durcheinanderreden nach einer Weile zum Geschwätz. Es erschöpft mich. In meinen Ohren beginnt es zu rauschen, und es baut sich ein Druck auf, der mich beinahe taub werden lässt. Was glaubst du, was es mich dann kostet, weiter freundlich zu lächeln und zu nicken und so zu tun, als fühlte ich mich wohl? Mich stundenlang angeregt zu unterhalten ist Schwerstarbeit.«

»Das klingt nach einem beginnenden Tinnitus. Geh zum Arzt, wenn du Beschwerden hast.«

Warum war er auf einmal so hart? Ich hatte Lust, ihn einfach stehen zu lassen oder ihn anzuschreien. Ich beherrschte mich aber. »Ludwig, versteh mich doch, es ist schon immer so gewesen.«

»Da erinnere ich mich anders.«

»Ich habe mich zusammengerissen. Weil ich dich ...«

»Wenn du dich zusammenreißen musst, um mit mir zu leben, tut es mir leid.«

Ich gab es auf. Es war uns nicht möglich, einander zu verstehen.

Die Fratze

Schnell näherte sich der Tag, an dem Ludwig Hamburg verlassen würde. Wir hatten nicht mehr miteinander gesprochen. Ich schickte ihm eine Karte und bat ihn, sich den letzten Tag frei zu halten.

»Ich hole dich am frühen Abend ab. Überraschung. Gruß, Ludwig.« Seine so schön geschwungene Handschrift. Die großen Buchstaben, das übermütige L, das alle Zeilen sprengte. Ich hatte es von Anfang an geliebt. – Er freue sich auf den Abend mit mir und warte ungeduldig-geduldig in der Bar des Hotelclubs, hatte er in Helsinki geschrieben. Wie lange war das her? Ich sah seine Worte vor mir und wurde ungeduldig. Ich begehrte ihn.

Bevor Ludwig mich am nächsten Tag abholte, duschte ich lange, cremte mich sorgfältig ein, verrieb einen Tropfen Parfüm und holte die hellblaue Spitzenwäsche aus der Schublade. Dachte beim Anziehen an das Funkeln der grünen Lichter in seinem Augen. Dann nahm ich das finnische Designerkleid vom Bügel. Hängte es aber wieder zurück. Es erschien mir zu aufdringlich.

Ludwig war außer Atem, als er bei mir erschien. »Ich steh im Parkverbot. Am letzten Tag abgeschleppt zu werden, das wäre ein teurer Abschied.«

»Wo geht es denn hin?«

»Auf den Kiez. Ich hab einen Club gemietet. Es kommen alle, die ich hier kenne. Beeil dich bitte.«

Ich schluckte. Kämpfte mit den Tränen.

»Ist irgendwas?«

»Mir ist nicht nach Partys. Seit mein Vater tot ist ...«

»Xenia, das ist über vier Monate her.« Etwas in seiner Stimme ließ mich aufhorchen.

»Ich habe schon viel zu lange geschwiegen«, fuhr er fort. »Es ist nicht der Tod deines Vaters. Den gibst du nur vor. Ich wollte schon in Sölden mir dir darüber reden.«

Ich starrte ihn an. Was wusste er von meinen heimlichen Orgien?

»Es gibt einen anderen Grund. Du kennst ihn.«

»Welchen denn?« Meine Stimme klang belegt.

»Die zwanzig Jahre, die ich älter bin als du.«

Ich war sprachlos. Und erleichtert. Sein Alter spielte keine Rolle für mich. Was redete er da?

»Hast du geglaubt, ich würde deine faulen Ausreden ewig schlucken?« Seine Stimme bekam einen scharfen Unterton. »Für wie dumm hältst du mich?«

»Was meinst du?«

»Was ich meine? Du hintergehst mich. Belügst und betrügst mich. Lange schon.«

»Du irrst«, sagte ich unsicher. Irgendwie hatte er ja recht. Ob Silke ihm etwas verraten hatte? Ich überlegte, womit ich ihn besänftigen konnte. Doch er war nicht mehr aufzuhalten. »Du behauptest, dass du deiner Freundin beim Umzug hilfst und ihr die Wohnung streichst. Zwei Wochen später sitzen wir auf ihrem Balkon, den sie schon seit Jahren bepflanzt. Und von wegen frisch gestrichen! Was denkst du, wie mir zumute war, als ich nach Russland gefahren bin?«

»Ludwig, ich kann dir alles erklären.«

»Ludwig, ich kann dir alles erklären...«, wiederholte er höhnisch. »Sehr originell. Merkst du überhaupt noch, was du sagst? Du hast es noch nicht mal für nötig gehalten, dir gute Ausreden auszudenken. Bist angeblich in Eutin, deine arme kranke Mutter besuchen, und dann fahre ich zufällig durch Eimsbüttel und sehe das Licht in deinem Zimmer an- und ausgehen. Und die vielen Seminararbeiten, die du angeblich zu schreiben hast, die würden glatt für fünf Studiengänge reichen. Ich hab es satt, von dir betrogen zu werden.«

»Ludwig, glaub mir, es ist alles ganz anders«, sagte ich hilflos. »Ich kann es dir ...«

»Wo warst du gestern Nachmittag, als du wieder mal mit Kopfschmerzen auf dem Sofa liegen musstest? Zu Hause jedenfalls nicht. Ich war da. Habe auf diesem verfluchten Sofa gesessen und auf dich gewartet. Stundenlang. Wo warst du? Sag die Wahrheit. Nur ein einziges Mal.«

»Ich war im Altersheim.«

Er lachte böse. »Eine plötzlich aufgetauchte alte Tante besucht oder was? Schwachsinn. Du lügst, wenn du nur den Mund aufmachst. Wer ist es? Einer aus deinem Semester, mit dem du dich über mich lustig machst? Alexander oder Frank oder Lennard? Oder womöglich alle drei zusammen oder nacheinander?«

Ich hörte mich keuchen. »Du Idiot.« Dann schlug ich ihm mit der flachen Hand ins Gesicht, trommelte mit den Fäusten auf seine Brust, trat nach ihm. Er wehrte sich nicht. Ging, während ich weiter auf ihn einschlug, rückwärts aus dem Zimmer. Im Flur hielt er mich an den Handgelenken fest. »Xenia«, sagte er leise. »Alles was du sagst, klingt in meinen Ohren so ...«, er zögerte einen Moment, »... so unwahrscheinlich, so falsch, so, ja, krank.« Es lag kein Vorwurf in seiner Stimme, es war eher wie ein vorsichtiges Tasten.

In dieser Sekunde hätte ich ihn zurückhalten können, und er hätte seine eigene Abschiedsparty auf dem Kiez verpasst. Doch ich war nicht bei Sinnen. »Lass mich los. Du tust mir weh«, schrie ich ihn an. Er gab meine Handgelenke frei. »Dann geh ich wohl lieber. Ich steh im Halteverbot. Mach es gut.«

Ich hatte die Sekunde verpasst. »Hau ab. Ich bin froh, dass ich dich los bin«, rief ich ihm hinterher. Er drehte sich nicht mehr um. Es war wie eine Befreiung. Ich wollte ihm und mir weh tun. So schlimm wie möglich. Im Zimmer bearbeitete ich die Tür, durch die er gegangen war, mit den Fäusten. Er würde nie mehr zurückkommen. Nie mehr. Nie mehr. Erst der Schmerz brachte mich wieder zu mir. Meine Knöchel bluteten. Woher kam diese Lust, mich und andere zu verletzen, etwas zu zerstören? Jahrelang hatte dieses unselige Verlangen im Verborgenen gelauert. Nun war es ausgebrochen und hatte den Mann vertrieben, den ich liebte. Wie zur Strafe setzte ich mich auf das von ihm verfluchte Sofa. Es dauerte, bis mein Atem sich beruhigte. Ich erinnerte mich daran, wann der Teufel sich das erste Mal gezeigt hatte. Es war der Morgen meines sechsten Geburtstags.

Als ich damals aufwachte, brauchte ich einen Moment, bis ich mir das Grummeln in meinem Bauch erklären konnte. Mir war nicht schlecht, nein, ganz und gar nicht, und ich brauchte nicht nach meiner Mutter zu rufen; denn gleich würde ich Schritte, Getuschel und unterdrücktes Gekicher auf dem Flur hören, gleich würde die Tür aufgehen und die Eltern würden mit Britta an der Hand ins Zimmer schleichen, leise, ganz leise, um mich nicht zu früh aufzuwecken. Ich würde mich schlafend stellen, bis alle drei mit dem Schokoladenkuchen, auf dem sechs Kerzen brannten, an meinem Bett standen und Britta mit piepsiger Stimme das Kindergartenlied anstimmte: »Wir freuen uns, dass du geboren bist ...«, und ich würde wie überrascht die Augen aufschlagen, und mein Geburtstag würde anfangen.

Ich malte mir das Bild aus. Und dann erzählte ich Lurchi, dem klugen Feuersalamander, der in der Nacht neben mir auf dem Kopfkissen geschlafen hatte, meine lange Wunschliste. Gemeinsam versuchten wir, meine Geschenke zu erraten. Über was hatten die Eltern gestern Abend so lange getuschelt? Auch Lurchi wusste es nicht.

Auf einmal fiel mir auf, wie still es war. Ich lauschte. Die Heizung im Zimmer gluckerte, draußen fuhr ein Auto vorbei, aber im Haus war alles still. Vorsichtig stieg ich aus dem Bett, bereit, beim geringsten Geräusch zurückzulaufen, um den anderen die Überraschung nicht zu verderben. Eine Diele knackte, das Brett unter meinen Füßen vibrierte. Ich fuhr zusammen und hielt mich mit einer Hand an der anderen fest.

Erst nach einer ganzen Weile traute ich mich weiter und schlich auf Zehenspitzen zur Tür. Durch das Schlüsselloch sah ich nur schwarze Nacht, viel schwärzer noch als im Zimmer. Und als ich mein Ohr gegen die Tür presste, rauschte es, so wie es rauschte, wenn man eine Muschel ans Ohr hielt. Sonst war nichts zu hören, nur das Meer auf der anderen Seite der Tür rauschte und rauschte. Kälte zog vom Flur zu mir herein, verwandelte den Boden in Stein. Meine Füße fühlten sich eisig an, das Nachthemd hing kalt an mir herab. Zitternd gab ich meinen Horchposten auf, kroch zurück ins Bett und starrte an die Decke. Irgendetwas stimmte nicht. Da schälte sich aus der dunklen Ecke über der Tür eine Fratze heraus, eine Fratze, die mich aus schwarzen Augenschlitzen belauerte. Beim geringsten Geräusch, bei der kleinsten Bewegung würde die Fratze wissen, wo ich war, und über mich herfallen. Ich wagte nicht, nach Lurchi zu tasten und kniff die Augen zu, nur um sie gleich wieder aufzuschlagen. Die Fratze war immer noch da.

In der Wohnung blieb alles still. Warum kamen sie nicht endlich? Mein Herz klopfte immer lauter. In einem Doppelschlag, den ich bis hoch in den Hals und in meiner Kehle spürte. Allein. Allein. Allein. Allein. Das war kein Geräusch, das war ich selbst. Mein Herz würde mich verraten. Tränen rollten mir aus den Augenwinkeln und sickerten kalt ins Haar. Es schnürte mir die Brust zusammen.

Als es heller wurde, war die Fratze verschwunden. Doch noch immer rührte sich nichts, und auf einmal begriff ich. Es gab eine Erklärung für die Stille: Die Eltern ließen mich absichtlich warten.

»Hör auf mit der elenden Fragerei. Du bist doch schon groß«, hatte meine Mutter gesagt, als ich wieder einmal wissen wollte, ob mein Geburtstag nicht endlich bald da sei. Seit Brittas Geburt hatte ich diesen Satz schon tausend Mal gehört. Immer war ich schon groß, wenn es galt, mich zu gedulden oder vernünftig zu sein. Ich schluckte. Und ausgerechnet heute, an meinem Geburtstag, sollte ich nun warten lernen. Das also hatten sie sich ausgedacht. Darüber hatten sie heimlich gesprochen. Immer tiefer wühlte ich mich in diesen Gedanken hinein.

Als das Licht im Flur an- und sofort wieder ausging, die Tür vorsichtig einen Spalt geöffnet wurde, war es zu spät.

»Von euch nehme ich keine Geschenke. Haut ab.«

Alles gute Zureden wurde von der Decke erstickt, die ich mir über den Kopf gezogen hatte, damit niemand mein verweintes Gesicht sah.

»Was soll das? Du verdirbst dir ja deinen eigenen Geburtstag«, hörte ich die Stimme meiner Mutter. »Xenia, so sei doch vernünftig.«

Da warf ich die Decke ab, fegte den Kuchen mit den Kerzen vom Nachttisch und riss meinem Vater das Aquarium aus der Hand. Es zerschellte an der Bettkante, Sand und

Splitter regneten auf Lurchi. Britta fing an zu weinen. Und mich überkam eine nie gekannte Lust, eine Lust, die seltsam gut und weh tat.

Und jetzt war also Ludwig dieser Lust zum Opfer gefallen. Ich hatte ihn aus der Tür gejagt. Würde er mir das jemals verzeihen? Mit welchem Hass würde er an mich denken. Ich konnte es kaum ertragen. Gab es keinen Weg, unsere Liebe zu retten? Ich musste ihn sprechen. Das Missverständnis aufklären.

Mit Silke klapperte ich bis tief in der Nacht die Läden ab, in denen wir Ludwig vermuteten. Hamburg war groß. Es regnete. Wir fanden ihn nicht. Durchnässt und übernächtigt fuhr ich morgens zum Flughafen und sah zu, wie die Flüge nach München abgefertigt wurden. Einer nach dem anderen. Ludwig stand in keiner Warteschlange, an keinem Schalter, vor keiner Sperre. Ich fror.

Nach einer Woche konnte Silke meinen Zustand nicht mehr ertragen. Sie bot mir an, mit mir für ein paar Tage in das Sommerhaus ihrer Tante zu ziehen. »Es steht die nächste Zeit leer. Liegt ganz für sich, direkt am Wasser. Das wird dir gefallen. Wir machen es uns da schön. Ganz ohne Männer. Was meinst du?«

Ich wollte lieber in Hamburg bleiben. Vielleicht, ganz vielleicht würde Ludwig sich ja besinnen und nach mir suchen. In einer Einöde am Wittensee würde er mich nie finden.

Silke schüttelte den Kopf. »Xenia, es tut mir leid. Der kommt nicht. Wenn du ihn unbedingt sprechen musst, fahr ihm hinterher. Stell ihn notfalls auf offener Straße. Das ist doch Wahnsinn, dass ihr euch wegen eines Missverständnisses trennt.«

»Was soll ich denn machen?«

»Zur Not kidnappe ich ihn, und binde ihn fest, bis er dich angehört hat. Im Ernst, Xenia. Fahr nach München und sprich dich aus, egal was daraus wird. Sonst wirst du nie darüber hinwegkommen. Du bist es dir und ihm schuldig.«

»Ich weiß nicht mal, wo er wohnt. Und auf Anrufe und Nachrichten reagiert er nicht. Wahrscheinlich klickt er mich immer gleich weg.«

»Kein Wunder, wenn er glaubt, du hättest mit irgendwelchen Studenten rumgemacht, und ihr hättet euch heimlich was gegrinst, wenn er vor euch im Seminar stand. Ich weiß wenigstens immer Bescheid, wenn Thomas wieder mal abgängig ist.«

»Ach, Silke. Was soll ich bloß tun?«

»Ich schicke deinem Ludwig eine SMS. Erkläre ihm, dass er sich geirrt hat und dass du mit ihm sprechen willst. Meine Nummer kennt er nicht.«

»Er wird nicht antworten. Ich muss rauskriegen, wo er wohnt. Aber wie?«

»Frag seine Eltern. Leute in ihrem Alter haben Festnetz und stehen im Telefonbuch.« Sie sah gleich nach. Es gab nur einen einzigen Eintrag, der infrage kam. »Los, Xenia. Ruf an.«

»Das kann ich nicht. Einfach so wildfremde Leute anrufen. Vielleicht hat er seinen Eltern gesagt, dass sie nicht mit mir sprechen sollen. Ich fahr lieber hin.«

»Manchmal versteh ich dich nicht.«

»Ist nun mal so.«

München

Zwei Tage später fuhr ich nach München und bezog ein Pensionszimmer in Obermenzing. Es lag nah an der S-Bahn in einer stillen Straße. Einfamilienhäuser mit gepflegten Vorgärten vermittelten mir den Eindruck, als spaziere ich durch eine Kleinstadt. Auf dem Weg zur Pension wurde ich von einem Anwohner, der seine Hecke schnitt, freundlich gegrüßt, nachdem er Blätter und Zweige beiseite geschoben hatte, um mir den Weg frei zu räumen. Ich grüßte zurück und fühlte mich willkommen. Sonnenlicht sickerte durch die Kronen der Straßenbäume, vor einem spanischen Café, eingerichtet in warmen Gelb- und Rottönen, stand ein kleiner, runder Tisch mit zwei gelb-rot lackierten Stühlen. Ich stellte mir vor, dass Ludwig diese Straße kannte, ja, dass er ganz in der Nähe wohnte, und wir uns zufällig begegnen würden. Dann würde ich ihn in das Casa del Café einladen und ihm alles erklären.

Auf einmal hatte ich Angst, ihn zu treffen. Statt sofort zu seinen Eltern zu fahren, wie ich es eigentlich vorgehabt hatte, ließ ich mich am Nachmittag durch die Innenstadt treiben. Vom Stachus, wo Kinder kreischend durch den Brunnen liefen, wohl wissend, dass ihre rufenden Eltern ihnen nicht hinterherspringen würden, am Rathaus vorbei, wo ich mich durch eine Menschenmenge wühlte, die mit gezückten Handys aufs Glockenspiel wartete, bis zum Marienplatz. Dort lag das Kaufhaus, in dem Ludwig in der ersten Woche unserer Liebe die schöne Wäsche gekauft hatte. Verstohlen legte ich meine Hand auf die Fassade aus Sandstein. Sie fühlte sich warm und lebendig an. Vor den Pfälzer Weinstuben fassten viele Passanten den bronzenen Löwen im Vorübergehen an die Schnauze, Eltern nahmen ihre Kinder auf den Arm, damit sie die glänzend goldene Löwenschnauze auf dem Wappen erreichten. Ich strich über das kühle, glatte Metall und dachte mir, dass Ludwig dies wohl immer tat, wenn er hier vorüberging. Sicher hatten ihn früher auch seine Eltern hochgehoben, und er hatte mit seinen kleinen Kinderhänden dem Löwen die Schnauze blank poliert. Mir fiel ihr auf, dass ich so gut wie gar nichts über seine Vergangenheit wusste, nie hatte er mir aus Kinder- oder Jugendtagen erzählt, nie eine Anekdote, eine Betrübnis, einen Jungenstreich zum Besten gegeben. Es war, als habe er erst mit dem Studium in Ludwigsburg angefangen zu existieren. Und das wenige, das ich aus dieser Zeit kannte, hatte ich eher zufällig von Jarno erfahren. Lag es auch daran, dass wir uns fremd geblieben waren?

Nun war ich ihm auf der Spur, nun ging ich auf den ihm vertrauten Straßen, über Plätze und durch Grünanlagen, die er gekannt und geliebt hatte. Schon morgen, spätestens übermorgen würde ich ihn danach fragen, ob er auf dem Fahrrad und auf Inlinern durch die Fußgängerzonen gekurvt war, und über das Kopfschütteln der Passanten gelacht hatte. War er als Schüler mit seinen Freunden – ich konnte ihn mir nur in Gesellschaft vorstellen – auf die Wiesen im Hofgarten gezogen und hatte sie mit seinen Geschichten begeistert?

Heute kannte er bestimmt auch den kleinen Kabinettsgarten, in den ich durch eine versteckte Pforte geraten war. Auf einem kleinen Vorplatz ragte die schmale Skulptur der Göttin Flora auf. Es schloss sich ein gepflasterter Mittelweg an, eingerahmt von zwei flachen Wasserbecken, in denen rote und grüne Bänder aus Glas eingelassen waren.

Am Ende der Becken lag ein kleiner Platz, auf dem ein niedriger Springbrunnen plätscherte, gesäumt von vier Platanen, deren Kronen zu einem gemeinsamen Dach zusammengewachsen waren. Nachdem ich die Anlage umrundet hatte, zog ich meine Sandalen aus, massierte meine Füße und kühlte sie im Brunnen. Später saß ich am Rand des Gartens auf einer sonnendurchwärmten Bank, wischte kleine Steinchen von meinen Fußsohlen und sah zu, wie meine Spuren im Kies trockneten. Es war schön, allein zu sein. Der Lärm der Stadt sank zu einem kaum noch wahrnehmbaren dumpfen Geräusch herab und wurde schließlich völlig überdeckt vom hellen Plätschern des Springbrunnens.

Da erinnerte ich, dass Ludwig mir doch einmal etwas aus seiner Jugendzeit erzählt hatte. Mit sechzehn hatte er sich bei *Wetten dass...?* mit dem Vorschlag beworben, alle Münchner Brunnen an ihrem charakteristischen Plätschern zu erkennen. Seine Wette war aber nicht angenommen worden, »wohl weil die Sache nicht spektakulär genug war, kein Bagger, kein Lastwagen, noch nicht einmal ein PKW zum Einsatz kamen, und weil sich wahrscheinlich nur Münchner für eine solche Wette interessiert hätten. Schade, denn gewonnen hätte ich, da bin ich mir sicher. Als mich dann zwanzig Jahre später Frank Elstner nach dem Erfolg vom *Hochläufer* zu seiner Sendung über die *Menschen der Woche* einlud, habe ich leider vergessen, ihn darauf anzusprechen.«

Ich nahm das Plätschern des Springbrunnens mit meinem Smartphone auf, um es Ludwig vorzuspielen und ihn raten zu lassen. Wenn es denn jemals diese Gelegenheit geben würde. Ob diese überstürzte Fahrt nach München überhaupt eine gute Idee gewesen war. Vergeblich wartete ich auf ein Zeichen.

Auf dem Weg zurück zog es mich in das Kaufhaus am Marienplatz. Lingerie und Dessous befanden sich im ersten Stock. Ein zarter Duft hing in der Luft, als wolle man so Käufer auf die Ware einstimmen. Ich streifte durch die Abteilung, nahm die nach Farben sortierte Wäsche in Augenschein, ließ ein winziges rotes Nichts durch die Finger gleiten, fuhr über ein samtweiches Oberteil, bewunderte ein durchscheinendes florales Muster, hielt ein Höschen mit kleinen schwarzen Rauten gegen das Licht. Kein männliches Wesen schien sich in die Wäscheabteilung verirrt zu haben. Nur ein älterer Mann hockte mürrisch in seinem Sessel und wartete darauf, dass seine Begleiterin mit der Anprobe fertig wurde. Wie mochte es für Ludwig gewesen sein, hier herumzugehen, die verführerische Wäsche zu betrachten und das eine oder andere Stück zu berühren? Dann das seidige Blau auszuwählen, das er mir nach Hamburg geschickt hatte, »aus dem Kaufhaus der Sinne, in Gedanken an das schüchterne Blau deiner Augen.«

Hatte er sich von einer der Verkäuferinnen beraten lassen, oder wusste er genau, was er sich wünschte? Wie ich ihn kannte, hatte er bereits ein Bild im Kopf gehabt: zartes, seidiges Blau auf meiner hellen Haut.

Beim Tango auf der Dachterrasse des Torni in Helsinki hatte ich die Wäsche zum ersten Mal getragen und mich den ganzen Abend darauf gefreut, ihn im Hotel damit zu überraschen.

Melodie und Text des Liedes gingen mir durch den Kopf – *Ich und meine Braut saßen / in dem Park von unserem Parlament*... Nachdem der Mann an der Bar mitbekommen hatte, dass Ludwig und ich aus Deutschland kamen, hatte er das Lied immer und immer wieder gespielt. »For our lovely couple from Germany.«

»In Wirklichkeit nur für dich«, sagte Ludwig. »Mein Anteil beschränkt sich auf dein Kleid. Ich bin die Begleitung.«

»Die einzige, die ich mir wünsche.«

Ob ich das Lied hier in München bekommen konnte, um es Ludwig zu schenken?

In der Musikabteilung im fünften Stock empfingen mich die Klänge einer Jazztrompete, ein riesiger Verkaufsraum tat sich vor mir auf. Im ersten Moment fühlte ich mich von der Fülle des Angebots wie erschlagen und irrte ziellos zwischen den Regalen umher. Ging auf Zehenspitzen an einer jungen Frau in zerschlissenen Jeans vorbei, die in einer Nische, mit Kopfhörern über den Ohren, versunken war in nur für sie hörbare Klänge. Bewunderte die Cover der LPs, kleine Kunstwerke, so viel eindrucksvoller gestaltet als die der kleinformatigen CDs. Ich überlegte, ob ich eine LP für Britta kaufen sollte, die den alten Plattenspieler unseres Vaters geerbt hatte. Doch ich musste mir eingestehen, dass ich nicht die geringste Ahnung besaß vom Musikgeschmack meiner Schwester.

Ob er mir helfen könne, fragte mich ein junger Mann mit einem Namensschild am Kragen. Ich brauchte einen Augenblick, um mich zu besinnen. »Ich suche die Aufnahme eines finnischen Sängers«, sagte ich dann, »er singt mit so einer Altmännerstimme einen schrägen Text. Da sitzt einer mit seiner Braut im Park, und die Volksvertreter gehen links oder rechts auf den Wegen an ihnen vorbei, während sie Wein trinken. Es ist ein Tango ..., und er ist eigentlich gar nicht alt ..., ich meine, der Sänger ...«, erwartungsvoll sah ich ihn an.

»M. A. Numminen«, sagte der Verkäufer. Ich sehe mal nach, ob wir die Aufnahme da haben. Sonst kann ich sie Ihnen selbstverständlich bestellen.«

Wie in einem glücklichen Traum verließ ich mit der CD
– »Ja, bitte als Geschenk einpacken.« – das Kaufhaus. Alles
lief unglaublich gut. Das musste das Zeichen sein, auf das
ich gewartet hatte.

Am nächsten Tag fuhr ich in das Viertel, in dem Ludwigs Eltern wohnten. Ging die Straße entlang, in der er
groß geworden war, und zählte die Hausnummern. Nummer elf war ein flaches Eckhaus in freundlichem Gelb. Zur
Straßenfront hin war das Haus von einem langen Jäger-
zaun mit schmiedeeiserner Pforte, auf der Schmalseite
von einer hohen, akkurat geschnittene Hecke begrenzt. Im
Dachgeschoss über der Hecke befand sich ein einzelnes
Fenster mit braunen Fensterläden. Ludwigs Zimmer. Dort
also hatte er gemalt, gelesen, geträumt, Playstation gespielt
und sich Geschichten ausgedacht; dort seine ersten Videos
gedreht, sich auf Klausuren vorbereitet und fürs Abitur
gelernt. Dort den Brief mit der Zulassung aus Ludwigsburg aufgerissen.
Ich ging noch einmal zurück. Auf der dem Haus gegenüberliegenden Straßenseite gab es eine Grünanlage mit
Schaukel, Rutsche, Mini-Karussell und einem großen
Sandkasten. Hier also hatte er Sandkuchen gebacken, Fußball gespielt, gelacht, getobt, hier war er auf Bäume geklet-
tert, war heruntergefallen und wurde getröstet, hier hatte
er seine Kindergeburtstage gefeiert. Ich stellte ihn mir an
seinem sechsten Geburtstag vor, ein aufgeregter Junge in
seinem neuen, etwas zu groß geratenen Trikot von 1860
München und dem hellblauen Cap. Umringt von seinen
kleinen Freunden, die ihm ihre Geschenke in die Hand
drückten und auf Süßigkeiten, Cola, Kakao und Spiele warteten, bei denen es etwas zu gewinnen gab. Was hatte man
damals gespielt? Eierlaufen? Topfschlagen? Schokoküsse

essen mit auf den Rücken gelegten Händen? Würstchen schnappen? Bestimmt hatte Ludwig die meisten Spiele gewonnen. Er war geschickt und schnell, jeder gönnte ihm den Sieg. Schließlich hatte er Geburtstag, und er war beliebt. Deutlich hatte ich sein lachendes, vor Freude und Eifer gerötetes Gesicht vor Augen.

»Familie Dr. August Brandl«, las ich auf dem blank polierten Messingschild neben der Tür aus Glasbausteinen. Ich war richtig. Nach dem ersten Klingeln rührte sich nichts. Ich lauschte, drückte ein zweites Mal auf den Knopf, hörte das metallische Scheppern der Klingel, dann näherten sich schlurfende Schritte. »Der kleine Lateinlehrer«, dachte ich.

Ein groß gewachsener, älterer Herr mit buschigen Augenbrauen und einem Kranz wilder, weißer Haare auf dem Kopf – »Haupt«, dachte ich sofort – öffnete die Tür. Ein Hüne, trotz seinen etwas nach vorn eingedrehten Schultern und dem leicht gekrümmten Rücken. Er sah aus wie ein alter Löwe und hatte früher sicherlich eindrucksvoll gebrüllt.

»Bitte?«, fragte er.

»Ich möchte zu Herrn Dr. Brandl.«

»Das bin ich.«

»Aber ...«

»Womit kann ich Ihnen helfen?«

»Aber Ludwig hat doch immer ...«

Dr. August Brandl drehte sich um, »Wiggerl«, rief er, »für dich.«

Im Flur tauchte Ludwig auf. Ich erschrak, auch Ludwig zuckte zusammen. »Xenia«, sagte er, »was suchst du hier? Das passt mir jetzt gar nicht ..., ich wollte gerade los.«

»Aber, aber«, sagte sein Vater, »du hast doch versprochen die Mutter zu fahren und mit ihr auf den Friedhof zu gehen. Außerdem ...«, er wandte sich wieder mir zu, »eine Xenia ist mir stets willkommen. Sie wissen sicher, dass sich Ihr Name aus dem Griechischen ableitet und sowohl ξενία, die Gastfreundliche als auch ξένη, die Fremde ...«

»Bitte, Vater«, unterbrach ihn Ludwig, »keine philologischen Exkurse. Xenia weiß sehr gut, was ihr Name bedeutet. Sie ist eine Studentin von mir.«

»Ich wusste gar nicht, dass du jetzt auch ›überflüssige, tote Sprachen‹ unterrichtest«, sagte August Brandl. Einen Augenblick standen sich Vater und Sohn gegenüber wie Gegner, die sich seit langer Zeit kannten und genau wussten, dass keiner von ihnen gewinnen würde und es doch nicht lassen konnten, sich zu messen. Ludwig war gut einen Kopf kleiner als sein Vater. Er wirkte neben ihm wie ein Schüler.

»Wer ist denn da, Gustl?«, rief eine Frauenstimme.

»Komm schon rein«, sagte Ludwig, und ich fand mich unversehens auf einem geblümten Sofa beim Kaffeetrinken der Familie Brandl wieder. Ludwigs Mutter, eine weißhaarige Frau mit bekümmertem Gesichtsausdruck, ließ ihren Mann Tasse und Kuchenteller »für Ludwigs kleine Freundin« holen. August Brandl schlurfte zu einem alten Bauernschrank in der Ecke, seine ausgetretenen gelb-braun gemusterte Filzpantoffeln verursachten bei jedem Schritt ein leises schlappendes Geräusch. Ludwig verdrehte die Augen.

Seine Mutter umarmte mich im Sitzen. Der süßlich stechende Geruch, den sie verströmte, kam mir irgendwie bekannt vor. Sie hieß mich willkommen und ignorierte Ludwigs erneute Versicherung, ich sei nur eine Studentin von ihm aus Hamburg. »Das ist nicht recht von dir, Wiggerl, dass du uns deine hübsche, junge Freundin vorenthalten hast, gell, Papa?«, sagte sie zu ihrem Mann. Ludwig wand sich auf seinem Platz. Das würde er mir so schnell nicht verzeihen.

Wie lange ich schon in München sei, fragte August Brandl, und ob ich mir bereits etwas angesehen hätte.

»Ich bin erst seit gestern hier und bin so herumflaniert, die übliche Touristenroute eben.« Zum Glück erinnerte ich mich an ein Plakat, das mir am Tag zuvor aufgefallen war. Darauf warb eine im Stil von Andy Warhol verfremdete Fotografie eines jungen Mannes in Denkerpose, der mit irritierend blauen Augen unentwegt am Betrachter vorbei in eine romantische Ferne blickte, für eine Ausstellung in der Staatsbibliothek. »Paul Heyse. Liebling der Musen«, lautete die Unterschrift. Den Namen hatte ich noch nie gehört, ihn mir aber zum Glück gemerkt. »Vielleicht besuche ich morgen die Ausstellung von Paul Heyse«, sagte ich und hoffte, nicht weiter nach diesem Maler, Musiker oder Schriftsteller befragt zu werden.

»Ja, der Paul Heyse«, Dr. August Brandl lehnte sich behaglich zurück und schnaufte dabei leicht durch die Nase, offensichtlich sehr zufrieden mit meiner Antwort, »einst als Nachfolger Goethes gefeiert, als junger Mann vom König mit einem großzügigen Jahresgehalt auf Lebenszeit ausgestattet, später sogar den Literatur-Nobelpreis erhalten und nun: zu Recht völlig vergessen.« Er machte eine wegwerfende Handbewegung, die in einem kleinen Schlenker endete. Eine Geste, die mir so vertraut war, dass ich ihn anlächelte.

Wie ähnlich sich Vater und Sohn waren. Ob sie es wussten?

»Die dreckerte Paul-Heyse-Unterführung am Hauptbahnhof ist seine letzte Ehrung«, fuhr August Brandl fort, »was so gwampert daherkommt, ist oft nur Mode und vergänglich. Da lobe ich mir ...«

»Bitte, Vater«, unterbrach ihn Ludwig, »nicht wieder einen Vortrag über die ewigen Werte des klassischen Altertums. Den kenne ich zur Genüge.« Vorwurfsvoll sah er mich an.

»Aber, aber«, sagte August Brandl, »es wundert mich im Übrigen nicht, dass jemand, der sich den Medien« – wieder machte er diese wegwerfende Handbewegung und sah mich dabei nach Zustimmung heischend an –, er wundere sich also nicht, dass jemand, der sich jenem schnelllebigen Geschäft verschrieben habe, empfindlich auf alles reagiere, was den Beweis seiner anhaltenden Bedeutsamkeit bereits erbracht habe. Zum Glück gelte immer noch: »Verba volent, scripta manent.«

Ludwig schwieg. Ich wartete darauf, dass er eine Augenbraue hochzog und im geheimen Einverständnis mit mir die Auslassungen seines Vaters ironisch kommentierte.

»Gebts doch a Ruh«, sagte die Mutter. Es klang müde, so als habe sie diesen Satz schon tausende Male gesagt und ihn jetzt nur wiederholt, weil es von ihr erwartet wurde. »Was soll denn das Fräulein Xenia von uns denken?«

»Ich heiße Sudrow«, dachte ich.

Ludwigs Mutter seufzte und machte ein bekümmertes Gesicht, der Vater atmete schnaufend ein und aus, Ludwig sah auf seine Schuhspitzen. Mir fiel absolut nichts ein, was ich hätte sagen können, also stach ich in meine Erdbeertorte. Die Gabel knirschte auf dem Rosenthal-Teller, Familie Brandl blickte wie verabredet erst auf das Kuchengemetzel, dann mich an.

Ich wünschte mich weit, weit weg. Immer noch schwiegen alle. Endlich knatterte draußen ein Motorrad vorbei, nahm die Kurve vorm Haus und entfernte sich langsam. Ich hielt mich an dem leiser werdenden Knattern fest, bis das Schnaufen des Vaters mich wieder ins Zimmer zurückholte. Ludwig räusperte sich, als wolle er etwas sagen, blieb jedoch stumm.

»Wie schön, dass wir Sie nun kennengelernt haben«, sagte Ludwigs Mutter schließlich. Sie umarmte mich ein zweites Mal im Sitzen. Auf einmal wusste ich, woran mich ihr Geruch erinnerte. Es war die Mischung aus Kernseife, Maiglöckchenduft und Schweiß, den meine Großmutter verströmt hatte.

»Der Wiggerl lässt uns viel zu wenig an seinem Leben teilhaben«, sagte sie. »Dabei sind wir beide so stolz auf seine Erfolge, gell Papa, auf all die Preise, und manchmal läuft ein Film von ihm im Fernsehen oder sogar im Kino. Neulich hat die Schmelzerin – das ist die Nachbarin von schräg gegenüber, die mit dem großen Trampolin für ihre Enkel im Vorgarten«, erklärte sie mir, »... also die Schmelzerin hat erzählt, dass sie unseren Wiggerl ...«

»Lass gut sein«, sagte Ludwig.

Seine Mutter schüttelte enttäuscht den Kopf, erhob sich dann ächzend. »Entschuldigen Sie mich bitte, Fräulein Xenia, ich will noch zur Gärtnerei, Blumen besorgen für unseren kleinen Wiggerl.«

Ludwig sprang auf. »Ich fahr dich, Mutter. Für Xenia ist es jetzt wirklich Zeit zu gehen.«

Ich sah ihm in die Augen, schlug ein Bein über das andere. Eben noch hatte ich mich fortgewünscht, nun wollte ich mich von ihm nicht hinauswerfen lassen.

»Bitte, Xenia. Wir sehen uns dann morgen. Versprochen.« Seine Stimme hatte einen flehenden Klang. Wovor fürchtete er sich so? Ich lenkte ein. »Wo wohnst du denn?«

»Lass uns etwas unternehmen. Um elf im Lehnbachhaus, im ›Café Ella‹. Du kannst dir ja vorher die Ausstellung ansehen.« Sobald er mich in den Flur gelotst hatte, schien er seine Selbstsicherheit wiedergewonnen zu haben.

Ich entdeckte ihn sofort. Er saß am Rand der Terrasse an einem Zweiertisch direkt an der Hecke, mit Blick auf den Königsplatz. Er hörte mich kommen, drehte sich zu mir. Ich sah, dass sein Haar sich zu lichten begann, und mich überkam eine große Zärtlichkeit.

Er stand auf und rückte einen Stuhl für mich zurecht. Ich vergewisserte mich zum x-ten Male, dass ich die CD in der Handtasche dabei hatte.

»Bisschen laut hier, aber dafür haben wir unsere Ruhe«, sagte er.

»Schon in Ordnung«, ich lächelte ihn an.

»Was trinkst du?«

»Kaffee und ein Wasser bitte.«

Er rief den Kellner, bestellte.

»Nice to meet you«, sagte der Kellner. »Ich möchte Sie darauf aufmerksam machen, dass diese Plätze reserviert sind für Gäste, die etwas verzehren.«

»Schon gut«, sagte Ludwig, »solange die Terrasse fast leer ist..., wenn die nächste Busladung mit Touristen anrollt, räumen wir das Feld.«

»Ich wollte es nur gesagt haben«, der Kellner entfernte sich mit tänzelnden Schritten.

»Was für ein Schnösel«, Ludwig schüttelte den Kopf. »Wie hat dir die Ausstellung gefallen?«

»Irgendwie habe ich nur einen ganz allgemeinen Eindruck gewonnen, vielleicht ist es keine gute Idee bei Sonnenschein ins Museum zu gehen.« Ich mochte nicht eingestehen, dass ich blicklos an den Bildern vorbeigegangen war, weil ich den Besuch bei seinen Eltern nicht aus dem Kopf bekommen hatte. Dass Ludwig, der weltgewandte, überlegene, erfolgsverwöhnte Ludwig unter seinen spießigen Eltern litt, hätte ich nicht für möglich gehalten. Nie hatte ich ihn so in der Defensive erlebt, so unsicher, ängstlich und angespannt. Doch das war ganz sicher kein guter Anfang für ein Versöhnungsgespräch.

»Dir ist aber schon aufgefallen, dass Gabriele Münter nach der Trennung von Kandinsky nichts Wesentliches mehr zustande gebracht hat?«, frage er.

»Wie meinst du das?«

»Hast du nicht bemerkt, dass sie als Künstlerin erledigt war, nachdem er sie verlassen hatte? Diese Bleistiftzeichnungen und Blumenbildchen, die sie später noch zu Papier gebracht hat, naja.«

»Was willst du damit sagen?«

»Nichts. Ich stelle es nur fest. Eine Tatsache. Fang bloß nicht an, es persönlich zu nehmen.«

»Warum sollte ich?«

»Frauen nehmen immer alles persönlich.«

Wenn er mich provozieren wollte, um sich für meinen Überfall gestern zu revanchieren, dann sollte er sich verrechnet haben. Ich würde nicht darauf eingehen. »Wer ist dieser kleine Wiggerl, von dem deine Mutter gestern gesprochen hat?«, fragte ich.

»Niemand.« Seine Stimme bekam einen metallischen Unterton.

»Hat Jarno dich nicht Wiggerl genannt?«

»Xenia. Hör auf!«

»Was hast du?«

In Ludwigs Gesicht zuckte und zuckte es, ein kleiner Muskel vor seinem linken Ohr flatterte, dann wurde sein Gesicht starr wie eine Totenmaske, die Haut straff über die Knochen gespannt.

»Ich kann es nun nicht mehr«, flüsterte er.

»Was?«

Vorsichtig, als handele es sich um einen kostbaren und zerbrechlichen Gegenstand, legte er das Zuckertütchen zurück auf seine Untertasse. »Immer und immer diese unausgesprochenen Vergleiche. Nie genug, was ich auch versuche, nie genug, niemals genug ... Ich immer nur der Ersatz ...« Er blickte kurz auf, an mir vorbei. »Weißt du, was es heißt, mit einem Toten verglichen zu werden, lebenslänglich?« Seine Stimme wurde immer leiser. »Weißt du, wie es sich für ein Kind anfühlt, wenn selbst der eigene Geburtstag im Schatten des verstorbenen Bruders steht?« Er schluckte. »Herumzulaufen mit seinem Namen, ihm auf perverse Weise dankbar sein zu müssen für die eigene Existenz? Immer nur Ersatz zu sein ...« –

Ich brachte kein Wort heraus, legte meine Hand auf sein Handgelenk, schmal und zerbrechlich wie das eines Kindes, durchzogen von blauen Adern, die unter der gebräunten Haut pulsierten. Er schüttelte mich ab. »War es das, was du herausbekommen wolltest, Xenia? Hast du mir deshalb nachspioniert?«

Der Hass in seiner Stimme brachte mich wieder zu mir. »Ludwig, ich kann dir alles ...«

Er sah mich an, errötete. Hielt meinem Blick stand, auch als sich die Röte über sein ganzes Gesicht ausbreitete.

»Lass. Mich. In. Ruh.« Die einzelnen Silben fielen aus seinem Mund wie aus einem Sprechautomaten. Mit einem zischenden Geräusch zerriss er das Tütchen, Zucker rieselte auf den Tisch. In seinem linken Auge war ein Äderchen geplatzt. »Du bist eingeladen«, sagte er mit der blechernen Automatenstimme, »es ist mir eine ganz besondere Freude. Es ist das letzte Mal.« Dann stützte er sich mit beiden Händen auf den Tisch, deutete eine Verbeugung an und ging mit kleinen, steifen Schritten davon, als koste es ihn große Mühe, nicht zu laufen.

Und ich wusste, dass er mir nie verzeihen würde, dass ich nun sein Geheimnis kannte. Seine Wunde, die er nicht bereit gewesen war, mir freiwillig zu zeigen. Er würde mir sein Geständnis nicht verzeihen, mein Wissen um seine Verletzlichkeit.

Wann hatte das Kind damit begonnen, seine Eltern zu belauern? Sie zu studieren und ihre über ihn hinweg getauschten Blicke, ihre Müdigkeit, ihre Bekümmertheit und ihr Kopfschütteln zu deuten? Jedes noch so kleine Malheur – es genügte ein umgestoßenes Glas Milch, das die Mutter seufzend aufwischte – schien den unausgesprochenen Gedanken nach sich zu ziehen, dass der ältere Bruder sich sicher geschickter angestellt haben würde. Bleistift-Striche an der Wand seines Kinderzimmers erinnerten ihn jeden Tag an die Prozedur des Maßnehmens mit einem auf dem Kopf gelegten Buch und an die Enttäuschung in der Stimme des Vaters: »Dieser Bub will einfach nicht wachsen« – dabei hätte er doch so gern gewollt. Hatte er als kleiner Junge manchmal gedacht, dass er ein Kuckuckskind war, ein falsches Kind und in Wirklichkeit ganz allein? Auf jeden Fall hatte er nie gehört, dass er ein Sonntagskind war und etwas ganz Besonderes.

Wie wenig galten seine Phantasie, seine Lebhaftigkeit, sein Studium, seine Filme, seine Preise im Vergleich zur Berufswahl des richtigen Ludwig, der bestimmt Altphilologe und Universitätsprofessor geworden wäre. Gegen dieses »Hätte«, »Wäre« und »Würde« hatte er nie eine Chance gehabt.

Ich sah ihn an seinem sechsten Geburtstag vor einem Grabstein stehen. Zwischen seiner ewig bekümmerten Mutter und dem viel zu großen Vater, einen zerfledderten Blumenstrauß in der verschwitzten Kinderfaust. Ein Geschenk für seinen älteren Bruder, ein Geschenk für Ludwig, den richtigen, den wahren, den eigentlichen Ludwig, um den Vater und Mutter trauerten und um den auch er zu trauern hatte. Und er trug kein zu groß geratenes Fußballtrikot und kein hellblaues Cap.

Da setzte der Straßenlärm neben mir wieder ein, ich starrte auf eine sich aufbäumende Pferdeskulptur im Park gegenüber und dachte: »Das wird er mir nie verzeihen, das wird er mir nie verzeihen.« Ich stand auf und ging.

»Bye, bye«, rief der Kellner mir hinterher.

Ich lief an der Würm entlang. Das Flüsschen schlängelte sich durch Obermenzing. Die Einfamilienhäuser mit ihren glatten Fassaden und den gepflegten Vorgärten, der alte Biergarten mit seiner blau-weißen Kastaniengemütlichkeit und das durchgestylte Casa del Café waren mir verleidet. Nur das Plätschern und Glucksen des Wassers, wenn es auf ein Hindernis traf und einen Augenblick gegen die Strömung zu fließen schien, die eilig vorbeirudernden Enten, Spaziergänger, die ihren Hunden Stöckchen warfen – das alles tat mir gut. Auch wenn es den Druck nicht von meiner Kehle nahm.

Ich lief den Fluss entlang, auf federndem Waldboden, auf sandigen Wegen, im Schatten oder im Halbschatten. Sonne stahl sich durch die Baumkronen, manchmal öffnete sich der Blick auf ein freies Feld mit Sonnenblumen oder Gladiolen zum Selbstpflücken. Dann wurde es wieder eng, die Baumkronen schlossen sich zu einem schützenden Dach.

Ich lief die Würm entlang. Und als es endlich dunkel genug war, fuhr ich in die Straße am Waldrand, vermied es, das schmutzig gelbe Haus mit den hässlichen Glasbausteinen in den Blick zu nehmen, wühlte auf dem Spielplatz unter dem Kletterbaum, von dem ein Seil herabhing, mit bloßen Händen die Erde auf und begrub die CD mit Ludwigs und meinem Lied.

Noch in der gleichen Nacht nahm ich den Zug zurück nach Hamburg, schwarze Erde unter den Nägeln, Geruch nach schwarzer Erde an den Fingerspitzen.

Ein Haus am See

In den Tagen nach meiner Rückkehr aus München irrte ich durch Hamburg. Fand mich in Stadtteilen wieder, die mir völlig unbekannt vorkamen. Stunde um Stunde lief ich durch Straßen, Parks und Bahnhöfe, über Brücken, Plätze, Hafenanlagen und Gleise. Ich lief mich müde, um schlafen zu können. Wenn ich aufwachte, brauchte ich einen Augenblick, bis ich mich erinnerte, was geschehen war. Dieser Augenblick war meine glückliche Zeit. Ich wurde süchtig nach ihm. Am vierten Tag kaufte ich mir gleich morgens eine Flasche Wodka und versuchte, mich zu betrinken. Sah mir eine Dauer-Werbesendung im Fernsehen an, heulte und trank die Flasche leer. Vielleicht ließen sich so die glücklichen Sekunden verlängern. Mir wurde nur übel. Als ich keuchend über der Toilettenschüssel hing, klingelte es unten an der Haustür. Ich hatte nicht vor zu öffnen. Es klingelte ununterbrochen weiter. Ich lag auf den Knien, umarmte die Toilette und würgte gelb-grünen Schleim. Schließlich hörte es auf zu klingeln. Dann klopfte es an meiner Wohnungstür. »Mach auf. Ich bin es. Ich hab dich gehört.« Silke. Sie würde nicht weggehen. Ich wankte zur Tür.

»Mein Gott. Xenia. Wie siehst du aus?«

»Mir ist schlecht«, krächzte ich.

»Das seh ich.«

»Lass mich, bitte.« Meine Beine gaben nach. Silke fing mich auf und schleppte mich aufs Sofa.

»Mir ist schlecht«, sagte ich wieder.

»Wundert mich nicht.« Sie trat gegen die Wodkaflasche auf dem Fußboden. Es schepperte.

»Mir ist schlecht.« Ich hatte das Gefühl, den Rest meines Lebens diesen einen Satz wiederholen zu müssen.

»Das habe ich jetzt langsam begriffen. Ist alles draußen?«

Ich nickte. Das war eine falsche Bewegung. Mein Magen krampfte. Ich schaffte es nicht mehr ganz bis zur Toilette und erbrach bitteren, gelben Schleim auf die Fliesen des Badezimmers.

Silke zwang mich, Wasser zu trinken. »Wer eine Flasche Wodka leert, kann auch eine Flasche Wasser trinken.« Dann brachte sie mich ins Bett, deckte mich zu und ließ das Rollo herunter. »Schlaf dich aus.«

»Zurück im Leben?«, fragte Silke. »Rollmops gefällig?«

Die glückliche Sekunde war vorbei. Doch dieses Mal war ich dankbar, dass mir nicht mehr so übel war. An etwas zu essen mochte ich lieber noch nicht denken. Ich hatte Durst. Mein Magen behielt den Kräutertee bei sich, den Silke mir kochte. Auch ein Stück trockenes Brot brachte ich hinunter. Was für ein großartiges Gefühl.

Später fragte Silke mich, was in München passiert sei. Ich wollte Ludwigs Geheimnis nicht verraten und sagte ihr nur, dass es endgültig aus sei zwischen uns. »Ich mag nicht darüber sprechen.«

»Kompletter Idiot, dieser Ludwig Brandl. Sei froh, dass du ihn los bist. Ich weiß, das willst du jetzt nicht hören. Kann ich irgendetwas für dich tun?«

»Ich möchte allein sein. Bitte. Du verstehst das, ja?«

»Versprichst du, anzurufen, wenn du mich brauchst?«

»Mach ich.«

Sie nahm mich zum Abschied in den Arm. »Zwei so tolle Frauen wie wir haben bessere Kerle verdient. Wo sind die bloß alle? Auf dem Mond? Aber wir geben nicht auf, Xenia. Wir machen weiter. Okay?«

»Danke. Ich schlaf jetzt noch eine Runde.«

»Das Beste, was du tun kannst. Gute Nacht.« Sie zog die Tür leise zu.

Im Badezimmer sah ich, dass Silke gewischt, den Feudel ausgewaschen und ihn zum Trocknen über den Rand der Badewanne gelegt hatte. Das konnte nur eine Freundin tun. Ich schickte ihr eine SMS: »Ich bin so froh, dass es dich gibt.«

Am nächsten Morgen hatte sich etwas verändert. Nach der ersten glücklichen Sekunde wurde ich wieder traurig. Aber es fehlte die Verzweiflung der vorangegangenen Tage, die Unruhe, die mich aus dem Haus getrieben hatte.

Ich fühlte mich noch ein bisschen wackelig auf den Beinen, kochte mir einen Tee, aß langsam und mit großen Pausen ein Käsebrot und spürte, dass mein Magen sich erholt hatte. Dann zog ich mich an und ging in meinem Viertel spazieren. Vertraute Plätze und Wege, Menschen, die ich vom Sehen her kannte. Der türkische Supermarkt, in dem ich täglich einkaufte, der Park am Weiher, in dem ich oft in der Sonne lag, der Friseur aus der Gärtnerstraße, der mir immer zunickte. Eingehüllt in meine Traurigkeit wie in eine Dämmschicht trieb ich an allem vorbei. Der Himmel war grau, es nieselte leicht. Ich begann zu frieren. Vor einem Blumenladen standen große Kübel mit blühenden Rosen, rot mit weißem Rand, Wassertröpfchen in den Blüten. Ich blieb stehen, um sie mir genauer anzusehen und an ihnen zu riechen. Unwillkürlich schloss ich die Augen. Ihr süß-fruchtiger Duft kam mir bekannt vor. Er weckte eine unbestimmte Sehnsucht in mir. Hatte Ludwig mir einmal solche Rosen geschenkt? Ich konnte mich nicht daran erinnern. Wieder atmete ich den Duft tief ein. Die Sehnsucht wuchs, aber immer noch wusste ich nicht, woran mich der Duft erinnerte. Als ich die Augen öffnete, fiel mein Blick auf ein Schildchen: »Holsteiner Duftrosen«. Und mich überfiel auf einmal ein so starkes Heimweh, dass ich in die Rosen griff, um nicht zu fallen. Ich hatte Sehnsucht nach dem Garten meiner Kindheit, dem staubigen Geruch der Sandkiste, dem frisch gemähten Gras, dem Blumenbeet meiner Mutter, der sumpfigen Pappelwiese, dem Erlenbruch und dem nahen See.

Daumen und Zeigefinger bluteten. Ich wischte sie an der Jeans ab. Es gab keinen Weg zurück. In dem Haus in Eutin wohnte meine Mutter. Ich wollte allein sein. Nicht in Hamburg, in dieser Stadt mit ihrem Verkehrslärm, der mich morgens weckte, den Straßen, Plätzen und Häusern, die ich nicht kannte und nie alle kennenlernen würde. Den Kaufhäusern, Theatern, Stadien und Kinos, den Seminaren in der Universität, den Cafés und Kneipen, den Schiffen und den Parks, die alle viel zu groß waren für mich und voller Menschen. Wohin sollte ich mich flüchten? Noch einmal atmete ich den Duft der Holsteiner Rose. Da fiel es mir ein: Ich wollte in das einsame Sommerhaus am See, das Silke mir angeboten hatte.

Abend

Ein kühler Wind strich vom Wasser zu ihr herüber. Kurze Wellen mit glasigen Kämmen liefen in ihre Bucht. Weit draußen auf dem See waren die Wellen länger und hatten kleine weiße Schaumköpfe. Am Horizont zeigten sich rötliche Streifen. Das Licht begann zu schwinden, die Schatten wurden weicher. Xenia fröstelte. Sie klappte den Liegestuhl zusammen und lehnte ihn an die Wand des Holzschuppens. Im Haus zog sie dicke Socken an und überprüfte ihre Vorräte. Morgen würde es zum Frühstück nur einen Kanten Brot, Honig und Butter geben. Werner und Klaas hatten sich reichlich bedient. Am Sonntag auf dem Markt am Hafen würde sie die beiden wiedersehen. Bei dem Gedanken an gebratenen und geräucherten Fisch spürte sie, wie hungrig sie war. Heute gab es nur noch übrig gebliebene Bratkartoffeln, einen halben Becher Quark und eine Zwiebel. Mit einer Flasche Wein setzte sie sich in die Veranda und aß die Reste. Sah zu, wie die Sonne hinter den Hüttener Bergen verschwand. Der See schien zu glühen, als ob das Wasser die Hitze des Tages abstrahlte, um am nächsten Morgen wieder kühl und frisch zu sein.

Nach dem dritten Glas Wein beschloss sie, in der Veranda zu übernachten. Das Sofa konnte man zu einem Doppelbett aufklappen. Sie hatte Mühe, die steile Leiter in den Schlafboden hinauf-, und dann mit Decke und Kopfkissen beladen wieder hinabzuklettern. Sie fühlte sich wie ein Kind, das zum ersten Mal eine Leiter bestieg, und atmete auf, als sie heil unten angekommen war. Am Himmel verging das letzte Licht, der See eine schwarze Fläche ohne Horizont. Xenia freute sich auf den Morgen und das neue Licht. Sie war voller Zuversicht, dass ihr der Brief an Ludwig gelingen würde. Was für einen langen Weg hatte sie heute zurückgelegt. Kein Wunder, dass sie jetzt so gut müde war.

Das Lied der Nachtigall

Sie erwachte früh, sehr früh. Es war noch nicht richtig hell. Die Vögel lärmten. Schon als Kind hatte sie immer gedacht, dass die wenigsten Vögel sangen, wie es stets behauptet wurde. Die vor ihrem Fenster besaßen ein sehr begrenztes Repertoire. Unverdrossen und ohne Rücksicht auf menschliche Ohren hatten sie ihre immer gleichen kratzenden Töne wiederholt. Früh am Morgen, wenn alle Vögel durch- und übereinander schrien, konnte schon gar nicht von Gesang die Rede sein. Trotzdem ließ sie sich gern von diesem Lärm wecken und schlief im Frühling und Sommer mit offenem Fenster.

In dem Jahr, in dem sie in die USA fuhr, hörte sie viele Wochen lang noch im Dunkeln eine Nachtigall singen. Auch wenn sie damals ihren Vater, mit dem sie ja nicht mehr sprach, nicht nach der Stimme einer Nachtigall fragen konnte, so hatte sie es doch von den ersten Tönen an gewusst. Wer eine Nachtigall singen hört, weiß es. Wer zweifelt, hat einen anderen Vogel gehört. Vielleicht eine Lerche, die wie eine helle Flöte klingt, deren Töne langsam absinken. Unvergleichlich schön, in melodiösen Doppelschlägen, die das eigene Herz mitschlagen lassen, aber eben nicht wie eine Nachtigall. Um deren Stimme fürchtet man, weil es eigentlich nicht gut ausgehen kann, sich so zu verausgaben. So viele Strophen zu singen, immer lauter, immer klarer, ein sich in die Höhe schraubender Gesang, der sich bis zum Schluss steigert. Wie sollte ein kleiner Vogel das aushalten? Wenn Xenia ihrer Nachtigall lauschte, fürchtete sie, der kleine Vogel werde sich bei der nächsten Strophe in Gesang auflösen und sterben. »Spar dich auf«, bat sie. Aber die Nachtigall sang weiter und war jeden Morgen wiedergekommen.

Xenia wusste im Voraus, dass sie in Dallas Sehnsucht haben würde nach diesem Gesang. Nach der Stille, die ihn umgab. Selbst wenn die Nachtigall mitten am Tag sang, war da ein Abstand zu spüren zu den anderen Geräuschen. Es war, als würde sie sich mit ihrem Gesang einen eigenen Raum erschaffen, den niemand zu betreten wagte. Worte, Lachen, Türenschlagen, Automotoren, sogar der ewige Rasenmäher des Nachbarn traten in den Hintergrund. Wer nicht vollkommen gefühllos war, verstummte und atmete leiser, um die Nachtigall nicht zu stören.

Jetzt aber lärmten die Vögel. »Fußvolk«, dachte Xenia. Von ihrem Bett aus sah sie auf das kleine Rasenstück. Der Garten lag noch im Schatten, das Gras hatte sich von der Hitze des vergangenen Tages erholt, einzelne Halme schienen wie frisch gewachst. Auf dem Korbtisch schimmerte Tau. Durch die Uferbäume sah sie nur Grau, eine weißgraue Nebelwand, hinter der Wasser und Himmel verborgen blieben. Es war, als sei die Welt hinter der Uferweide zu Ende. Sie hatte keine Lust auf ein frühes Bad im See.

Im Haus war es kühl. Sie zog Ludwigs langen, dicken Pullover an, klappte das Bett zusammen und machte sich ihr karges Frühstück. Von der Veranda aus beobachtete sie, wie das Morgenlicht auf die Baumspitzen fiel, dann immer weiter an ihnen hinunterglitt. Über dem See lag der Nebel in dicken Schwaden, die allmählich an den Rändern, von der Sonne beschienen, ausfransten. Noch gab es keinen Horizont. Da, wo sich gestern die Hügel so ehern präsentiert hatten, lag ein diffuses Grau, als habe sich das Ende der Welt nun dorthin zurückgezogen. Barfuß, den Teebecher in beiden Händen, ging sie hinaus. Das Gras war feucht.

Sie trank den heißen Tee aus, stellte den Becher ab und machte sich daran, die Pflanzen und Blumen in den Kübeln zu gießen. Auch das Kräuterbeet, das den ganzen Tag im Schatten des Hauses lag, wässerte sie. Die Erde war krümelig und trocken. Sie musste ein paar Mal mit der Gießkanne vom See zum Beet laufen. Als sie die Pflanzen versorgt hatte, zog sie sich den Pullover über den Po und setzte sich auf die weiße Bank.

Nebelfetzen trieben vorüber. Das Wasser am Ufer war wie entfärbt, ein stumpfer Spiegel. Weiter draußen begann ein immer breiter werdender Streifen zu glitzern, um ihn herum nahm das Wasser Farbe an. Auch der Himmel zeigte jetzt ein blasses Blau. Unter den Strahlen der Sonne kräuselte sich der Nebel davon wie früher der Rauch aus der Pfeife ihres Vaters. Langsam, langsam schälte sich die Silhouette der Hügelkette heraus. Anfangs noch grau und mit weichen Umrissen, wie verborgen hinter einem Schleier. Über den Hügeln ein kaum wahrnehmbares Gelb, später ein zartes grünes Band, schließlich ein glimmendes und unmerklich stärker werdendes Rot. Dann lag auf einmal der See vor ihr, das Wasser bereits von dunklerem Blau als der Himmel und mit einer Straße aus Licht, die von der Mitte des Sees bis in ihre Bucht reichte. Am Horizont erhoben sich die Hüttener Berge in aller Klarheit. Das Ende der Welt war vor ihr zurückgewichen. Ein Wasservogel krächzte, andere fielen ein.

Mit einem entschlossenen Ruck zog Xenia sich den Pullover über den Kopf. Das Wasser war kalt. Ohne zu zögern warf sie sich hinein und schwamm sich warm. Bei jedem Armzug hatte sie das Gefühl, dass ihr Körper sich streckte, dass sie länger wurde, dass sie wuchs. An diesem Morgen duschte sie nach dem Schwimmen heiß und trocknete sich sorgfältig ab. Dann setzte sie Wasser auf und während der Kaffee durchlief, nahm sie das alte Klemmbrett aus der Veranda, holte Papier und Bleistifte. Auf dem Tablett trug sie alles in den Garten, rückte den Korbtisch ans Ufer und richtete sich ein.

Sie lächelte. Ob Ludwig es ihren Sätzen ansehen würde, dass sie im Liegestuhl lag, auf ihrer Haut nur ein Muster aus Licht und Schatten, das sich im Gras, im Kies und auf der Wasserfläche vor ihr fortsetzte? Strich ein Windhauch durch die Uferweide, wanderte das Muster an ihr hinab und lief über das kurze Rasenstück zu ihren Füßen auf den See hinaus, der sich dann einen Augenblick lang kräuselte, bevor er wieder glatt und still war wie zuvor.

Susanne Bienwald

wurde in Eutin/Ostholstein geboren. Sie studierte Philosophie, Germanistik, Romanistik und Soziologie in Konstanz, Berlin und Hamburg.

Nach Auslandsaufenthalten in der Türkei, in Griechenland und Spanien und einem kurzen Zwischenspiel im Hamburger Schuldienst arbeitet sie seit dem Jahr 2000 als Autorin und Lektorin.

2000 entstand für den SWR der Film »Innenansichten eines Außenseiters«, der 2002 den Preis der »LiteraVision«, München gewann. 2002 schrieb sie den Text zur audiovisuellen Installation »plots« von Angelika Böck, u.a. ausgestellt im Brühler Kunstverein.

Bei Hoffmann und Campe erschienen ihre Bücher: »Hans Erich Nossack. Nachts auf der Lombardsbrücke« und »Friedrich Hebbel. Lauter zerrissene Verhältnisse«.

2013 veröffentlichte sie ihren Roman »Da geht einer«, neu aufgelegt 2016 im Verlag Expeditionen.

www.susannebienwald.de